오포

오포 3

나의 산에서 판타지 장편 소설

초판 1쇄 찍은 날 § 2007년 1월 18일
초판 1쇄 펴낸 날 § 2007년 1월 28일

지은이 § 나의 산에서
펴낸이 § 서경석

편집장 § 문혜영
편집책임 § 최하나
편집 § 문정흠

펴낸곳 § 도서출판 청어람
등록번호 § 제1081-1-89호
등록일자 § 1999. 5. 31
어람번호 § 제1-0789호

주소 § 경기도 부천시 원미구 심곡1동 350-1 남성B/D 3F (우) 420-011
전화 § 032-656-4452 팩스 § 032-656-4453
http://www.chungeoram.com
E-mail § eoram99@chollian.net

ISBN 978-89-251-0469-0 04810
ISBN 89-251-0466-0 (세트)

FIVE GUN

Fantasy Frontier Spirit

오포 3

[전장에 서다]

나의 산에서 퓨전 판타지 장편 소설

도서출판 청어람

CONTENTS

CHAPTER 1

연합

1

칼날 같은 기세였다.

그들의 모습은 잘 벼려진 칼날, 그 이상도 이하도 아니었다. 전투에서 가장 중요한 것이 기세라는 것을 무형의 기운으로 말해주고 있었다. 아무리 많은 적이 그들 앞에 있다고 해도 이런 기세라면 쉽게 지지는 않을 것이다.

병사들이 내뿜는 열기는 한겨울의 추위를 몰아내고 있었다.

"1열 앉아 쏴!"

"2열 무릎 쏴!"

"3열 서서 쏴!"

구령과 함께 복명복창이 이어지며 병사들이 자세를 잡았다. 1열, 2열, 3열은 서로 겹치지 않게 줄을 섰다. 이렇게 서면 시야가 확보되어 급박한 상황에서도 일제사격을 가할 수 있었다. 옛날 영화에 자주 나오는 순차 사격의 변형이었다. 석궁으로 하는 만큼 약간 차이가 있었지만 그럭저럭 괜찮아 보였다. 실전을 해보지 않아 그 효과는 장담할 수 없었지만 여러 가지 면에서 이득이 있었다.

50미터 앞에는 100여 개의 눈사람이 만들어져 있었다. 석궁의 최대 사거리가 100여 미터였지만 갑옷을 뚫고 타격을 주기 위해서는 50미터가 적당했다. 거리가 가까울수록 살상력은 비례해서 높아지는 것이다.

"1열 발사!"

재수의 목소리와 함께 재수의 옆에 있던 기수의 빨간색 기가 전방을 향해 눕혀졌다. 곧이어 중대 기수의 깃발의 눕혀지며 발사 명령이 떨어지자 1열에서 일제히 화살이 발사되었다. 50미터라는 거리는 2번의 사격을 허용하지 않는 거리였다. 특히나 기병에게는 더욱 그랬다. 아무리 빨리 장전해도 돌격해 오는 기병의 먹이가 될 뿐이었다. 차라리 그 시간에 여유있게 준비를 마치고 돌격하는 적을 맞이하는 것이 옳은 것이다.

"2열 발사!"

"3열 발사!"

순식간에 재수의 입에서 3열까지 발사 명령이 떨어졌다. 순차 발사는 적의 피해를 최대화할 수 있다는 장점이 있었다. 병사들은 석궁을 내려놓고 창을 양손에 잡은 후 진형을 구축했다.

"대기병 거창!"

재수의 명령이 먼저인지, 병사들이 움직인 것이 먼저인지 우열을 가릴 수가 없었다. 그만큼 병사들은 자신의 임무에 대해서 충분히 숙지하고 있었다.

복창이 이어지며 병사들이 무릎을 꿇고 자세를 낮췄다. 창대는 병사들의 다리 사이에 위치해 흡사 병사들이 창대 위에 올라탄 형세였다.

말이라 불리우는 500㎏의 달리는 바윗덩어리를 막기 위한 방법이었다. 하지만 인수도 그 엄청난 바윗덩어리를 막을 수 있을 거라고 확신할 수는 없었다. 그나마 다행인 것은 요즘 추세가 중기병이 아니라 돈이 적게 드는 경기병 위주라서 말에는 거의 갑주가 씌워져 있지 않다는 것이었다.

석궁 발사 후에도 잠시라도 머뭇거릴 틈이 없었다. 병사들이 신속한 움직임으로 창으로 만들어진 숲을 만들었다. 앞쪽에서 대항군을 흉내 내던 이반과 기사 몇 명이 중대들의 틈 사이로 스치듯 지나갔다.

인수는 부지런히 문제점을 적어 나갔다. 이런 칼을 가지고 하는 전투는 게임이나 영화, 책에서 본 것이 전부였기 때문에 고칠 점이 많았다. 이곳의 기사들이라고 해서 전문적으로 병사들을 운용하는 지식이 있는 것도 아니었고 대부분의 기사는 돌격밖에 모르는 한심한 수준이었다. 원인은 기사들 대부분이 그들의 아버지에게 세습을 위해서 배운다거나, 아니면 다른 기사의 종자로 생활하면서 배우기 때문이었다. 그 덕에 집단 전투는 거의 경험이 없었다.

"적 보병 접근!"

인수가 상황을 부여했다.

"보급 중대는 적 기병을 상대하라!"

재수의 외침과 함께 파란 기가 좌우로 흔들렸다. 후방에 있던 보급 중대가 석궁을 들어올려 대항군을 향해 쏘는 시늉을 했다.

"전방 창 투척!"

빨간 기가 앞으로 던져졌다.

"1열 투척!"

"2열 투척!"

"3열 투척!"

병사들이 일어서서 전방을 향해 부지런히 창을 투척했다. 3번에 걸쳐서 던져진 창들은 그리 멀지 않은 곳에 꽂히거나 눕혀졌다. 처음에는 병사들이 창을 던지는 것을 이상하게 생각했다. 하지만 지금에 와서는 자기들끼리 누가 창을 더 멀리 정확히 던지나 내기를 할 정도였다. 보병이 돌격해 오는 상황에서 창은 돌격해 들어갈 때하고는 반대로 오히려 거추장스럽게 변한다. 난전이 될 확률이 높은 것이다. 그럴 때 투척을 한다면 적에게 직접적, 간접적인 피해를 모두 줄 수 있었다. 날아오는 창을 피하기 위해서는 대열이 흐트러질 수밖에 없는 것이다. 투척을 마친 병사들은 재빠르게 등 뒤에 메고 있던 사각 방패를 풀러 왼손에 들고 오른손에는 검이나 도끼를 들었다.

사각 방패는 이번에 특별히 고안된 형태였다. 사각 방패의 겉면에는 뿔이 돌출되어 있었다. 이 뿔은 병사들이 이동할 때는 석궁 걸이 역할을 했다. 뿔을 만들어놓고 보니 적을 상대할 때도 효과가 있었다. 방패로 밀어붙일 때 적에게 충분히 상처와 위협을 줄 수 있는 것이다.

콜 영지병은 어느새 중무장이 되어 있었다. 창과 검, 방패, 석궁이 기본 무장이었고, 그 무기의 사용법에 대해서 교육을 받고 있었다. 그런 데다 요새는 검 대신 손도끼를 보급하고 있었다. 검은 한 자루를 만드는 데 너무 많은 시간과 비용이 들었다. 그리고 사슬 갑옷을 내려치다 보면 날이 너무 쉽게 나갔다. 그에 비해서 도끼는 만드는 데 시간이 적게 걸리고 관리하기도 쉬웠다. 또한 그 파괴력은 검에 비할 바가 아니었다.

"난전!"

인수가 다시 상황을 부여했다.

병사들이 방패로 밀어붙이는 시늉을 한 후 검이나 도끼를 휘두르며 싸우는 시늉을 했다.

'야, 제대로 휘둘러' 혹은 '춤추냐?', '멈추면 죽어'와 같은 말들이 욕과 섞여서 곳곳에서 들렸다. 간부들이 병사들을 독려하는 소리였다. 괜히 어설프게 하다간 훈련이 멈추지 않는 수가 있었다. 엘프디언들은 그런 식으로 훈련을 시켰다. 한 번을 해도 제대로 하는 것이 중요했다.

인수는 그렇게 병사들의 숨이 턱에 찰 때까지 검을 휘두르도록 놔두었다. 재수의 죽을 것 같은 표정을 보고 나서야 인수의 입이 열렸다.

"전투 중지!"

복명복창과 함께 명령이 사방으로 전달되었다. 병사들이 동작을 멈추고 숨을 몰아쉬었다. 그렇다고 해서 완전히 끝난 것은 아니었다. 실제 전투에서는 적이 도망을 가거나 모두 죽어야 멈출 것이다.

"상황 종료!"

인수의 마지막 명령이 내려지고 나서야 병사들은 각자의 무기들을 챙기기 시작했다. 모든 무기들을 챙기고 나서야 쉴 수 있는 시간이 되는 것이다. 중대장들의 지휘하에 각자 자신의 무기를 회수하고 있었다.

"추워 죽겠네."

재수가 사슴 가죽으로 만든 깔판에 앉으며 말했다. 코와 볼이 추위 때문에 벌겋게 얼어 있었다. 재수는 추위를 많이 타는 편이었다. 그래도 일반 병사들보다는 훨씬 나은 편이었다.

바지가 꽉 끼는 것을 보니 분명히 깔깔이 바지(군대에서 입는 솜바지)까지 입었을 것이다.

"고생했다."

인수는 웃음을 지으며 말했다. 요즘처럼만 잘 따라주면 소원이 없겠다는 생각이 들 정도로 재수는 열심히 하고 있었다.

"장재수 병장님, 뜨거운 물입니다."

상식이 뜨거운 물이 담긴 컵을 내밀었다. 무기 회수가 끝나면 병사들도 뜨거운 물을 먹을 수 있게 진영 곳곳에 물을 끓이고 있었다. 지금 병이라도 걸리면 아까운 정병을 잃는 것이다.

"김 양아, 노른자 동동 띄웠냐?"

흰소리를 하는 걸 보니 아직 죽을 정도로 힘든 건 아닌 것 같았다.

"쌍화차 아닙니다."

상식은 인상을 쓰며 말했다.

"한인수 병장, 언제까지 해야 돼?"

재수가 하이바를 벗자 머리에서 김이 모락모락 올라왔다.

"돌격 연습 한 번만 하고 오전은 마치자."

"오후에는?"

"오후에는 행군 준비를 해야지."

"야간 행군도 할 거야?"

"당연한 걸 왜 물어?"

"난 죽어도 못 가."

재수가 깔판 위에 누우며 말했다.

"그래? 케이트가 보고 싶지 않은가 보구나?"

인수는 절대 실패할 수 없는 미끼를 재수에게 던졌다.

"케이트?"

벌써 입질이 시작되었다. 미끼가 너무 좋은 탓이었다.

"그래, 너의 늠름한 모습을 보기 위해 잠도 안 자고 기다리고 있을 텐데."

완벽한 마무리였다. 인수는 성공이라고 확신했다.

"내가 정말 행군하기 싫은데 케이트 때문에 움직인다."

잠시 고민하던 재수가 비장하게 말했다. 그 모습에 인수는 속으로 웃을 수밖에 없었다.

"인수님, 성에서 전령입니다."

미치가 인수에게 편지를 내밀었다. 봉투는 밀랍으로 단단히 봉인이 되어 있었고, 콜 영지를 나타내는 사슴 머리 문장이 찍혀 있었다. 내용은 한글로 적혀 있었다. 한글로 적으면 암호화할 필요도 없었다. 엘프디언 5명과 케이트 이외에는 절대로 알아볼 수 없었기에.

한인수 병장님께.

미노피 백작령이 쇼운 왕에게 점령되었습니다. 미노피 백작은 죽었다고 합니다. 원정군 사령관이라는 자가 기병 50을 이끌고 허슨 요새에 나타나서 베르켄 성을 공식 방문하겠다고 합니다. 예정 방문일은 25일입니다. 속히 귀환하시기 바랍니다.

상태 올림.

"뭐야? 케이트가 나한테 편지라도 보낸 거야?"

재수가 헛소리를 하며 다가왔다. 물론 재수도 케이트의 편지가 아니라는 것은 알고 있을 것이다.

"오늘이 25일이야?"

인수가 재수에게 편지를 내밀며 물었다.

"아마도. 아닌가?"

재수가 대충 대답을 했다.

"25일이 맞습니다."

미치가 확신을 가지고 대답했다. 날짜를 기억하는 것은 당번병의 기본이나 마찬가지였다.

"뭐야? 우리랑 한판 붙자는 이야기야?"

재수가 빠르게 편지를 읽고 나서 인수에게 물었다.

"모르지."

인수도 쇼운의 의도를 알 수 없었다. 그러나 50명이라는 숫자에는 안심이 되었다.

"늦었잖아. 오늘이 25일이면."

재수가 얼굴을 찌푸리며 말했다.

"어차피 기병 50이라니까 성은 걱정 안 해도 될 거야. 상태도 성문을 열어주지 않을 테니까. 일단 점심 먹고 바로 출발하자. 미치, 전령을 내게 데려와. 물어볼 것이 있다."

"예, 알겠습니다."

2

성에 보냈던 전령이 돌아오고 있었다.

다른 영지를 방문할 때는 전령을 보내는 것이 관례다. 경계선에 있는 요새나 마을에서는 높은 신분의 방문자가 있을 경우, 영주에게 먼저 전령을 보낸다. 내용은 대충 '누가 며칠 안에 영주님을 만나러 갈 겁니다' 정도다.

물론 리베도 콜 영지에 들어설 때 허슨 요새에서 정중하게 예의를 갖추어 베르켄 성 방문에 대해 이야기를 했다. 그리고 허슨 요새의 경비대장이 급히 전령을 보내는 것도 보았다. 그리고 오늘은 콜 영지의 영주성인 베르켄 성에 입성하기 전에 전령을 미리 보낸 것이다. 약속대로 오늘 왔으니 우리를 맞이할 준비를 하라는 것이었다.

이런 경우 전령은 성에 도착하여 소식을 전한 후 쉬는 것이 관례다. 극상의 예를 차린다면 상대편에서 마중을 나오기도 하지만 그런 것은 요즘에는 거의 볼 수 없는, 이야기책에나 나오는 일이었다. 아니면 왕이라도 직접 행차하거나.

리베가 생각하기에 전령이 돌아올 이유는 없었다. 뭔가 일이 제대로 안 되고 있다는 증거였다.

더글라스가 일행의 앞으로 나섰다. 리베는 손을 들어서 정지할 것을 명령했다.

"정지!"

사두마차와 5대의 짐마차, 그리고 50필의 말이 리베의 손짓에 속도를 줄이며 멈추었다. 리베는 익숙한 솜씨로 말의 목을 몇 번 쓰다듬었다. 기분이 좋은지 말은 투레질을 몇 번 했다. 미노피 백작이 타던 말이라고 했다.

오랜 항해로 미스트르에서 가져온 전마들은 상태가 좋지 않았다. 전마들이 기운을 회복하려면 시간이 더 필요해 급한 대로 미노피 백작령에 있는 말들을 쓸 수밖에 없었다. 부유한 영지답게 말들도 상태가 좋았다.

그러나 한겨울에 이렇게 장시간 말을 타는 것은 고역이었다. 그렇다고 마차를 타고 갈 수도 없었다. 평범한 귀족가의 여식 정도였다면 리베도 마차를 같이 탔겠지만, 지금 마차에 타고 있는 여자는 공주였다. 리베가 모시는 왕의 여동생인 데다가 리베의 지금 임무는 공주의 호위였다.

"프라이스 남작님, 무슨 일입니까?"

마차의 장막이 올려지고 얼굴이 낯익은 하녀가 리베에게 물었다.

"앞에 전령이 오고 있습니다. 잠시 쉬었다 가겠습니다."

하녀에게 한 말이라기보다는 안에 있는 안젤라 공주에게 한 소리였다.

"예, 알겠습니다."

하녀는 대답을 하고 장막을 내렸다.

더글라스가 전령으로부터 무언가를 받아서 가지고 오고 있었다.

"사령관님, 베르켄 성에서 입성을 거부했습니다."

보고를 하는 더글라스의 얼굴은 벌겋게 달아올라 있었다. 마치 자신이 모욕을 당한 것 같았다. 리베도 보고를 받으며 기분이 급격히 나빠졌다. 언제 이런 대접을 받은 적이 있었던가?

"이유는?"

리베는 애써 화를 누르며 말했다. 아버지는 엘프디언이 절대적으로 필요하다고 했다. 그래서 그들과 불화를 일으킬 수는 없었다.

"영주 대리인 엘프디언 한이 외부에 있다고 합니다."

"그게 이유가 되는가?"

리베의 목소리가 조금씩 커지고 있었다.

"대신 성을 관리하고 있다는 엘프디언의 편지입니다."

리베는 더글라스가 내민 편지를 급히 뜯었다.

손님을 이렇게 대접하는 것을 미안하게 생각합니다. 입성은 한님이 돌아오실 때까지 거부합니다. 베르켄 마을에 머물러 있으면 차후에 통보를 하겠습니다.

엘프디언 김.

편지는 무척이나 간단했다. 하지만 내용은 충분히 모욕적이었다. 미리 통보를 했음에도 불구하고 입성을 단호히 거부당했다. 거기다 거의 아랫사람을 대하는 듯한 편지였다.

리베의 손에 힘이 들어가며 편지가 구겨지고 절로 이가 갈렸다. 지금 당장 미노피로 돌아가서 원정군을 이끌고 쳐들어가고 싶었다. 엘프디언은 원정군이 성공하기 위해서는 꼭 필요한 존재라고 아버지는 거듭 당부했다. 하지만 지금 이 순간만큼은 그런 생각이 들지 않았다.

“베르켄 성으로 간다.”

리베는 그 한마디를 내뱉은 후 입을 다물고 말을 몰았다. 그를 따라서 다시 마차가 움직이기 시작했다.

리베는 베르켄 성이 보이는 곳에서 마차를 정지시켰다. 베르켄 성의 규모는 생각보다 꽤 커 보였다. 그리고 성문은 예상대로 굳게 닫혀 있었다.

“더글라스, 앞장서라. 내가 직접 가겠다. 나머지는 마차를 호위한다.”

리베는 그렇게 명령을 내리고 성문을 향해 천천히 말을 몰았다.

“예.”

더글라스가 손짓을 하자 선두에 있던 기사 5명이 리베의 뒤를 따르기 시작했다. 나머지는 만일의 사태에 대비해서 마차 주위로 모여들었다.

리베 일행이 성쪽으로 방향을 잡자마자 성에서 종소리가 울리기 시작했다.

"제법이군!"

"그렇습니다. 미노피 백작보다는 나은 것 같습니다."

"그런 얼간이 이야기는 다시는 내 앞에서 꺼내지도 마!"

리베에게서 좀처럼 듣기 어려운 과격한 말이 튀어나왔다.

"예."

더글라스는 급히 대답을 할 수밖에 없었다. 하긴 리베의 격한 반응도 이해할 수 있었다. 자신이 아는 리베는 미노피 백작 같은 비겁한 자를 참지 못했다. 라세르 성의 병사들은 무기와 훈련도가 제법 뛰어났지만 원정군에 비할 바가 아니었다.

외성은 너무나 쉽게 점령이 되었다. 항복 권유에 응하지 않던 미노피 백작은 내성에 갇힌 꼴이 되자 '명예로운 항복'을 위해 시간을 달라고 했다. 리베는 승자의 여유로 그에게 그것을 허락했지만 미노피 백작은 그 틈을 이용해 몰래 비밀 통로로 달아나려고 했다. 멀리 도망가지도 못하고 마침 미노피 항을 점령하고 오던 더글라스에게 잡히고 말았다. 분노한 리베는 미노피 백작과 일가족을 모두 죽였다.

"더 이상 접근하지 마십시오."

리베는 목소리가 들린 곳을 바라보았다. 성문 위의 망루였다. 십여 명의 병사들이 석궁을 겨누고 있었다.

리베의 말은 멈추지 않고 계속 성문으로 접근했다.

"더 이상 접근하지 마십시오."

망루에서 조금 전과 똑같은 경고를 했다. 그러나 리베의 말은 계속 움직였다. 그런 경고에 말을 멈출 리베가 아니었다.

팍! 하는 소리와 함께 화살이 리베가 타고 있는 말 앞을 스치듯 지나가며 땅에 꽂혔다. 말이 놀랐는지 연신 투레질을 하며 앞발을 들어올렸다. 다행히 리베는 말에서 떨어지는 망신은 면했다. 말에서 떨어지면 망신만 당하는 것이 아니라 경우에 따라서는 죽을 수도 있었다. 좋은 말이기는 하지만 전마로서 훈련은 받지 못한 것 같았다.

"무슨 짓이냐?"

더글라스가 망루를 올려다보며 말했다.

"경고를 했을 뿐입니다. 저희의 명령에 따라주십시오."

"우리가 누군 줄 알고 그러는 것이냐?"

"그런 것은 제가 알 바 아닙니다."

약을 올리는 듯한 말투였다.

"이익!"

더글라스가 앞으로 나서려고 하자 리베가 제지했다.

"베르켄 성은 손님을 이렇게 대접하나?"

"명령에 따르지 않는 사람은 손님이 아닙니다."

"너의 직책은 뭐냐?"

"성문 경비대장입니다."

"더 높은 사람은 없나?"

"그렇게 묻는 사람은 얼마나 높은 사람이냐?"

조금 전 경비대장이라는 자와는 다른 목소리였다. 조장이라는 자의 옆에 이상한 투구를 쓰고 한쪽 눈에는 안대를 한 자가 서 있었다. 말로만 듣던 엘프디언이라는 것을 직감적으로 알 수 있었다. 건방진 말투도 소문과 똑같았다.

"리베 프라이스 남작입니다."

리베의 말투가 지극히 공손해졌다.

더글라스는 자신의 주인이 매우 화가 났다는 것을 알았다. 이렇게 공손하게 말할수록 속으로 원한을 새기는 것이리라.

"임시 성주를 맡고 있는 엘프디언 김이다. 전령을 통해서 뜻을 전달한 걸로 아는데 무슨 일이냐?"

"입성을 거부하셔서 이렇게 찾아왔습니다."

"한님이 성 밖에 계셔서 불가피하게 그렇게 할 수밖에 없었다. 베르켄 마을에 머물러라. 연락을 하겠다."

엘프디언 김이라는 자는 자신의 공손한 말투에도 불구하고 명령조로 계속 말하고 있었다.

"승산이 있겠나?"

리베가 속삭이듯 더글라스에게 물었다.

더글라스는 리베의 분노를 쉽게 짐작할 수 있었다. 자신의 주인은 성을 점령할 생각을 하는 것 같았다.

"일단은 물러서는 것이 좋겠습니다. 50명으로 성을 점령하기에는 무리입니다."

"내성 안으로 들어간다면?"

주인이 아직 미련을 못 버렸는지 다시 물었다.

"승산이 있습니다."

더글라스는 자신있게 대답했다. 자신과 기사들의 실력을 믿었다. 내성에서의 싸움이라면 충분히 해볼 만했다. 어차피 내성 안에는 적은 숫자의 병사들만 상주하기 때문에 내성문을 장악한 후에 내성 안에 있는 유력자들을 일거에 제압하면 되는 것이다.

"알았다."

저들도 그러한 점을 알고서 문을 열어주지 않는 것이 분명했다.

"중요한 분이 마차에 타고 계십니다. 성에 머물 수 있게 허락해 주십시오. 그렇게만 된다면 양측에 많은 도움이 될 것입니다."

리베의 목소리는 간곡했다. 운 좋게 성안으로 들어간다면 돌아가는 상황을 봐서 점령을 할 건지, 아니면 연합할 건지 결정할 생각이었다. 연합을 할 만큼 엘프디언이 강력하지 못하다면 그들에게는 죽음만이 있을 뿐이다.

·

"한님께서 내리신 방침이다. 물러서지 않으면 공격하겠다."

하지만 리베 못지않게 망루의 엘프디언은 단호했다.

"사령관님, 물러설 수밖에 없습니다. 만약 이번 연합이 무산된다면 프라이스 후작님께 누를 끼칠 것입니다."

더글라스는 프라이스 후작의 당부가 생각나도록 리베에게 조언을 했다.

"알겠다, 더글라스."

리베는 심호흡을 한 번 하고는 대답을 했다.

"마을에서 연락을 기다리겠다."

리베는 성문을 향해 그렇게 외치고 말머리를 돌렸다. 언젠가는 이 수모를 기필코 갚아주리라는 다짐과 함께.

"돌아간다."

더글라스와 기사들은 리베의 뒤를 따랐다.

3

"성에 병사들이 없다는 거냐?"

반문을 하는 리베의 목소리가 조금 커졌다.

"아주 없는 것은 아니고, 최소한의 병력만 남기고 며칠 전에 훈련을 갔다고 합니다."

더글라스는 여관 주인에게 알아낸 정보를 리베에게 보고

하는 중이었다.

"겨울에 훈련이라?"

남 말할 처지가 아니었다. 엘프디언은 훈련이었지만 자신은 전투를 하지 않았는가?

"무조건 입성을 반대한 이유가 이건가?"

"그렇게 생각됩니다."

더글라스의 대답을 들으며 리베는 아쉬운 생각이 들었다. 병사들이 없다는 것을 알았다면 무언가 다른 방법을 생각했을 것이다. 만약 엘프디언과의 연합이 순조롭게 이루어지지 않는다면, 오늘 있었던 성 앞에서의 결정을 두고두고 후회하게 될 것이다. 어떻게 해서든 성에 머물렀어야 했다는 생각이 자꾸만 들었다.

"혹시 무슨 훈련을 하는지는 알아냈나?"

"그것까지는 잘 모르겠습니다."

복도에서 들려온 요란한 발소리에 리베의 얼굴이 찌푸려졌다. 저런 요란한 발소리를 낸다는 것은 적의 습격이거나 아니면 급한 일이 있다는 것이다. 그리고 후자 쪽에 가깝다는 것은 굳이 확인해 보지 않아도 알 수 있었다. 적이었으면 바로 고함이 터져 나왔을 것이다. 그때 문을 두드리는 소리가 들렸다.

"사령관님, 카슨입니다."

여관 주위의 경비를 맡은 기사였다.

"들어와."

"사령관님, 밖에 이상한 병사들이 나타났습니다."
군례도 생략한 채 급하게 보고했다.
"이상하다니?"
리베는 침착하게 말했다.
"그것이 영지병이라고는 하는데, 복장이 이상합니다."
"복장이 이상하다?"
"하얀색 복장을 하고 손에는 활을 들고 있었습니다."
"그래?"
"예, 더구나 문밖에서 보초를 서던 저희 병사들에게 안으로 들어가라고 명령을 했습니다."
"그래서?"
"그들의 숫자가 많아서 어떻게 해야 될지……."
카슨은 말끝을 흐렸다. 하얀 옷을 입은 병사의 숫자는 만만치 않았다.
"내가 직접 나가보겠다. 얼마나 대단한 병사들이기에 기사에게 그런 명령을 하는지."
리베는 그렇게 말하며 검을 허리에 찼다. 엘프디언과 함께 훈련을 간 병사들이 분명했다.
문을 보호하고 서 있는 병사들과 기사들이 보였고, 그들 앞으로 그들을 둘러싸고 있는 20여 명의 흰옷을 입은 병사들이 보였다. 흰옷을 입은 병사들은 특이하게 얼굴도 하얀 가면으로 가리고 있었다. 리베가 입구에 나타나자 병사들의 얼굴에 안도의 빛이 나타났다.

"무슨 일이냐?"

하얀 옷의 병사들을 보며 리베가 대뜸 그렇게 물었다. 자신은 저들과 하늘과 땅만큼의 신분 차이가 있었다.

"저희는 콜 영지의 영지병입니다. 지금은 훈련 중이오니 훈련이 끝날 때까지 잠시 안에 들어가 계셨으면 합니다."

한 명이 가면을 벗고 리베의 앞으로 나서며 정중하게 말했다.

20여 명의 병사 중 가장 높은 자인 것 같았지만 분명 기사는 아니었다. 기사라면 병사들과는 조금 다른 복장을 하기 마련이었다. 하지만 리베가 보통 신분이 아니라는 것은 알아챈 것 같았다.

"얼마나 거창한 훈련을 하기에 병사들을 안으로 들어가라 명령을 하는 것이냐? 이곳에는 중요한 분이 계셔서 우리는 경계를 해야 한다."

콜 영지에 들어와서 가뜩이나 불만이 쌓여가고 있던 차에 경계도 못하게 막자 리베의 언성이 커졌다. 공주가 있는 곳의 경계를 소홀히 할 수가 없어 여관 건물 주변에 불까지 밝히고 경계를 하고 있는 중이었다.

"그것이 제가 받은 명령입니다."

기사는 아닌 것 같았지만 제법 강단이 있었다.

"콜 영지는 하나같이 이렇게 예의가 없는 것이냐?"

리베가 지금까지 콜 영지에서 받은 느낌이었다.

"말씀이 지나치십니다. 어떤 신분인지는 모르겠지만, 이곳은 엘프디언 한님이 다스리는 지역입니다. 말씀을 삼가십시오."

병사는 지지 않고 대꾸를 했다.

"죽고 싶은 것이냐?"

더글라스가 나서서 소리를 질렀다.

"명령에 따를 뿐입니다. 안으로 들어가 주십시오."

병사는 리베의 위협에도 굴하지 않고 할 말을 다 했다.

"이곳에 서서 얼마나 대단한 훈련인지 지켜보겠다."

리베도 오기가 생기기 시작했다. 엘프디언이 얼마나 대단하기에 병사들까지 이렇게 자신에게 기가 죽지 않는 것인지 확인하고 싶었다.

"안 됩니다."

병사의 단호한 말에 분위기가 험악해지기 시작했다.

"너의 이름이 뭐냐?"

자신을 향해 눈을 똑바로 뜨고 쳐다보는 병사를 보며 리베는 호기심이 생겼다.

"정찰 1소대 소위 캘러한입니다."

리베는 정찰이라는 말과 이름이 캘러한이라는 소리밖에 알아듣지 못했다. 대충 감으로 이들은 정찰병이고, 이자가 우두머리라는 것을 알았다.

그때 흰옷을 입은 병사가 길 저편에서 급히 달려오더니 캘러한이라는 병사에게 무슨 말을 전하자 캘러한이 당황한 표정으로 리베에게 말했다.

"어서 안으로 들어가십시오."

"싫다."

"이러시면 강제할 수밖에 없습니다."

"할 수 있을까?"

리베가 한껏 거만한 표정을 지으며 말했다. 귀족에게 함부로 손을 대거나 하면 심한 경우 죽을 수도 있었다.

"못할 것도 없습니다."

캘러한은 그렇게 말하고 리베에게 다가섰다.

막 손을 뻗어 리베의 몸에 대려는 순간, 뒤에서 누군가 튀어나오며 캘러한의 얼굴을 쳤다. 퍽! 하는 소리가 들리며 무지막지한 힘에 쓰러지는 캘러한.

캘러한이 쓰러지는 것과 동시에 흰옷을 입은 병사들이 허리춤에서 사냥용 단검을 꺼냈다. 기다렸다는 듯이 리베의 뒤에서도 병사들이 우르르 문밖으로 나오며 검을 뽑아 들었고, 캘러한이 흰옷을 입은 병사들을 제지하며 일어섰다. 어느새 양쪽은 팽팽히 맞서며 길을 막고 대치하기 시작했다. 일촉즉발의 순간 저 멀리서 큰 목소리가 들리기 시작했다.

"앞으로 밀착!"

리베의 귀에 들린 소리였다. 이내 발자국 소리와 함께 병사들이 모습을 드러내기 시작했다. 순식간에 리베의 앞까지 병사들이 다가왔다. 말을 탄 자나 지휘관으로 보이는 자는 없었다. 모두가 걷고 있었다. 리베는 엘프디언이 저 뒤 어딘가에 있다고 생각했다. 리베의 눈에 비친 병사들은 힘들어하는 기색이 보이기도 했지만 두 눈만은 살아 있었다. 아니, 이런 눈빛은 지금까지 본 적이 없었다.

"선두 정지!"

인수의 명령과 동시에 복명복창이 이어지며 선두의 병사가 멈추었다.

"부대 정지!"

다시 이어진 명령과 함께 모든 병사들이 일사불란하게 간격을 좁히며 멈추어 섰다. 인수는 산더미 같은 짐을 지고 앞으로 나섰는데, 재수의 군장까지 짊어진 상태였다. 재수는 중간에 퍼져 버려 지금 저 뒤 어디에선가 상식이와 함께 오고 있을 것이다.

"충성!"

정찰 1소대를 맡고 있는 캘러한이 급히 인수에게 큰 목소리로 경례를 했다. 가면을 쓰고 있었지만 캘러한은 그가 엘프디언 한이라는 것을 알았다.

"뭐냐?"

인수는 대충 경례를 받으며 말했다.

"저, 그것이……."

캘러한은 말끝을 흐렸다.

캘러한의 입가에 피가 묻어 있는 것이 인수의 눈에 보였다. 거기다 전초로 배치했던 정찰 소대가 모두 모여서 검을 든 자들과 대치하고 있었다. 대충 상황을 알 수 있었다.

인수의 발이 느닷없이 캘러한의 복부로 내질러졌다. 그러자 '소위 캘러한' 이라는 관등성명과 함께 벌떡 일어난 캘러한이 인수에게 다가왔다. 오히려 갑작스러운 인수의 발길질에 검을 들고 있던 무리들이 당황한 것 같았다.

"왜 맞았는지 알고 있나?"

"예, 알고 있습니다!"

캘러한이 큰 목소리로 대답했다. 엘프디언이 이렇게 말할 때는 절대복종만이 살길이었다.

"읊어봐."

"예, 보고를 제대로 못했기 때문입니다."

캘러한의 목소리가 밤하늘을 갈랐다. 그러자 주위는 숨소리조차 들리지 않을 정도로 조용해졌다.

다시 인수의 발이 캘러한의 복부에 정확히 틀어박혔다.

"틀렸다."

오뚜기처럼 벌떡 일어난 캘러한이 관등성명과 함께 인수 앞에서 부동자세를 취했다. 그 순간 캘러한은 아무 생각도 나지 않았다.

"다시."

인수의 입이 벌어지며 집요하게 물었다.

"명령을 제대로 완수하지 못했기 때문입니다!"

악을 쓰듯 캘러한이 말했다.

인수의 발이 다시 허공을 가르며 캘러한의 복부에 적중했다. 캘러한은 넘어진 것과 동시에 호수에서 물고기가 튀어 오르는 것처럼 일어서며 관등성명과 함께 인수 앞에서 다시 부동자세를 취했다. 아픔을 느낄 시간도 없었다.

"틀렸다. 네가 맞은 이유는 남한테 맞았기 때문이다."

"예, 알겠습니다!"

캘러한은 큰 목소리로 대답했다.

"뭐라고?"

"남한테 맞았기 때문입니다!"

크게 말하지 못하면 죽는다는 신념만이 캘러한을 지배하고 있었다.

"엘프디언 전사는 어느 누구한테도 절대 맞지 않는다. 맞으면 백배, 천배로 갚아주는 것이 엘프디언 전사다!"

인수의 우렁찬 목소리가 밤공기를 갈랐다.

"예, 알겠습니다!"

인수의 말에 뒤에서 기다리던 병사들까지 합세해서 자신이 낼 수 있는 가장 큰 목소리로 일제히 대답을 했다.

인수는 병사들의 목소리에 만족해하며 미치에게 총과 군

장을 건네준 뒤 길을 막고 서 있는 무리에게 다가갔다.

"누구냐?"

인수의 목소리가 낮게 깔렸다.

"글랜의 기사, 더글라스다."

갑옷을 폼 나게 차려입은 거한이 호기롭게 나섰다.

"덤벼라!"

인수가 짧게 말했다. 일단 맞은 만큼 돌려주겠다는 생각밖에 없었다. 자신은 병사들의 아버지나 마찬가지였다. 아들이 맞았으면 아버지가 나서서 해결을 하는 것이 당연했다.

거한이 고개를 돌려 뒤를 쳐다봤다. 승낙을 구하는 것 같더니 이내 한 발 더 앞으로 나서며 자세를 잡았다.

거한의 주먹이 부웅 소리와 함께 휘둘러졌다. 특별히 무슨 법칙이 있는 것 같지는 않았다. 인수의 고개가 슬쩍 젖혀지며 주먹을 피하곤 오른발 앞차기가 정확히 거한의 정강이에 적중했다. 인수는 악! 소리와 함께 거한의 상체가 숙여지기를 기다렸지만 거한은 꿈쩍도 하지 않았다. 보호대라도 한 듯했다. 오히려 거한의 왼 주먹이 아슬아슬하게 인수의 눈앞을 지나갔다. 한 대 맞으면 얼굴이 돌아갈 것 같았다.

인수의 앞차기가 다시 모든 남자에게 가장 중요한 곳을 향해 날아갔다. 군대 앞차기의 가장 중요한 족을 인수의 발이 낡은 전투화 속에서 완벽히 재현하고 있었다. 이번에는 인수의 기대를 저버리지 않고, 퍽! 소리와 함께 거한의 상체가 숙여졌다.

"이런, 비겁……."

거한이 다리를 오므리며 고통스러운 얼굴로 말을 하려고 했다. 하지만 기다렸다는 듯이 인수의 오른손이 갑옷으로 가려져 있지 않은 거한의 맨얼굴에 적중했다. 어찌나 세게 내려쳤는지 때린 인수의 손이 얼얼할 정도였다. 거한의 몸이 요란한 소리와 함께 바닥에 나뒹굴었다. 순식간에 승부가 끝났다. 아니, 끝났다고 생각했는데 인수는 거기서 멈추지 않았다.

인수의 발이 거한의 갑옷 위로 떨어지며 날카로운 쇳소리가 들렸다. 전투화 뒷굽에 박아둔 쇠 징과 갑옷이 만나서 일으키는 아름다운 격타음이었다. 인수의 발에 인정이란 없었다. 거한이 인수의 발을 피하기 위해 처절하게 몸을 비틀었지만 인수의 발은 정확히 거한의 몸을 밟아댔다. 보고 있는 사람들이 인수의 발이 움직일 때마다 몸을 움찔할 정도였다. 잔인함을 넘어선 광기로 보였다.

거한이 움직이지 않는 걸 확인하고 나서야 인수의 발이 멈추었다. 인수가 막 돌아서려고 할 때 거한이 꿈틀거리며 움직였다. 그 맷집과 근성은 칭찬해 줄 만했다.

거한의 오른손이 천천히 검의 손잡이를 잡았다. 그 순간,

"검을 뽑는 순간 넌 죽는다."

경고하듯 인수가 말했다. 언젠가 이런 대사를 한 번 해보고 싶었다. 무협지에 나오는 멋진 주인공 같은 대사. 이럴 때 바람 한줄기라도 불어준다면 더욱 멋있을 것 같았다. 역시나 거

한의 손은 손잡이에 붙은 채 움직이지 않았다.

“싸움이란 이렇게 하는 것이다. 전장에서 비겁함이란 없다. 적을 죽이지 못하고 적에게 죽는 자가 비겁한 자이다!”

“예, 알겠습니다!”

병사들의 우렁찬 대답 소리가 베르켄 마을을 진동시켰다.

4

“어제는 가면을 쓰고 계셔서 알아보지 못했습니다.”

리베의 말투는 공손했지만 인수의 눈을 피하지는 않았다.

인수는 잠시 정말 몰랐을까 하는 생각이 들었다. 자신은 첫눈에 그들을 알아볼 수 있었다. 그들의 가슴에 새겨진 사자 문양은 제나르 왕국의 왕실 문장이었다. 그래서 약간의 본보기를 보여준 것이다.

“나도 어제는 어두워서 알아보지 못했다.”

이미 엘프디언에 대한 소문이 널리 퍼졌기에 인수는 거만한 자세를 유지했다.

케이트의 전 약혼자라고 했던가? 리베 프라이스 남작은 여자들이 좋아할 만한 얼굴이었다. 저 은빛 갑옷 속에는 튼실한 근육이 자리를 잡고 있을 것이다. 재수와 군이 비교를 하자면, 용과 미꾸라지 같은 차이를 느끼게 했다. 물론 외형적인 것들만 따졌을 때다. 재수는 리베에 대해서 알게 되자 어디서 그런 힘이 솟았는지 행군에 지쳐서 다 죽어가던 녀석이 총을 들고 죽이러 간다고 난리를 쳤다. 케이트가 나서서 이제는 관심이 없다는 말로 말리지 않았으면 벌써 대형 사고를 냈을지도 모른다. 지금도 어딘가에서 재수의 이목을 돌리기 위해 케이트가 열심히 놀아주는 중이었다.

인수는 리베에게 의자를 권했다. 미치가 차를 내올 때까지 둘 사이에는 어색한 침묵만이 흘렀다.

"무슨 일로 왔지?"

인수가 먼저 침묵을 깼다.

"이건 쇼운 전하의 친서입니다. 읽어보면 알게 되실 겁니다."

그렇게 말하며 리베는 편지를 내밀었다. 어제 더글라스를 애 다루듯 하는 걸 보고 많은 생각을 하게 되었다. 거느린 병사들도 모두 정병임을 한눈에 알 수 있었다. 그리하여 한 가지 결론을 도출했다. 엘프디언에 대한 소문이 절대 과장은 아니라는 것이다. 짧은 기간 동안 정병을 만든 걸 보면 병사들을 다루는 능력도 뛰어난 것 같았다. 그들의 태도는 마음에 들지 않았지만 아버지의 말처럼 최대한 그들의 힘을 이용할 생각이었다.

인수는 편지를 받아서 밀봉 상태부터 살폈다. 사자가 새겨진 도장이 선명하게 찍혀 있었다. 누가 뜯어본 흔적은 없었다.

"내용을 알고 있나?"

인수는 편지를 손에 들고 그렇게 말했다.

"출발 전에 이야기는 들었습니다."

편지는 밀납 봉인 외에도 무언가로 단단히 붙였는지 칼로 뜯어야 했다. 인수는 발목에서 단검을 뽑았다. 인수의 행동에 리베가 약간 움찔했지만 인수는 개의치 않았다. 편지를 개봉할 때 쓰는 화려하게 장식된 지칼이 책상 위에서 인수의 무심한 손길을 기다리고 있었지만 무시했다. 예절이나 품위가 악평이 자자한 인수를 돋보이게 하지는 않는 것이다.

'이 땅의 통치자'로 시작하는 장문의 편지를 인수는 인내심을 가지고 읽었다. 그랑시온은 완전히 악마, 그 이상도 이하도 아닌 걸로 묘사가 되어 있었고, 콜 남작과 케이트까지 들먹이며 도움을 달라는 부분은 눈물 겨울 정도였다. 그리고 제일 마지막에 지나가는 말처럼 자신의 동생인 안젤라 공주를 인수에게 보낸다는 내용이 쓰여 있었다. 물론 예뻐해 달라는 오빠로서의 부탁과 함께 지참금에 대한 언급이 간단하게 쓰여 있었다. 거의 다 쓸데없는 이야기였지만 마지막 구절은 인수의 마음에 정말 쏙 들었다. 지참금을 가장한 군자금으로 볼 수 있을 정도였다.

"공주를 나한테 준다?"

인수는 공주를 물건처럼 말했다.

"예, 그렇습니다. 전하께서는 연합의 증표로 안젤라 공주님을 한님께 보낸다고 하셨습니다."

리베는 엘프디언의 말투가 거슬리기는 했지만 예의를 갖추어 말했다.

"연합이라?"

별로 달갑지 않은 내용이었다. 재수없으면 죽을 수도 있고, 지금까지 해왔던 싸움은 장난에 불과할 정도로 규모가 커지게 될 것이다. 전우들과 많은 죽을 고비를 넘겨왔지만 이번에도 그 고비를 잘 넘길 수 있다고 확신할 순 없었다.

봄이 오면 쇼운을 조금 도와주기는 할 생각이었지만 전면에 나서서 싸우는 것은 내키지 않았다. 편지에는 도움이라고 되어 있었지만 연합이라면 이야기가 달라졌다. 그랑시온 영지들이 주변에 널려 있었다. 아니, 포위 상태라고 하는 것이 맞을 것이다. 겨울이라는 특성과 중립을 표방해서 겨우 버틸 수 있었을 뿐이다. 혼자서 결론을 내리기에는 매우 큰 문제였다.

"그렇습니다. 미노피 원정군과 콜 영지의 연합입니다."

리베가 연합이라는 것을 명확히 했다.

"그럼 지금 공주가 여기에 와 있나?"

연합은 둘째 치고 인수는 순수한 호기심으로 공주라는 생명체를 한 번 보고 싶었다. 이야기책에 나오는 것처럼 공주가 정말 예쁜지, 이슬만 먹고 사는지 확인하고 싶은 욕구가 생겼다.

"여관에 머물고 계십니다."

리베의 목소리가 커졌다. 오늘 모두를 불러들일 줄 알았지만 아침에 전령이 와서 딱 2명만 성으로 들어오도록 명령을 했다. 그 생각을 하자 참았던 화가 다시 거세게 일었다.

"다른 것은 줄 게 없나?"

인수는 지참금에 대해서는 거론하지 않았다. 연합을 하자면 다른 것들이 필요하기 마련이다. 전쟁은 돈이 많이 드는 것이다. 지참금을 조금 과하게 가지고 온 공주는 약간의 도움은 되겠지만 그뿐이었다. 쇼운이 바보가 아닌 이상 여자 한 명으로 연합을 하자고 하지는 않을 것이다. 그런 아름다운 미담은 책에서나 나오는 것이라고 인수는 굳게 믿었다. 이야기와 현실은 엄연히 다른 것이다.

"무슨 말씀입니까?"

리베는 전혀 모르겠다는 말투였다.

"그럼 우리더러 그냥 나와서 싸우라는 이야기냐?"

인수가 목소리를 높였다. 더 이상은 전우들을 잃고 싶지 않았다. 애지중지 키운 영지병들도 마찬가지였다.

"한 나라의 공주님으로는 부족하다는 것입니까? 도대체 뭘 원하십니까? 귀족의 일원으로서 마땅히 충성을 하는 것이 맞지 않습니까? 어떠한 대가가 더 있어야 된다는 말입니까?"

리베는 이미 출발을 할 때 쇼운으로부터 연합에 대한 모든 권한을 위임받은 상태였다. 연합 결성을 반드시 성공해야 된다는 명도 받았다. 그리고 엘프디언이 원하는 것이 있다면 적당한 선에서 양보하라는 소리도 이미 아버지한테 들었지만 처음부터 순순히 그럴 생각은 별로 없었다. 일단 강하게 나가 보기로 했다. 지금 리베의 눈에 보이는 엘프디언이란 존재는 욕심 많은 괴물일 뿐이었다.

"이해를 못한 건가? 난 엘프디언이지 왕국의 귀족이 아니야. 왜 여기 와서 이런 이야기를 하지? 여기서 며칠만 더 가면 다른 영지들도 많이 있어. 그 영지에 가서 왕의 권위를 내세워서 연합하자고 제의를 하던가 해."

인수는 거침없이 말했다. 이렇게 강하게 나가면 알아서 수그리고 나오기 마련이었다. 당분간 콜 영지는 아쉬울 것이 없었다. 쇼운과 그랑시온이 내전으로 힘이 빠지면 그 틈을 이용해 살며시 주변 영지 몇 개를 손에 넣으면 그만이었다. 그렇게 해서 덩치가 커지면 더욱 건드리지 못할 것이다. 병사들이야 신교대에서 뽑아내면 되는 것이고, 재물은 다른 영지에서 흡수하면 되는 것이다. 그 편이 훨씬 안전했다.

하지만 원정군으로 인해서 그 모든 계획에 차질이 생겼다. 이곳은 내전의 피해가 거의 없었지만 싫든 좋든 봄이 되면 전장으로 변할 것이다. 다른 이득이 필요했다. 인수는 자선사업가가 아니었다. 목숨을 걸어야 되는 만큼 더욱 많은 것들을 뺏을 생각이었다.

"미치!"

"예, 인수님."

인수의 부름에 미치가 대답과 함께 미치가 문을 열고 들어왔다.

"손님 가신다. 배웅 잘하고 와."

"예, 알겠습니다."

미치가 문 옆에 선 채로 대답했다. 톱니바퀴처럼 척척 맞아 들어가는 환상적인 연기였다.

"조건을 이야기하십시오."

리베가 다급하게 말했다.

"별로……."

인수는 시큰둥한 반응을 보였다. 여기서 반색을 하면 체면이 깎이는 법이었다. 그리고 인수는 그렇게 얼굴이 두껍지 않았다.

"말씀하십시오."

리베가 다시 또박또박 말했다. 그러자 인수는 조용히 손짓을 해서 미치를 내보냈다. 이만하면 충분했다.

"조건이라? 그냥 별다른 건 없고 연합을 했을 때의 작전 계획과 지휘권, 그리고 미노피 영지와 그 외 우리가 점령하는 영지에 대한 우선권 정도?"

잠시 뜸을 들이다 인수가 생각나는 대로 말했다.

"그런!"

"아! 깜빡 잊은 게 있네. 물론 보급품은 그쪽에서 부담하는 거겠지?"

"이런 말도 안 되는 조건을 이야기하다니, 우리를 너무 우습게보는 것 아닙니까?!"

엘프디언의 조건은 받아들이기 힘든 것이었다.

"최소한의 성의는 보여야지, 안 그래? 솔직히 이야기해 볼까? 우리는 그랑시온하고 연합하면 그만이야. 그리고 너희들을 몰아내고 미노피를 차지하면 우리는 손해 날 것이 하나도 없다는 이야기야. 뭘 알고 떠들어."

인수는 탁자까지 치면서 이야기했다. 그랑시온하고 연합할 일은 절대 없겠지만 틀린 이야기는 하나도 없었다.

리베는 엘프디언의 말에 경악을 금할 수 없었다. 다 맞는 말이었다. 엘프디언을 너무 쉽게 생각했다. 이번 작전을 계획한 자신의 아버지도 이런 생각은 안 했던 것 같았다. 그저 공주를 바치면 일이 술술 잘 풀릴 줄 알았을 것이다. 아니, 자신이 너무 자존심을 내세웠던 같았다.

"양보를 해주십시오."

"뭘 양보해?"

이제 슬슬 수확의 시기가 돌아오고 있었다.

"일단 작전권은 양보하겠습니다. 그리고……."

협상을 마치고 집무실을 나가는 리베를 인수가 불러 세웠다. 리베의 얼굴은 몹시 지쳐 보였다.

"저녁 만찬에 공주를 초대하지. 만찬 전까지 다른 엘프디언들과 조율을 끝내놓을 테니 지금 이야기한 연합의 내용을 사본을 토대로 정식 문서로 작성해 오도록 해."

"문서가 꼭 필요한 것입니까? 공주님과 결혼하면 연합이 되는 것 아닙니까?"

리베는 마지막으로 어리숙한 척 말했다.

"없던 걸로 할까?"

인수는 웃음을 참으며 말했다. 리베라는 녀석은 끝까지 자신을 시험하려 했다.

"준비해 오겠습니다."

리베는 완패를 당했음을 인정할 수밖에 없었다. 세상은 넓고 자신보다 뛰어난 사람, 아니, 엘프디언도 있는 것이다. 그렇다고 일방적으로 손해를 본 것은 아니었다. 엘프디언과 병사들은 그만한 가치가 있었다. 다만, 엘프디언에게 주는 것은 길가의 돌멩이조차 아깝다는 생각이 들 정도로 싫을 뿐이었다.

"아, 그리고 사담이지만 걱정이 돼서 한 가지 말해두겠네."

"말씀하십시오."

"케이트의 전 약혼자라며?"

"예?"

의외의 이야기가 나오자 당황한 것 같았다.

"그냥 확실히 하자는 거야."

"예, 전에는 약혼자였습니다."

"지금은?"

"아닙니다. 저는 그녀에게 죄를 지었습니다."

인수가 보기에도 그럴싸한 대답이었다. 케이트에게 접근해서 사고를 일으키지는 않을 것 같았다.

"그렇게 생각한다니 다행이군. 케이트는 곧 다른 엘프디언과 결혼할 거야."

"그렇습니까?"

리베의 얼굴에 보인 감정은 딱히 뭐라고 표현할 수가 없었다. 기뻐하는 건지 슬퍼하는 건지.

"오늘 만찬에서 조심하는 게 좋을 거야. 특히 눈이 쭉 찢어진 엘프디언을 조심해."

인수는 미리 재수에 대해서 암시를 했다.

"무슨 말씀입니까?"

"보면 알게 될 거야."

5

1. 제나르 왕국군 산하 미노피 원정군과 콜 영지병은 연합을 한다. 연합의 목표는 그랑시온 반역 무리의 토벌에 있다.

*이하 연합군으로 표시한다.

2. 연합군의 지휘는 엘프디언 한이 맡는다. 부사령관으로 리베 프라이스 남작과 엘프디언 장을 임명한다.

3. 연합군의 보급품은 제나르 왕국이 부담한다.

4. 콜 남작령은 그랑시온 반역 무리의 토벌에 최선을 다한다. 최소한 8개 이상의 백인대와 세 명 이상의 엘프디언이 참전한다.

5. 연합군의 출정 시기는 3월 이후로 한다.

6. 연합의 대가로 콜 남작령은 미노피 백작령과 스네일 남작령을 갖는다. 단, 미노피 백작령은 연합이 체결된 직후부터 콜 남작령의 소유로 하며, 스네일 남작령은 차후 점령이 끝나는 시점으로 한다. 미노피 백작의 재산은 연합 결성 직후 최대한 빨리 콜 남작령에 넘겨준다.

7. 미노피 백작령에 머무르고 있는 미노피 원정군의 주둔은 허용하나 약탈 행위는 금한다. 위반 시 당사자를 처벌할 권리는 콜 남작령이 갖는다. 차후 스네일 남작령에도 똑같이 적용된다.

8. 미노피 백작령과 스네일 남작령을 제외한 다른 영지에 대한 권리는 쇼운 전하에게 소유권이 있다. 단, 전리품의 3분의 1을 콜 남작령에 양도한다.

9. 미스트르 왕국군의 참전 시 미스트르 왕국군의 지휘권은 차후 상의하여 결정한다.

10. 연합군의 해체는 그랑시온 반역 무리의 토벌이 완료되는 시점으로 정한다.

11. 안젤라 공주와 엘프디언 한과의 결혼을 변하지 않는 연합

의 증표로 삼는다.

12. 위의 약속을 위반 시 연합은 자동적으로 파기되며, 모든 책임은 위반자에게 있음을 명시한다.

13. 위의 내용은 제나르 왕국의 통치자인 쇼운 전하로부터 전권을 위임받은 미노피 원정 사령관 리베 프라이스 남작과 콜 남작령의 영주 대리 엘프디언 한에 의해 체결되었으며, 빠른 시일 안에 쇼운 전하의 재가를 받는다.

인수는 모두가 들을 수 있게 리베와 상의한 내용을 읽어주었다.

"전쟁인가, 이제?"

내용을 듣고 상식이가 작게 중얼거렸다.

"그 조건이 좋은 거야?"

재수가 인수에게 물었다. 당연한 의문이었다.

"내가 생각할 때 우리가 받을 수 있는 최대한이야. 그리고 아까도 이야기했지만 우리가 선택할 수 있는 경우의 수 중에 쇼운하고 연합하는 것이 최선이야. 물론 이건 내 생각이야. 하지만 이보다 더 좋은 조건은 없을 거야."

"한인수 병장님, 꼭 연합을 해야 됩니까? 그냥 우리끼리 잘 먹고 잘살면 안 될까요? 꼭 누구의 도움을 받아야 잘사는 것은 아니지 않습니까?"

"나도 그러고 싶다. 하지만 사방이 적이야. 그렇다고 그랑시온하고 손을 잡을 수는 없잖아. 안 그래? 그리고 내전이 끝나고 나서 그랑시온이 왕이 되면 우리를 과연 내버려 둘까?"

상태의 물음에 인수는 차분하게 설득을 했다. 상태의 말이 틀린 것은 아니었다. 인수도 가끔 다 팽개쳐 버리고 숲으로 돌아가고 싶었다. 괴물들과 어울리는 게 더 오래 살아남는 길인지도 몰랐다.

"그랑시온은 절대 안 돼. 난 꼭 케이트의 복수를 하고 말 거야."

칭찬을 바라는 아이처럼 재수는 케이트를 바라보았다. 하지만 케이트는 아무 말도 하지 않았다.

"그렇지. 우리가 이렇게 고생을 하게 만든 원흉이니까. 난 아직도 변소 가는 게 무서워."

도신이는 그렇게 말하며 부르르 떨었다. 그때는 그만큼 다급하고 절박했다. 살기 위해서 취한 행동이지만 죽을 때까지 치욕스러운, 잊고 싶은 기억이었다.

"젠장, 나도 그래."

상식이가 그때의 냄새를 기억해 냈는지 코를 막으며 말했다.

"그렇지만 쇼운도 우리한테 해준 것이 없지 않습니까?"

상태가 반론을 재기했다. 바보 트리오에 휩쓸리지 않은 그는 무척이나 진지했다.

"맞는 말이야. 우리는 받은 것이 하나도 없어. 군자금도 아직 받지 못했고 말이야. 믿을 수 없는 게 사실이지."

인수는 상태의 말을 인정했다.

"한인수 병장님, 꼭 둘 중에 하나를 선택해야 됩니까? 우리에게는 이 세상을 바꿀 지식이 있습니다."

"무슨 지식?"

상태의 말에 상식이가 그를 쳐다보며 물었다.

"전에 배웠던 지식들 말입니다."

"그럼 묻겠는데, 네가 뭐 하나 만들어낼 수 있어? 그걸 떠나서 그럴 시간이 있을까?"

인수가 상태에게 냉정하게 물었다. 인수도 그런 생각을 안 해본 것은 아니었다. 어릴 때 본 소가 끄는 쟁기를 만든다든가 물레방아를 만들 수도 있고, 풍차를 만들 수도 있을 것이다. 시간만 주어진다면. 하지만 당장은 시간이 없었다. 앞으로 몇 개월이면 운명이 결정될지도 몰랐다. 아니, 지금 이 순간 자신도 모르게 운명이 결정지어지고 있을지도 모른다.

인수의 물음에 상태는 대답을 하지 못했다.

"지금 이 성에 있는 모두가 끊임없이 일을 하고 있지만 나아진 것이 뭐가 있어? 병사들에게 지급할 무기도 아직 다 갖추어지지 않았어. 고작 800명을 무장시키는데 말이야. 거기다 800명이 얼마나 많이 먹는 줄 알아? 지금도 가진 돈을 아껴서 쓰곤 있지만 이렇게 가다간 다른 영지에 쳐들어가서 약탈을 해야 될 판이야."

인수는 그동안 혼자 고민하던 이야기를 꺼냈다. 병사들은 돈 먹는 기계였다. 베르켄 성에 병사들이 적은 것이 처음에는 이상했지만 이제는 알 수 있었다. 병사들을 모집하는 것은 쉽지만 그들을 유지하는 것은 매우 힘든 일이었다.

"그 정도로 심각합니까? 몰랐습니다."

상식이가 걱정스러운 얼굴로 물었다.

"나도 너희들 말처럼 우리끼리 그렇게 평화롭게 살고 싶어. 매일같이 호화스럽게 먹고 마시고, 우리가 아는 지식이 이 세상에 보탬이 되도록 하면서 아무 걱정 없이 그렇게 살고 싶다고. 하지만 세상이 그렇게 놔두지를 않잖아. 저 빌어먹을 원정군이 와서 우리는 결정의 시간을 너무 일찍 맞이하고 말았어. 싫든 좋든 봄이 되면 이곳은 전장이 될 거야. 그렇기 때문에 우리는 결정을 해야 돼. 우리가 가진 것을 잃을 수는 없잖아?"

인수는 속이 쓰렸다. 이런 식으로 말하는 것은 내키지 않았지만 하기 싫어도 해야 되는 일이었다.

"그렇긴 하지만 누군가 죽는 것은 이제 싫습니다. 더구나 제가 죽는다면 캐롤은 어떻게 합니까?"

상태가 침울하게 말했다.

"죽긴 누가 죽어?"

인수는 화가 나서 외쳤다. 자신의 앞에서 누군가가 죽는다면 참을 수 없을 것이다.

"나도 절대 안 죽어. 케이트를 두고 죽을 수는 없어."

재수가 케이트를 쳐다보며 다짐했다.

"복수도 중요하지만 저도 오빠들이 다치거나 죽는다면 반대예요."

케이트가 처음으로 입을 열었다. 그랑시온이 원수이기는 했지만 선불리 나설 수 없는 문제였다. 목숨을 걸고 싸우는 것은 케이트가 아니라 인수 일행이었기 때문이다. 그것이 케이트의 입을 침묵하게 만든 결정적 이유였다.

"아까부터 왜 자꾸 죽는다는 이야기를 합니까? 사람은 그렇게 쉽게 죽지 않습니다. 우리가 죽기 전에 먼저 적들을 없애면 되는 것 아닙니까?"

도신이가 버럭 소리를 질렀다.

"이왕 이렇게 된 거 끝까지 가봅시다. 굶어 죽는 것보다는 싸우다 죽는 것이 좀 나지 않습니까?"

상식이도 인수에게 힘을 실어줬다.

"너희들에게 강요하지는 않겠다. 이번이 마지막이 될 것이다."

인수의 솔직한 심정이었다. 더 이상은 그 누구를 위해서도 칼을 들고 싶지 않았다. 조용히 쉬고 싶었다.

"한인수 병장, 혼자 폼 잡으면 어떻게 해? 걱정 마. 혼자 싸우게 하지는 않을 테니까."

재수도 제법 멋있는 소리를 했다.

"우리 너무 오래 이야기해서 서로 감정을 상하지는 말자. 이제 우리는 다섯 명만 남았으니까. 반대를 해도 탓하지는 않을 거야. 오히려 반대를 하면 마음이 더 편할지도 모르겠다. 잠시 쉬면서 잘 생각해 봐."

인수는 그렇게 말하고 잠시 밖으로 나왔다. 지금 자신의 결정이 최선이었는지 다시 생각해 볼 시간이 필요했다. 자신의 손에 수많은 사람들의 목숨이 달려 있었다. 가깝게는 전우로부터 시작해 멀게는 영지에 사는 영지민까지 그 모든 것이 이 한 번의 결정에 달려 있었다.

잠시 후, 일행들이 다시 모인 방 안은 무척이나 조용했다. 이제 어려운 결정을 해야만 했다.

"연합에 찬성하는 사람?"

인수는 힘들게 말을 꺼냈다. 인수의 물음에 예상과 달리 전원이 손을 들었다. 거기에는 물론 상태도 포함되어 있었다.

"모두들 고맙다. 특히 상태, 힘든 결정을 해줘서 고맙다."

인수는 괜히 눈물이 날 것 같았다. 눈치를 보느라 반대하지 못했을 수도 있지만 그래도 조금은 마음이 편해졌다.

"훌륭한 아버지가 되기 위해서 찬성한 겁니다."

상태는 그렇게 말하며 눈물을 닦았다.

갑작스러운 상태의 말에 그가 반대한 이유를 알 수 있었고 모두들 축하를 하느라 정신이 없었다. 일행 중에 처음으로 아버지가 되는 것이다.

"그런데 한 가지 짚고 넘어갈 것이 있습니다. 아까는 이런 이야기하기 뭐해서 참았는데, 이건 너무하는 거 아닙니까?"

그 정신없는 와중에 상식이의 목소리가 들렸다.

"뭐가?"

인수는 무슨 소리를 하는지 알 수가 없었다.

"공주랑 결혼한다면서요? 누구는 한 명도 없는데 혼자서 두 명을 거느리고 살 겁니까?"

자연스럽게 넘어가나 했더니 역시나 상식이는 그런 쪽으로는 누구 못지않게 날카로웠다.

"형수님은 어떻게 하실 겁니까?"

도신이가 진지한 얼굴로 물었다.

"제이미하고는 그런 관계가 아니라니까. 못 믿냐?"

"예, 못 믿습니다."

인수의 강변에도 불구하고 도신이는 망설임없이 단호하게 대답했다. 언제나 이런 식이었다, 이 녀석들은.

"언제 우리들의 결혼에 대해서 생각해 본 적 있습니까?"

도신이가 언성을 높였다.

"우리도 참을 만큼 참았습니다. 밤에 얼마나 외로운 줄 아십니까?"

상식이는 눈물까지 보이려고 했다.

"한인수 병장, 나하고 케이트의 결혼이 먼저라는 거 잊지 마."

재수도 빠지지 않고 말했다.

"제이미가 불쌍해요."

좀처럼 입을 열지 않던 케이트가 마무리를 했다. 인수는 순식간에 나쁜 놈이 되어버렸다. 수습을 해야 했다.

"잘 들어봐. 결혼하고 싶은 생각은 나도 없다. 공주의 나이가 이제 겨우 16살이라고 하더라."

"또? 그럴 줄 알았어. 짐승."

재수가 다시 투덜댔다

"말 끊지 마. 저쪽에서는 우리가 배신하지 않을, 그런 확신이 필요한 것 같아. 나도 처음엔 거부했는데 연합의 상징성과 우리가 배신하지 않는다는 믿음을 주기에는 공주와 결혼하는 것만큼 나은 것이 없어. 공표가 된다면 우리는 그랑시온하고 둘 중 하나가 없어질 때까지 머리 터지게 싸워야 되니까. 게다가 공주가 여기까지 결혼하기 위해서 왔다고 하잖아. 차마 거부할 수가 없었다. 그리고 누차 이야기하지만 제이미는 동생으로 생각할 뿐이야."

인수는 결혼에 대한 배경을 알아듣게 설명했다. 리베는 공주와의 결혼은 절대 양보할 수 없고, 연합을 위해서는 꼭 필요하다고 말했다. 인수도 거부만 할 수는 없었다. 왜냐하면 공주는 지참금을 가장한 군자금을 가지고 있었고, 현재의 재정 상태를 생각할 때 거저 주는 돈을 마다할 수가 없었기 때문이다. 그리고 그로 인해 많은 것을 양보받을 수 있었다.

하지만 인수의 설명에도 방 안의 반응은 냉담했다. 모든 것을 설명해 줄까 하다가 입만 아플 것 같아서 인수는 꾹 참았다.

"배 째."

그 한마디를 남기고 인수는 급히 방을 나왔다. 등 뒤에서 칼을 뽑는 소리와 고함이 난무했지만 애써 안 들리는 척했다.

"젠장, 귀마개를 어디다 둔 거야?"

6

"공주님, 어서 드레스를 입으세요."

산드라는 공주를 재촉했다. 아니, 재촉할 수밖에 없었다. 리베 경이 저녁 만찬 소식을 전한 후부터 공주는 어린아이처럼 굴고 있었다. 아직 드레스조차 입지 않았다. 드레스를 입고 머리를 손질하고, 화장하고, 장식을 하려면 시간이 너무도 부족했다. 거기다 시중을 들어줄 하녀는 그녀 혼자뿐이었다.

"별로 내키지 않아. 산드라, 리베 경에게 몸이 아파서 만찬에 갈 수 없다고 말해줄래?"

안젤라는 침대에 누워서 그렇게 말했다. 정말 어디가 아팠으면 했지만 오히려 몸 상태는 다른 때보다 좋았다.

"그러시면 안 됩니다, 공주님. 이 일이 얼마나 중요한지 모르십니까?"

"도망가 버릴까?"

언뜻 공주의 눈에서 정말 그렇게 할 것 같은 기색이 보였다.

"그분의 분노를 어떻게 감당하시려고 그러세요."

만약 안젤라 공주가 없어진다면? 산드라는 생각하기조차 싫었다.

"산드라가 내 입장이 되어봐."

안젤라는 눈물을 흘리며 말했다.

"울어도 소용없습니다."

산드라는 단호하게 말했다. 이런 것이 반복되면 공주에게 하나도 좋을 것이 없었다. 빨리 현실을 받아들여야 했다. 오빠에 의해 그녀는 엘프디언에게 팔려 온 것이다.

"너무해."

안젤라는 그렇게 말하며 이불을 푹 뒤집어썼다.

다른 방법을 써야 했다. 이러다가는 정말 늦을 것 같았다.

"공주님, '공주로서 사는 법' 이란 책 아시죠?"

"내가 그걸 모르겠어? 내가 가장 좋아하는 책 중에 하나인데. 저기 내 짐 속 어딘가에도 있을걸?"

"공주라는 존재는 자신을 희생함으로써 많은 사람을 구할 수 있다, 기억나세요?"

산드라가 몇 마디를 읊조리다가 안젤라에게 물었다.

"그래, 다음 구절은 이렇지? 이는 마땅히 성녀에 비견될 만하다. 그렇다고 해서 자신을 불행하다고 생각해서는 안 된다. 공주의 가치는 아름다움에서 나오는 것이 아니라 세상의 모든 사람들을 포용하는 자기희생에서 나오는 것이다."

공주의 존재 이유에 대해서 써놓은 구절이었다. 거슬러 올라가면 안젤라의 할머니의 할머니쯤 되는 공주가 쓴 책이었다.

"아셨으면 빨리 옷을 입으세요."

산드라는 오늘 입을 드레스를 들어 보이며 말했다. 그녀가 들어 보인 드레스는 정말 아름다웠다. 이런 드레스를 입는 것만으로도 행복할 것 같았다.

"근데 산드라?"

안젤라가 드레스에 손을 뻗치다가 멈추며 물었다.

"예, 공주님."

산드라가 방긋 웃으며 대답했다.

"엘프디언은 사람이 아니잖아?"

예리한 지적이었다. 산드라의 머리가 바쁘게 움직이기 시작했다. 얼른 다른 변명을 찾아야 했다.

"현자 미하임이 쓴 '유사 인류에 대한 견해'를 읽어보셨

어요?"

"아니."

"그 책에 보면 엘프디언은 인간으로 분류가 됩니다."

"그래?"

안젤라가 미심쩍은 눈초리로 쳐다보자 산드라는 피하지 않고 당당하게 그 눈길을 받았다.

"그렇게 의심이 나면 나중에 책을 구해서 읽어보세요. 지금은 급하다구요."

그렇게 말하며 산드라는 안젤라의 손을 끌어당겼다. 서둘러야 했다.

다행히 리베 경이 부르러 오기 전에 안젤라는 준비를 끝마칠 수 있었고, 공주의 신분에 걸맞게 아름답고 우아한 모습으로 마차에 탈 수 있었다. 하지만 산드라가 안도의 한숨을 내뱉기도 전에 공주는 문제가 될 만한 상태로 앉아 있었다.

"공주님, 얼굴 좀 펴세요."

안젤라는 산드라의 맞은편에서 인상을 찌푸리고 있었다. 아름다운 얼굴이 밉게 보일 정도였다.

"내 얼굴이 어때서?"

"화난 사람 같잖아요."

"맞아. 나 화났어."

"제가 엘프디언에 대한 다른 소문을 들었어요."

산드라는 다른 방법을 생각해 냈다.

"뭔데?"

안젤라가 바로 관심을 보이는 것을 보니 궁금하다는 증거였다.

"듣고 싶으세요?"

산드라가 호기심이 생기도록 더욱 은밀하게 말했다.

"아니, 별로. 어차피 조금 있으면 보게 될 텐데. 소문은 망상의 산물이다."

"케이만이 뛰어난 학자이지만 이런 말도 있지요. 소문과 진실은 한 아버지의 자식이다."

"그건 누구야?"

평소 책을 많이 읽은 안젤라도 처음 듣는 격언이었다.

"산드라요."

갑자기 생각해 냈지만 스스로가 생각해도 그럴싸했다.

"학자 흉내를 내려고?"

안젤라는 즐겁게 웃으며 말했다.

"그렇게 웃고 계시니 정말 아름다워요."

산드라의 기분도 덩달아 좋아졌다.

"아부는 그만 하고 빨리 소문이나 말해줘."

"리베 경을 따라다니는 덩치 큰 기사 있잖아요."

산드라의 목소리가 작아졌다. 누가 들을까 봐 걱정하는 것처럼 보였다.

"누구?"

"더글라스라고 모르세요?"

"잘 모르겠는데? 그게 누구야?"

"저희가 미노피 항에 내릴 때 마차를 가지고 대기하던 기사 있잖아요."

산드라는 좀 더 자세히 이야기했다. 하긴 일개 기사의 이름을 공주가 어떻게 알겠는가?

"아! 그 기사?"

산드라의 설명을 듣고서야 생각이 난 모양이었다.

"예, 그 사람이 어제 엘프디언하고 결투를 했대요."

"정말?"

"예, 그 소문이 마을에 파다해요."

"어떻게 됐는데?"

안젤라는 누가 이겼는지 궁금했다. 생각해 보니 기사의 덩치가 무척 컸다.

"결론부터 말하자면, 엘프디언이 이겼어요. 그 기사는 지금 거동도 못하고 여관에 누워 있어요. 기사가 덤볐는데 엘프디언이 이리저리 피하다가 가볍게 휘두른 주먹 한 방에 쓰러지고 말았어요. 손이 얼마나 빠른지 눈에 보이지도 않고요. 또, 엘프디언의 발은 강철로 만들어져 있어서 갑옷이 소용이 없어요."

산드라는 자신이 그것을 본 것처럼 이야기했다. 사실 여관에서 일하는 아이한테 아침에 들은 이야기였다.

"아, 그래서 어젯밤에 그렇게 시끄러웠던 거야?"

안젤라는 잠결에 무척 시끄러운 소리를 듣고 잠이 깼었다. 마차 여행이 힘들었는지 피곤해서 곧 다시 잠이 들었지만.

"예, 근데 중요한 건요."

"뭔데?"

"엘프디언 한이 그렇게 만들었데요."

"한이 누군데?"

"영주 대리, 공주님이 결혼할 분이요."

"정말? 설마 나도 때리는 건 아니겠지?"

안젤라가 두려움이 깃든 목소리로 물었다.

"제가 은밀하게 들었는데요. 엘프디언이 여자를 때리는 경우는 딱 2가지래요."

"뭔데?"

"알고 싶으세요?"

"응. 빨리 말해줘."

"못생긴 여자하고 웃지 않는 여자래요."

산드라는 마음속으로 안젤라에게 용서를 빌었다. 엘프디언이 여자를 때리는 경우는 못생겼을 때뿐이라고 들었다. 웃지 않는 여자라는 것은 안젤라가 조금이라도 엘프디언에게 잘 보이기를 바라는 마음에서 산드라가 붙여 넣은 것이었다.

"그럼 엘프디언을 만나면 무조건 웃어야 되는 거야?"

드디어 산드라가 원하는 말을 안젤라가 물었다.

"예, 그렇다고 들었어요."

"이렇게 웃으면 돼?"

안젤라가 입가에 미소를 지었다. 누가 보더라도 억지웃음이라는 생각이 들 정도로 어색했다.

"조금 더 자연스럽게 지어보세요."

"이렇게?"

"예, 아주 좋아요."

어느새 마차가 멈추었다.

"성문을 열어라. 안젤라 공주님의 행차이시다."

안젤라는 환하게 미소를 지었다. 맞고 싶지는 않았다.

7

"어디 전쟁터 가냐?"

인수가 한 명씩 복장 점검을 하다가 재수한테 말했다. 나름대로 신경을 썼는지 전투복은 칼 주름이 잡혀 있었고, 낡은 전투화도 제법 반짝거렸다. 오른쪽 발목에는 군용 대검이 자리를 잡고 있었고, 그 위로 허벅지에는 손잡이가 반질반질한 손도끼가 걸려 있었다. 왼쪽 허리에는 검이, 등에는 K-2 소총이 각각 자리를 잡고 있었다. 뭐, 여기까지는 다른 녀석들과 같았다. 그런데 얼굴이 문제였다. 눈을 제외한 얼굴 전체가 삼색 위장 크림으로 덮여 있었다.

"강렬한 인상."

재수가 짧게 말했다.

"강렬한 인상이 뭐?"

"강렬한 인상을 남겨주기 위해서 신경을 좀 썼어."

"지우고 와라."

인수는 재수의 엉뚱함에 화를 내고 싶지도 않았다.

"싫어."

재수는 단호하게 말했다. 이왕이면 케이트의 전 약혼자라는 녀석의 꿈속에까지 나타나서 괴롭혀 주고 싶었다.

"한인수 병장님, 제가 아까 말렸지만 소용이 없었습니다."

도신이가 불쌍한 눈으로 재수를 쳐다봤다.

"케이트가 참 예쁘다고 하겠다?"

인수가 재수를 달랠 수 있는 마지막 카드를 꺼냈다.

"케이트도 나의 진심을 알면 허락할 거야. 절대 안 지울 거니까 무슨 말을 해도 소용없어."

하긴 이런 자리에 저러고 나타나는 것도 보통 사람으로서는 절대 할 수 없는 일이었다.

"에휴, 너 잘났다."

인수는 결국 포기할 수밖에 없었다. 시간도 얼마 없었다. 공주는 지금 응접실에서 케이트를 주축으로 한 여자들과 함께 있었다. 곧 이리로 올 것이다.

"상식이, 넌 또 왜 그래?"

아까부터 상식이는 계속 무언가를 중얼거리고 있었다. 그 중얼거리는 소리가 신경이 쓰일 정도였다.

"기도하는 중입니다."

"너, 종교 없잖아?"

상식이는 보통 때는 법당엘 나갔다. 예배가 끝나면 편하게 쉴 수가 있기 때문이다. 교회는 가끔씩 아가씨들의 위문 공연 때만 갔던 걸로 알고 있었다. 아니, 지금은 종교란 것이 의미가 없었다. 이곳에 온 순간 모두들 믿음을 잃었다. 신이 있다면 이렇게 가혹하지는 않을 것이기에.

"공주를 위해서 특별히 기도하는 중입니다."

상식이 '특별히' 라는 단어에 힘을 주며 엄숙하게 말했다.

평소에 누굴 위해서 기도할 녀석이 아닌데, 본 적도 없는 공주를 위해서 기도를 하다니? 인수로서는 이해 못할 일이었다. 인수가 상식이의 이마를 짚어보았지만 열은 없었다. 정상이란 소리였다.

"무슨 내용인데?"

"공주가 제발 못생겼기를 빌고 있습니다."

"그거 좋은데? 나도 해볼까?"

도신이는 그런 말을 기다렸다는 듯이 손을 모으며 자세까지 잡았다.

"제가 캐롤한테 들었는데, 왕국 제일 미녀라던데요?"

상태가 둘을 한심한 눈길로 보며 말했다.

"누가? 공주가?"

상식이는 믿을 수 없다는 표정이었다. 하지만 곧 얼굴이 일그러지기 시작했다.

"확인하기 전에는 믿지 마. 소문은 과장되는 법이야."

도신이는 그렇게 상식이를 위로했다.

"공주님이 오십니다."

미치가 식당의 문을 살짝 열고 말했다. 막 한소리하려다가 인수는 꾹 참을 수밖에 없었다.

"입 닫아. 너희들, 나중에 보자."

인수는 그렇게 말하고 입을 다물었다. 그리고 속으로 공주가 예뻤으면 좋겠다고 빌었다. 소원을 안 들어주던 분이 지금에 와서 들어주지는 않겠지만 밑져야 본전이었다.

잠시 후, 식당의 문이 양옆으로 활짝 열리고 파란색 드레스를 입은 케이트가 가장 먼저 식당에 들어섰다. 인수의 눈이 부지런히 공주의 모습을 찾았다. 어떻게 보면 맞선 자리나 마찬가지였다.

인수는 공주를 한눈에 알아볼 수 있었다. 금발의 머리는 단정하게 빗겨져 있었고, 황금 나비 장식이 돋보이는 은색 머리띠를 하고 있었다. 귀에는 붉은색 보석으로 장식된 금 귀걸이를 하고 있었고, 가슴에도 귀걸이와 한 쌍인지 제법 큰 붉은 보석이 박혀 있는 금 목걸이를 하고 있었다. 드레스는 붉은색으로 화려했는데 가슴이 조금 강조되어 있었다. 이런 화려한 복장과 치장은 공주를 충분히 돋보이게 만들 만했다. 복장만큼은 일단 왕국 제일이라 해주고 싶었다.

공주에 비하면 케이트는 검소해 보일 정도였다. 다만 공주가 아직 젖살이 덜 빠진 듯한 동안이란 것이 문제였다. 아니, 동안이라기보다는 어린아이라는 것이 맞을 것이다. 16살이라더니 나이보다 훨씬 더 어려 보이는 얼굴이었다. 예쁘다고 하기도 뭐하고, 안 예쁘다고 하기도 뭐했다. 그냥 평범한 새 나라의 어린이였다. 인수의 눈에는 그 이상도 이하도 아니었다.

[신이 또 한 번 우리를 버렸다.]

도신이가 탄식을 하며 한국말로 작게 말했다.

[도신아, 우리 그냥 같이 죽자.]

상식이는 주먹을 꽉 쥐고 말했다.

[근데 너무 어려 보이지 않습니까?]

상태가 두 명의 바보에게 위로의 말을 했다.

두 명의 고개가 확 돌아가며 상태를 노려봤다.

[그러니까 좋은 거지.]

둘은 쌍둥이가 된 것처럼 똑같은 말을 상태에게 했다.

[오빠들, 조용히 좀 해.]

케이트가 눈에 힘을 주며 말했다.

"죄송합니다, 공주님. 엘프디언들이 공주님의 미모가 출중하다고 하십니다."

케이트가 어색한 분위기를 환기시키기 위해 거짓말을 했

다. 뭐, 틀린 이야기는 아니었다. 인수의 관점에서는 어린아이이고, 다른 바보들의 관점에서는 예쁘고 젊은 것이었다.

"감사합니다."

안젤라는 환하게 미소를 지으며 그렇게 말했다.

"제나르 왕국의 통치자이신 쇼운 전하의 동생이 되시는 안젤라 공주님이십니다."

케이트가 정식으로 모두에게 공주를 소개했다.

"엘프디언 한, 인수님입니다. 엘프디언은 성이 앞에 오지요. 콜 영지의 영주 대리를 맡고 계신, 공주님의 부군이 되실 분입니다."

케이트의 소개에 인수가 앞으로 나섰다. 공주와 인수의 눈이 마주치자 공주가 웃으며 치마를 살짝 들어올리고 고개를 숙였다. 이에 인수는 고개를 살짝 끄덕거렸다. 어디까지나 자신은 거만하고 포악한 엘프디언이었다. 하지만 억지로 시집 오는 아이치고는 표정이 밝아 보여서 다행이라고 생각했다.

"인수입니다."

"안젤라입니다."

"엘프디언 장, 재수님입니다. 얼굴은… 그러니까……."

공주가 재수의 얼굴을 보고 살짝 놀란 모습을 보였다. 특히나 쭉 찢어진 눈이 얼굴에 칠한 위장 크림 때문에 더욱 돋보였다. 물론 소개를 하는 케이트도 조금 당황한 얼굴이었다.

[오빠, 얼굴이 그게 뭐예요?]

케이트가 목소리를 낮춰서 한국말로 물었다.

[왜?]

평소의 재수답지 않게 케이트 앞에서도 당당했다.

[끝나고 내 방에서 이야기 좀 해요.]

케이트는 그 정도로 마무리 짓기로 했다. 자칫 이야기가 길어지면 목소리가 높아질 것 같았기 때문이다.

"장님이 얼굴에 마법 가루를 바른 이유는 용사로서 당신과 친구가 되겠다는 뜻입니다. 엘프디언에게는 최상의 표현이라고 할 수 있습니다."

케이트가 돌아서서 그럴듯하게 설명하자 대충 공감을 한 것 같았다.

"재수입니다."

"안젤라입니다."

"환대에 감사합니다."

공주가 다시 한 번 인사를 했다. 재수 때문에 어색해질 수 있는 자리가 케이트 덕분에 무난하게 넘어갔다. 오히려 훌륭한 설명 덕분에 분위기가 더 좋아졌다.

나머지와의 인사는 별 무리가 없었다. 단지 도신이와 상식이가 공주의 얼굴을 너무 뚫어지게 쳐다본 것이 문제라면 문제였다. 물론 그런 무례한 눈빛에도 공주는 끝까지 웃음을 잃지 않고 환한 미소를 보냈다. 공주는 저런 참을성 교육도 받는 것이 분명하다고 인수는 생각했다. 인수였으면 저런 음흉

한 눈빛에 당장 응징의 주먹이 나갔을 것이다. 공주와의 인사가 끝난 후에 리베와의 인사가 이어졌다.

"미노피 원정군 사령관이신 리베 프라이스 남작입니다."

이반이 나서서 리베에 대해서 소개를 했다.

[얼굴 진짜 못생겼네.]

재수가 리베의 매끈한 얼굴을 트집 잡으며 말했다. 한겨울의 매서운 바람에 얼굴 피부가 많이 상한 자신과 비교가 되었다. 연적에 대한 심술이었다.

[저도 저런 녀석은 왠지 싫습니다.]

도신이도 못마땅한 것 같았다.

[때려주고 싶은 얼굴인걸?]

상식이까지 가세했다.

[나쁜 놈이기는 하지만 얼굴은 잘생긴 것 같습니다.]

상태의 말에 세 쌍의 눈이 약속이나 한 듯이 맹렬하게 상태의 외눈을 압박했다. 눈 한 개로 여섯 개의 눈을 감당하는 것은 무리였다.

[자세히 보니 조금 구역질이 나려고 합니다.]

결국 상태는 눈빛 압박에 버티지 못하고 굴복해서 거짓말을 하고 말았다. 계급은 아직도 깡패인 것이다. 병장 22호봉의 비애였다. 얼른 30호봉이 되고 싶었다. 그런다고 해도 이미 까마득히 벌어진 차이는 영원히 줄어들지 않겠지만.

리베에 대한 평을 들으며 분명히 잘생겨서 못마땅한 거라고 인수는 생각했다. 거기다 인수에 대한 부러움도 한몫했을 것이다. 인수도 리베가 마음에 들지는 않았다. 어차피 이 세상에 믿을 수 있는 사람은 전우밖에 없었다.

"초대에 감사합니다."

리베가 정중하게 인사를 했다. 인수는 말없이 가볍게 고개를 끄덕였다.

"리베 프라이스 남작입니다."

리베가 재수에게 인사를 했다.

"재수."

재수는 그렇게 이름만 밝히고 오른손을 내밀었다.

리베는 재수가 악수를 청하는 걸로 생각하고 내밀어진 재수의 손을 반갑게 잡았다. 그런데 자신의 손을 잡은 엘프디언이 힘을 주고 있었다. 리베도 곧 그 의도를 눈치 채고 손에 힘을 주기 시작했다. 이 엘프디언은 지금 자신을 망신시키려 하는 것이다. 손아귀 힘이라면 자신도 누구 못지않았다. 검을 들기 위해서 강한 손아귀 힘은 필수였다. 먼저 소리를 내는 사람이 지는 것이다.

재수의 눈이 가늘게 변했다. 리베라는 녀석이 제법 버티며 힘을 주고 있었다. 이제 와서 질 수는 없는 것이다. 이기지 못하면 안 하는 것만 못했다. 재수가 손에 더욱 힘을 주자 팔 근육이 더욱 단단하게 뭉치기 시작했다.

리베는 이자가 그자라고 확신했다. 아까 처음 식당에 들어설 때부터 자신을 쳐다봤다. 끈끈함이라고 할까, 집요함이랄까? 쭉 찢어진 눈에서 발산되는 그 눈빛은 어쨌든 상당히 기분이 나빴다. 그리고 지금 더욱 가늘어진 눈을 보자 아까 엘프디언 한이 조심하라던 말이 생각났다. 눈이 쭉 찢어진 엘프디언이 자신의 눈앞에 있는 재수라는 것을 알 수 있었다.

젖 먹던 힘까지 다하고 있지만 이제는 더 이상 버틸 수가 없었다. 이대로 가면 망신을 당할 것 같았다. 그러면 결투을 신청해야 되는지 진지하게 고민했다. 손아귀의 힘만 보아도 이 엘프디언의 경지가 어느 정도인지 알기에 결투는 선뜻 내키지 않았다. 하지만 명예는 더욱 중요한 것이었다.

조금만 더 힘을 주면 비명을 지르며 무릎을 꿇을 것 같았다. 이겼다는 생각에 재수는 미소를 지으며 케이트를 쳐다보았다. 케이트에게 이 녀석의 초라한 모습을 보여주고 싶었다. 하지만 재수는 케이트의 눈을 보는 순간 손에서 힘이 빠졌다. 왜 빠졌는지는 알 수 없었다. 재수는 리베의 손을 놓아주었다. 케이트의 눈이 슬퍼 보여서 그랬는지, 아니면 자신을 슬프게 보아서 그랬는지는 알 수가 없었다.

리베는 자신의 손을 바라보았다. 빨갛게 변해 있었다. 아픔을 덜기 위해 손을 쥐락 펴락 하면서 마음을 다잡았다. 자신을 망신시키려는 의도는 없었다고 좋게 생각하기로 했다. 연합을 위해서 이 정도는 참기로 했다. 그 대신 철저하게 이용해 주겠다고 다시 한 번 마음먹었다.

[미친놈, 작작 좀 해라. 내가 너 때문에 못살겠다.]

엘프디언 한이 엘프어로 조용히 웃으며 재수라는 엘프디언에게 무슨 말을 하는 것 같았지만 리베는 그 뜻을 도무지 알아들을 수 없었다. 다행히 다른 엘프디언은 리베를 시험하려고 하지 않았다.

8

"미노피에서 들여온 케르라는 물고기입니다. 바다가 없는 콜 영지에서는 겨울에만 맛볼 수 있는 특별한 요리입니다."

하녀장이 리베의 물음에 설명을 했다. 하녀장의 얼굴에는 요리에 대한 자부심으로 가득했다. 하녀가 리베의 그릇에 먹음직스러운 물고기를 예쁘게 옮겨 담았다.

"맛있군."

리베의 입에서 그 말이 떨어지자 공주의 전속 하녀가 공주가 먹을 수 있게 물고기를 접시에 담았다. 리베가 독이 있나 먼저 확인하고 리베의 입에서 '맛있군' 이라는 말이 나오면 공주가 먹었다. 그러한 행동이 약간 신경 쓰이기는 했지만 인수는 그냥 넘어가기로 했다. 이 정도의 주의는 당연한 것일지도 모른다. 아직 연합이 이루어진 것은 아니니까.

공주는 아주 귀엽게 입을 오물거리며 먹다가 인수와 눈이 마주치자 미소를 지었다. 인수도 덩달아 웃음을 지을 수밖에 없었다.

[한인수 병장님, 공주가 좀 이상한 거 아닙니까?]

상식이가 조용히 물었다.

[뭐가?]

[아까부터 웃기만 하는 게 영…….]

상식이가 말끝을 흐렸다.

[웃는 게 뭐가 이상해?]

인수는 대수롭지 않게 말했다.

[제가 보기에도 이상합니다. 저랑도 눈이 마주치면 계속 웃습니다. 제가 웃기게 생겼습니까?]

상태가 진지하게 말했다. 평소에 농담을 모르는 녀석이라 다른 녀석들의 말보다 신빙성이 있었다.

[너 웃기게 생긴 거 맞아, 애꾸야.]

도신이가 상태의 말에 긍정을 표했다.

[확실히 상태가 웃기게 생긴 건 맞지만, 공주의 저 은색 머리띠 대신 꽃만 꽂아주면 딱 그거잖아?]

상식이가 도신이에게 답을 유도했다.

[뭐? 미친X?]

도신이는 상식이가 원하는 답을 정직하게 말했다.

인수는 도신이의 말에 사레가 들리고 말았다. 콜록콜록 소리를 내며 기침을 했다. 간신히 진정시킨 후 도신이를 날카롭게 쳐다봤다. 아무리 배가 아파도 그렇지 어린아이를 보고 미친X이라니?

“아, 생선 가시가 목에 걸렸네.”

인수가 어색하게 물을 들이키며 말했다. 모두의 시선이 인수에게 집중되었다.

“케르라는 물고기는 원래 뒤집어서 먹으면 안 됩니다, 공주님.”

보다 못한 케이트가 수습에 나섰다.

“왜 그렇지요?”

조용히 입만 오물거리며 먹던 공주가 관심을 보였다.

“어부들 사이의 속설이죠. 바닷가에서 케르는 신의 축복을 받은 물고기라고 하거든요. 1년 내내 잘 잡히고 맛도 좋아 바닷가에 사는 주민들한테는 주식이나 다름없습니다. 전설에 따르면 케르를 처음 잡은 어부들이 요리를 해서 먹었는데 그 맛이 너무나 좋았답니다. 그런데 그중에 한 어부만 케르를 뒤집어서 먹지를 않았다고 합니다. 그렇게 맛있게 케르 요리를 먹은 후에 어부들은 다시 고기잡이를 나갔습니다.”

“그래서요?”

공주의 눈이 반짝였다.

“신의 장난인지 맑은 하늘이 어두워지며 갑자기 풍랑이 몰아쳐서 어부들이 탄 배가 뒤집혔습니다. 어부들은 살기 위해 물속에서 허우적거리며 발버둥을 쳤습니다. 하지만 우연인지 필연인지 케르를 뒤집어서 먹지 않은 어부만 살아남았습니다. 그 후로 어부들은 케르를 절대 뒤집어서 먹지 않았다고 합니다. 케르를 뒤집으면 배가 뒤집힌다는 속설이 생긴 거죠. 그래서 절대로 뒤집어서 먹으면 안 된다고 합니다."

"일반 물고기를 먹는 법하고는 다르게 조금 특이하네요."

"예. 그렇습니다, 공주님. 하지만 먹는 법이 이상하고 불편해도 그 정도는 감수할 수 있는 맛이죠?"

"예, 저는 처음 맛보지만 정말 맛있군요."

공주는 케이트의 설명을 들으며 조심스럽게 뼈를 발라냈다. 그렇게 먹는 것도 재미있을 것 같았다.

케이트로 인해 어색한 분위기가 한층 부드러워졌다. 지금 케이트가 이 자리에 있는 것이 인수에게는 축복이었다.

[한인수 병장님.]

상식이가 인수를 불렀다.

[또 뭐냐?]

인수는 골치가 아팠다. 케이트도 상식이를 주시했다. 오늘 수습을 할 만한 사람은 케이트밖에 없었다.

[저 하녀, 예쁘지 않습니까?]

[누구?]

[공주의 전속 하녀 말입니다.]

[관심있냐?]

인수가 물어보나 마나였다. 관심이 있으니 묻는 것이다. 슬슬 이 녀석들도 장가를 보내줘야 된다는 생각이 들었다.

[저도 관심 많습니다.]

도신이가 새치기를 했다.

[옛날 동화책에서 본 것 같은데, 그런 것 있지 않습니까? 상대가 맘에 들지 않아서 바꿔치기 하는 것 말입니다. 오히려 전속 하녀가 옛날이야기에 나오는 공주에 더 어울리는 미모 아닙니까?]

상식이의 말을 듣고 보니 그럴듯했다.

[정말 네 말대로 하녀가 이슬만 먹고 사는 공주 같아 보인다.]

도신이가 하녀에게 눈을 떼지 못하고 말했다.

[정말 그럴지도 모릅니다. 공주가 왕국 제일 미녀라는 소리를 캐롤에게 들었습니다.]

상태까지 가세하며 의문이 증폭됐다.

인수도 혹시나 하는 생각이 들었다. 가능성이 없는 것은 아니다. 누가 자기 동생을 흉흉한 소문이 자자한 엘프디언에게 보내겠는가? 더구나 은근히 인수도 하녀에게 마음이 갔다. 실제 나이가 몇 살인지는 모르겠지만 외견상으로는 성인이었고, 얼굴도 여기 식당 안에 있는 어떤 여자보다도 뛰어났다. 인수의 눈이 진위를 묻기 위해 케이트를 향했다. 케이트가 식기를 가지런히 내려놓고 말했다.

[당연한 걸 왜 물어요. 공주는 앉아 있는 분이 맞아요. 어릴 적에 한 번 본 적이 있다고요.]

[아니면 말고.]

상식이는 그렇게 말하고 다른 음식에 손을 뻗었다. 흠집 내기를 해놓고도 아무 거리낌이 없는 표정이었다.

인수의 눈에 힘이 들어갔지만 잠시 후에 풀어질 수밖에 없었다.

"무슨 말씀을 나누신 겁니까?"

공주의 얼굴에는 호기심이 가득했다.

"다름이 아니라 공주님의 목걸이 때문에 이야기를 나누었습니다."

"저의 목걸이 말입니까?"

공주가 고개를 숙여 사방에 붉은빛을 뽐내고 있는 목걸이를 내려다보고는 말했다.

"예, 공주님. 그 목걸이가 공주님보다 예쁘다 아니다, 그런 이야기를 나누었습니다."

"그렇습니까?"

공주의 눈이 조금 커졌다.

"예, 그래서 한님은 보석과 비교하지 말라고 하셨습니다. 공주님의 아름다움은 왕국 제일이 분명하다고 하시면서요."

케이트의 설명에 인수와 공주의 얼굴이 동시에 변했다. 물론 공주는 부끄러워서 변한 것이고, 인수는 케이트의 설명에 얼굴이 굳은 것이다.

"너무 과한 칭찬입니다. 저보다는 케이트 양이 더욱 아름답지 않습니까?"

공주는 겨우 진정이 됐는지 조용하게 말했다. 칭찬에 대한 답례였다. 순간 식당의 분위기가 얼어붙으며 모두의 시선이 케이트에게 집중되었다.

"아닙니다."

케이트는 작게 말했고, 사정을 아는 사람들은 안도의 한숨을 내쉬었다.

"아름다운 얼굴을 그렇게 가리고 있으니 불편하지 않으십니까?"

그러나 공주는 거기에서 멈추지 않았다. 어떻게 보면 놀리는 말로 들릴 수도 있었다. 케이트는 아직도 천으로 얼굴을 가리고 있었다. 얼굴의 상처는 영원히 지워지지 않을 낙인이었다. 그러고 보면 언제나 한결같은 재수가 진정한 사나이였다. 물론 그 사나이가 발작하지 못하게 인수가 재수의 발을 사정없이 밟고 있었지만.

"익숙해져서 괜찮습니다. 얼굴은 단 한 분에게만 보여주기로 마음을 먹었습니다."

케이트는 예상과 달리 밝게 말했다. 게다가 의미심장한 말이기도 했기에 옆에서 발작을 하려던 사나이는 그 말에 한순간 얌전해졌다. 물론 케이트의 눈에서 슬픔을 발견한 사람은 인수뿐만이 아닐 것이다.

"공주님, 이것을 드셔보기 바랍니다. 이 음식은……."

케이트는 능숙하게 다른 음식을 공주에게 설명하기 시작했다.

만찬은 케이트 덕에 별다른 큰 사고 없이 끝이 났다. 케이트는 의외로 수완이 좋았다. 그렇다고 사고가 없었던 건 아니었다. 공주의 전속 하녀를 두고 상식이와 도신이가 서로 누가 많이 먹는가로 내기를 했고, 결국 음식을 양손으로 입에 마구 집어넣은 도신이가 이겼다. 물론 그 둘의 만행 뒤에 케이트의 멋지고 아름답게 미화된 설명이 뒤를 이었다. 그리고 재수는 만찬이 끝날 때까지 리베를 끈끈하고 집요하게 쳐다보았다.

9

4명이 응접실에 앉아 있었다. 콜 영지 측에서는 인수와 케이트가 대표였고, 미노피 원정군 측에서는 리베와 안젤라가 대표였다. 그들이 앉아 있는 테이블 위에는 두 장의 종이가 올려져 있었다. 평소 성에서 쓰는 종이보다 훨씬 질이 좋았다.

"확인해 보십시오."

리베가 종이를 가리키며 말했다.

인수와 케이트는 각각 종이를 들어 읽기 시작했다. 내용은 아까 사본으로 확인한 내용이었는데 다 읽고 서로 바꾸어서 다시 읽기 시작했다. 다른 점이 있으면 안 되는 것이다. 일부러 공증인으로 케이트를 부른 이유도 거기에 있었다. 미묘한 차이라도 있으면 나중에 곤란해진다.

"특별한 이상은 없는 것 같습니다."

케이트가 서류를 테이블에 내려놓으며 말했다. 서류는 인수의 사본과 거의 동일했다.

"그럼 서명을 할까?"

인수의 말이 떨어지자 하녀가 멋들어진 깃털 펜을 가져왔다.

"치워라. 다른 것으로 서명을 하겠다."

인수의 말에 리베는 다른 것이라면 혹시 혈인을 말하는 것인지도 모른다고 생각했다. 자주 쓰지는 않지만 아주 중요한 계약을 할 때 자신의 피로 서명을 하는 경우가 종종 있었기 때문이다.

인수는 상의 주머니에서 볼펜을 꺼냈다. 흰색과 검정색이 조화를 이루는 모X미 볼펜이었다. 몸체에는 진품임을 인증하는 'MoXXmi 153 0.7' 이라는 글씨가 검은색으로 양각되어 있었다. 전에는 아무렇게나 굴러다니던 물건이었지만 지금은 몇 자루 남지 않은 귀중한 물건이었다. 이 투박한 모양의 볼펜은 생긴 모양과는 다르게 아름답게 치장된 다른 볼펜에 비해 성능이 탁월하다고 할 수 있었다. 그렇기에 인수는 어떤 악조건에서도 만족감을 느끼며 잘 사용하고 있었다. 인수는 볼펜을 보며 만약 볼펜 사용 후기를 쓴다면 A4 용지 10장은 충분히 쓸 수 있을 것이라는 생각을 잠시 했다.

엘프디언 한은 잠시 뜸을 들이더니 주머니에서 흰색의 작은 막대기를 꺼냈다. 피를 내기 위한 단검으로 보이지는 않았다. 그 다음이 충격적이었다.

엘프디언 한이 종이에 대고 막대기를 움직이자 막대기가 지나간 곳에 검은색의 이상한 문양이 선명하게 남겨졌다. 게다가 잉크가 번지지도 않았다. 끝의 검은 부분이 목탄 같은 것인가 해서 자세히 쳐다봤지만 목탄 같지는 않았다. 엘프디언 한은 그 신기한 물건을 케이트에게 아무렇지도 않게 넘겨주었다. 혹시나 해서 손을 자세히 살펴보았지만 손에는 어떠한 것도 묻어 있지 않았다.

케이트도 그 물건이 익숙한지 금새 엘프디언 한의 서명 뒤에 자신의 서명을 했다. 이내 두 장의 서류에 서명이 끝나고 케이트가 엘프디언 한에게 물건을 건네주자 엘프디언 한이 자신에게 흰색의 막대기를 내밀었다. 리베는 조심스럽게 그 물건을 받았다. 생각했던 것보다 무겁지는 않았다. 흰색의 긴 몸체에 정교한 문양이 양각되어 있었다. 리베는 그 문양이 엘프어라고 단정 지었다. 막대기는 처음 보는 신기한 재질로 되어 있었고, 끝부분은 역시나 목탄이 아니었다.

"흠흠."

리베는 헛기침 소리에 정신이 들었다. 곧 자신의 실책을 깨닫곤 얼굴을 붉히며 엘프디언이 한 것처럼 막대기를 잡고 조심스럽게 서명을 했다. 막대기가 막힘없이 종이 위를 움직이며 아주 부드럽게 종이에 서명을 할 수 있었다. 슬쩍 손가락으로 만져 보았지만 잉크는 묻어나지 않았다.

그렇게 해서 순식간에 두 장의 서류에 서명이 끝났다. 리베는 조심스럽게 공주에게 막대기를 넘겨주었다. 공주는 조금 당황한 것 같았지만 심호흡을 한 번 하더니 조심스럽게 막대기를 잡고 리베의 이름 뒤에 서명을 했다. 이로써 계약의 당사자와 공증인들의 서명이 끝난 것이다.

리베는 공주에게 막대기를 받아서 조심스럽게 내밀었다. 이것은 이야기책에서나 나오는 '마법의 펜' 이 아닐까 하는 생각이 들었다. 엘프디언 한은 그것이 익숙한지 받아서 상의 주머니에 대충 집어넣었다. 리베의 시선이 아쉬운 듯 막대기가 사라진 상의 주머니에 머물러 있었다.

"그것이 무엇입니까?"

공주의 목소리에는 호기심이 담겨 있었다.

리베는 공주의 물음이 한없이 고마웠다. 자신도 궁금한 내용이었기에.

"마법의 펜이다."

인수는 두 명의 표정을 보고 웃음을 참으며 말했다. 그리고 이내 좋은 생각이 떠올랐다. 조금은 놀려주는 것도 괜찮을 것 같았다.

"그것이 마법의 펜입니까?"

반문하는 공주의 눈과 목소리가 한층 커졌다.

"이것은 아주 만들기 힘든 물건이다. 또한 의미가 있는 물건이기도 하지."

"의미라면 어떤 것입니까?"

"이것으로 서명을 하게 되면 서명을 한 순간 마법이 걸리게 된다. 만약 지금과 같은 계약에서 약속을 지키지 않게 되면 서명을 한 사람에게 재앙이 내리게 되지."

인수는 그렇게 말하고 최대한 사악하게 보이도록 웃어주었다.

"그것이 사실입니까?"

진실을 묻는 공주의 얼굴이 심하게 일그러졌다. 꼭 울 것 같은 얼굴이었다. 지금까지의 미소가 거짓말 같았다.

리베도 등에 식은땀이 흘렀다. 엘프디언의 저 웃음 뒤에는 사악한 음모가 있었던 것이다. 한편으로는 진짜일지 약간 의심이 가기도 했다. 하지만 그 신기한 능력이 신경 쓰였다.

"걱정할 것은 없다. 약속만 지킨다면 아무런 해도 없을 것이다. 진실인지 아닌지 확인해 보아도 상관은 없지만 책임은 나에게 없다."

인수는 그렇게 쐐기를 박고는 서류 한 장을 챙겼다. 둘은 얼이 빠져 있었다. 그 말이 사실일지 아닐지 머릿속으로는 열심히 고민하고 있을 것이다.

"친구가 된 것을 축하한다."

고민은 인수의 몫이 아니었기에 인수는 자리에서 일어나

당당하게 리베에게 손을 내밀었다. 즉흥적으로 생각해 낸 것 치고는 효과가 좋다고 자평하면서.

리베는 인수의 손을 잡을 수밖에 없었다. 진위 여부를 떠나서 인수의 말대로 약속만 지키면 되는 것이다.

"감사합니다, 연합군 사령관님."

리베의 말투에는 가시가 돋혀 있었다.

"앞으로 협조를 부탁하지, 부사령관."

인수는 리베의 말투에 아랑곳하지 않고 부드럽게 말했다.

"공주와 오늘 밤 동침을 하겠다. 공주는 두고 가."

인수는 연합의 마지막을 장식할 일격을 가했다.

"그것은……."

리베는 안젤라 공주를 한 번 쳐다보고는 더 이상 말을 이을 수가 없었다. 결혼식 같은 것도 없이 일국의 공주를 평민쯤으로 취급하고 있었다. 그렇다고 지금에 와서 물릴 수도 없었다.

"왜? 싫은가?"

"관례가……."

"우리의 관례에는 그런 것이 없다."

인수는 딱 잘라 말했다. 이 한마디면 충분하다고 생각했다. 괜히 결혼식 준비다 뭐다 해서 재물과 시간을 낭비할 생각은 없었다. 그리고 지금 막 손에 들어온 미노피도 요리해야 했다.

"공주를 내 방으로 데려가."

인수는 하녀에게 명령을 내렸다.

"리베 경, 그동안 감사했습니다. 승전하세요."

안젤라 공주는 이미 모든 것을 포기했는지 일어나서 리베에게 인사를 했다.

"공주님……."

리베는 말을 잇지 못했다.

그 말을 남기고 안젤라는 하녀를 따라서 밖으로 나갔다.

리베의 눈이 안타까운 눈으로 안젤라의 흔적을 더듬었다.

"오빠, 너무 겁을 준 것 아니야?"

케이트가 내성문을 빠져나가는 리베가 탄 마차를 보며 말했다.

"이 정도는 해야 앞으로 다른 생각을 못하지. 왜, 아직 미련이 남은 거야?"

인수는 노파심에 물었다. 확실히 리베라는 녀석이 재수보다는 나아 보였다. 신체적으로나 정신적으로나.

"그런 것은 아니에요."

"그럼 됐어."

인수는 몸을 돌렸다. 아직 해야 할 일이 남았다.

"오빠."

뒤에서 케이트가 인수를 불렀다.

"왜?"

인수가 대답을 하며 뒤를 돌아보았다.

"아니에요."

케이트는 아무 말도 하지 못했다. 아니, 할 수 없었다.

"싱겁기는, 잘 자."

인수는 성큼성큼 계단을 올라갔다. 신발의 징과 돌바닥이 부딪치는 소리가 어두운 복도에 울려 퍼졌다.

인수는 이내 자신의 방문 앞에 서 있었다. 평소 집무실에서 잘 때가 많아 꼭 남의 방에 온 것 같았다. 인수는 긴장을 풀기 위해 심호흡을 크게 한 후 문을 열었다.

안젤라 공주가 침대에 앉아 있다가 재빨리 일어났다. 조금은 어색한 상황. 전속 하녀는 다른 곳에 있는지 보이지 않았고, 테이블 위에는 술로 보이는 물체가 놓여 있었다. 방 안으로 들어선 인수는 무기를 하나하나 차례로 해제해서 빈 의자에 내려놓았다. 뒤통수로 공주의 시선이 느껴졌지만 애써 모른 척했다. 그리고 이내 의자에 앉아서 술잔에 술을 가득 따라 단숨에 마셨다. 술이 강하게 인수의 목을 자극했다.

어느새 다가왔는지 안젤라 공주가 술병을 들고 서 있었다. 인수가 술잔을 내밀자 안젤라 공주가 술잔에 술을 가득 따라 주었다.

"세상을 오래 살다 보니 공주가 따라 주는 술을 마셔보네. 서 있지 말고 앉아."

"예."

인수의 말이 끝나기 무섭게 공주가 의자에 앉았다.

인수는 공주를 천천히 살펴보았다. 확실히 애였다. 공주가 다시 환하게 웃기 시작했다.

"왜 웃지?"

"예?"

인수의 물음에 당황한 것 같았다.

"왜 아까부터 자꾸 웃지? 나에게 시집을 온 것이 기쁜가? 아니면 내가 웃긴가?"

인수의 목소리가 격해졌다. 화가 났다. 이런 어린아이를 물건처럼 넘기고 그걸 당연한 듯이 받아야 하는 자신이 한심스러웠다. 조금 전에 마신 술이 한꺼번에 올라오는 것 같았다.

"그런 것이 아니라……."

말끝을 흐리던 안젤라 공주가 결국 울음을 터뜨렸다. 그 모습에 더욱 화가 났다. 결국 공주가 지금까지 지었던 웃음은 거짓이었다. 지금 운다는 것은 자기가 좋아서 지은 웃음이 절대 아니라는 증거였다. 하지만 화는 금방 사라졌다. 아이에게 화낼 일이 아니었다. 인수는 이제는 색이 많이 바랜 군용 손수건을 앞으로 내밀었다. 그러자 공주가 손수건을 받아서 눈물을 닦았다. 인수는 술을 마시며 그 모습을 조용히 쳐다봤다.

"저, 때리지 않으실 거죠?"

어느 정도 진정이 됐는지 안젤라 공주가 울먹이며 말했다.

"내가 왜 너를 때려?"

인수는 기가 막혔지만 가능한 부드러운 어조로 말했다.

"정말 안 때릴 거죠?"

안젤라 공주가 확실히 다짐을 받으려고 하는지 다시 물었다.

"널 절대 때리지 않겠다. 이제 말해봐."

인수는 부드러운 어조를 유지하려고 애썼다.

"소문에 엘프디언은 여자가 못생겨도 때리고 웃지 않아도 때린다고……."

안젤라 공주가 인수의 눈치를 살피며 말했다.

"하하하!"

인수는 안젤라 공주의 말에 큰 목소리로 웃었다. 아니, 웃을 수밖에 없었다. 오늘 있었던 공주의 행동이 이제야 전부 이해가 갔다. 엘프디언에 관한 소문 중 이게 제일 웃겼다.

"그만 자라."

인수는 한참을 웃다가 그렇게 말했다.

"예?"

안젤라 공주는 당황한 얼굴이 되었다. 첫날밤에 어떻게 해야 되는지는 대강 들어서 알고 있었다.

"먼저 자라."

인수가 조금 더 크게 다시 말했다.

"저……."

"뭐?"

인수가 퉁명스럽게 대꾸했다.

"혼자 자요? 같이 자야 된다고 들었는데……."

말을 하는 안젤라 공주의 얼굴이 빨갛게 물들었다.

"하하하!"

인수는 웃으며 어둠에 묻힌 복도로 빠져나왔다.

"오 년쯤 뒤면……."

인수는 오늘도 집무실에서 자야 될 팔자였다.

다음날, 리베는 안젤라 공주의 짐을 베르켄 성으로 보낸 후 안심하고 미노피로 떠날 수 있었다. 어제 엘프디언 한이 공주를 너무 마음에 들어 했다는 소문이 자신의 귀에까지 들렸다. 얼마나 공주가 마음에 들었는지 외성까지 엘프디언 한의 기쁨에 찬 웃음소리가 들렸다고 했다. 그것도 밤늦게까지.

CHAPTER 2

출정

1

"기상."

조교의 목소리가 필의 귓가에 들렸다. 필은 그 작은 소리를 듣고 눈을 번쩍 떴다.

"기상!"

곧이어 더 큰 소리로 불침번들이 통로를 뛰어다니며 외치는 소리가 들렸다.

필은 모든 것이 꿈만 같았다.

필은 미노피 백작령의 퀼트 마을 출신으로, 올해 22살이 되었다. 그는 그의 아버지가 물려준 숙명처럼 한평생 농사만 짓다가 죽을 줄 알았다. 하지만 운 좋게 콜 영지와 미노피 영지가 합병되고, 콜 영지에서 일거리가 별로 없는 겨울에 때마침 병사를 징집했다. 급료도 엄청나게 좋았고, 자신 같은 농노를 정규 병사로 만들어준다고 했다.

처음에는 거짓말인 줄 알았다. 농노는 싫든 좋든 영지전이나 전쟁이 터지면 영주의 명령에 의해 강제로 동원되어 잡병이 되기 마련이었다. 운이 좋다면 제법 질 좋은 검을 받을 수도 있지만 재수가 없으면 나무 막대기를 들고 훈련도 없이 바로 사지로 뛰어드는 수도 있었다. 필의 아버지도 젊었을 때 그렇게 동원된 적이 있다고 했다. 그래서 더욱 믿기 힘들었다.

그런 필을 비웃기라도 하듯이 마을에 징집을 하러 온 기사는 매우 황송하게도 그를 비롯한 또래의 장정들에게 차분히 설명을 해주었다. 거기다 그 자리에서 선금까지 주었다.

결국 상자에 담긴 은화를 보고 필은 결심을 굳히고 앞장서서 징집에 응했다. 가족이 없는 필은 선금을 아로아의 아버지에게 주고 내전이 끝나면 아로아를 데려가기로 약조를 받았다. 살아만 돌아오면 아로아와 행복하게 살 수 있는 것이다.

잠시 뽀얀 아로아의 얼굴을 생각하던 필은 벌떡 일어나서 모포를 갰다. 기상을 하면 환상에 젖어 있을 시간이 없었다. 처음에는 잘 몰라서 옆에 있던 훈령병과 협력해서 모포를 갰지만 혼자 개는 것보다 더 오랜 시간이 걸린다는 것을 아는 데는 그리 많은 시간이 걸리지 않았다.

필은 빠르게 모포를 접어서 벽 쪽에 붙여두었다. 모포는 언제나 네모 반듯하게 접어야 했다. 조금이라도 소홀하면 조교들이 가만두지 않았다.

그 다음 순서는 언제나 정해져 있었다. 필은 전투복이라고 불리는 녹색 옷을 입었다. 엘프디언의 얼룩덜룩한 녹색 옷은 최고 지휘관인 '병장' 만 입을 수 있었다. 전에는 감히 얼굴도 제대로 쳐다보지 못한 기사들조차 녹색 얼룩 무늬 전투복이 허락되지 않는 것을 보면 확실히 엘프디언은 무언가 남다른 점이 있는 것 같았다.

필은 나무 침상에서 재빨리 내려와 전투화라 불리는 신발을 신었다. 전투화라 불린다고 해서 특별히 다른 점은 없었다. 아니, 있었다. 필이 처음 구경하는 가죽으로 만들어진 신발이었다.

이 전투화는 신는 방법부터가 특이했다. 절대 어디에 앉아서 신으면 안 되었고, 항상 서서 허리를 굽히고 신어야 했다. 물론 필은 서서 전투화를 신는 것에 불만은 없었다. 이런 가죽으로 된 신발을 신을 수 있다는 것만으로도 행복했다. 그의 생애에서 이런 호사를 누리기는 쉽지 않았다. 아니, 불가능했다. 콜 영지에서는 먹여주고, 재워주고, 입혀주는 모든 것들이 공짜였다.

필은 하이바라 불리는 투구를 들고 일단 밖으로 뛰어나갔다. 필보다 빠른 녀석들도 있었다. 막사 바깥에는 이미 빨간 하이바를 쓴 조교들이 서 있었고, 그 앞으로 막사에서 뛰어나온 훈련병들이 바쁘게 줄을 맞추어 서고 있었다.

숨 가쁘게 인원 점검이 이어졌다. 목소리는 언제나 크게! 그것이 요령이었다. 오늘은 한번에 인원 점검이 끝나서 빠르게 점호를 취할 수 있었다. 점호는 조교의 구령과 훈령병의 함성으로 시작되었다. 필도 조교들의 구령에 맞추어 소리를 지르고 엘프디언의 노래를 불렀다. 무슨 내용인지는 알 수 없지만 왠지 부르면 가슴이 울렁거리고 고향 생각도 났다.

노래가 끝나고 곧바로 체조가 시작되었다. 필은 체조 동작에 온 힘을 쏟았다. 바로 앞에서 조교가 눈을 번뜩거리고 있었기 때문이다. 아침부터 조교들에게 잘못 보이면 그날 하루는 내내 고달팠다. 그리고 필은 열심히 해야만 했다. 꼭 살아남아서 아로아가 기다리는 곳으로 돌아가야만 했기에.

아침 점호는 항상 무장 구보를 해야 끝이 났다. 나무로 만든 창을 가슴 앞에 파지한 상태로 성 밖의 베르켄 마을을 한 바퀴 도는 것으로, 제대로 달리지 못하면 한겨울의 차가운 바닥을 엉금엉금 기어서 성까지 와야 한다. 필도 몇 번 눈 쌓인 바닥을 기었던 기억이 있다. 그 기억을 더듬으며 오늘도 필은 해냈다. 그렇게 달리니 숨이 턱까지 찼다. 오늘도 몇 녀석이 처졌다. 아직도 정신을 못 차리고 병사가 된 것에 불만을 가지고 일부러 처지는 녀석들을 보면 가슴이 아팠다. 그들도 조만간 정신을 차릴 것이다. 그들 못지않게 눈앞에 있는 조교들도 만만치 않은 존재들이었다.

무장 구보가 끝나자 필은 아침을 먹기 위해 바로 식당으로 이동했다. 오늘은 고기가 들어간 스프가 나와서 필을 기쁘게 했다.

배식을 하는 녀석이 같은 퀼트 마을 친구여서 큼지막한 고깃덩어리가 필의 스프에 들어가 있었다. 필은 눈으로 고맙다는 인사를 하고 식탁에 앉았다. 마지막으로 식탁에 앉은 필이 입을 열었다.

"식사 시작!"

"감사히 먹겠습니다!"

훈령병들이 일제히 대답을 하며 숟가락을 들었다. 이제 바쁘게 숟가락을 움직이면 되는 것이다. 필도 바쁘게 숟가락을 움직였다.

"누가 그따위로 먹으라고 했어?"

그때 붉은 하이바를 쓴 조교가 필의 귀에 악을 썼다.

"82번 훈련병 필, 죄송합니다!"

필은 재빨리 스푼을 내려놓고 악을 썼다. 이곳은 변명이 통하지 않았다. 오직 결과만이 모든 것을 말해준다.

"죄송하면 다야? 직각 식사 모르나? 직각 식사!"

"알고 있습니다!"

필은 다시 악을 썼다. 간혹 조교보다 목소리를 크게 내면 용서를 해주곤 했다.

"알면서 왜 안 해?"

"죄송합니다!"

"2소대 식사 끝. 식당 앞에 집합!"

하지만 필의 대답이 무색하게 조교는 거침없이 명령을 내렸다.

식당 안에 앉아서 허리를 곧추세우고 직각 식사를 하던 훈련병들의 얼굴이 일그러졌다. 대부분이 아직 반도 먹지 못한 상태였다. 필은 쏟아지는 눈빛에 얼굴을 들 수가 없었다.

"내 말이 안 들려! 식사 끝!"

조교가 식탁을 걷어차며 말했다.

"예, 알겠습니다."

필을 비롯한 2소대는 대답과 함께 아쉬움을 뒤로하고 줄줄이 식기를 들고 일어섰다. 명령이 내려지면 목에 칼이 들어와도 지켜야 된다고 배웠다. 그리고 그렇게 해야 된다. 반항은 허용되지 않았다. 필은 식당 앞에 있는 통에 자신의 스프와 빵을 버렸다. 아쉬운 마음은 잠시였다. 필은 옆에 있는 물이 담긴 통에 식기를 넣고 닦았다.

"빨리빨리 해!"

어느새 조교가 따라붙으며 소리를 질렀다. 생각 같아서는 주먹을 올려붙이고 싶지만 마음만 그럴 뿐, 필에게는 그것을 실행할 용기가 없었다. 첫날 어설프게 반항을 하며 주먹을 날리던 훈련병이 조교의 발에 맞아 죽도록 얻어터진 이후에는 누구도 함부로 나서지 못했다. 그런 화려한 발놀림을 필은 태어나서 한 번도 본 적이 없었다. 그것이 '태권도'라는 것을 안 것은 며칠이 지나지 않아서였다.

"4열 종대 헤쳐 모여!"

조교의 말이 끝나기 무섭게 훈련병들이 기준을 정하고 움직이기 시작했다. 머뭇거릴 틈은 없었다. 옆에서 조교들이 시끄럽게 닦달을 했다.

"출발!"

훈련병 숫자가 용케 한번에 맞았는지 조교가 출발을 시켰다.

"완보!"

필은 제일 앞에서 왼발과 오른손을 앞으로 힘차게 뻗으며 움직였다. 이 간단한 동작도 처음에는 무척이나 힘들었다. 닷새 동안 오전에는 이것만 했다. 필은 그때 사람이 바르게 걷는다는 것이 엄청나게 힘든 일이라는 것을 알았다.

막사에 오기가 무섭게 다시 조교의 지시가 내려졌다.

"종이 울리면 개인 장구류를 착용하고 집합한다."

매일 똑같은 명령이었다. 지금부터 바쁘게 움직여야 한다는 것을 필은 알고 있었다. 일단 화장실부터 가야 했다. 필은 급히 막사 뒤로 뛰어갔다. 그곳에 변소가 있었다. 변소 앞은 이미 사람들로 북적거렸다. 다행히 오늘은 소변이어서 귀한 시간을 소비할 필요가 없었다.

종이 울린 것은 필이 막 얼굴을 씻고 내무실에 들어섰을 때였다.

"집합!"

명령은 간단했고 바로 훈련병들의 복명복창이 이어졌다. 필은 하이바를 쓰고 문 옆에 있는 나무창을 들고 뛰어나갔다. 하지만 늦는 병사 때문에 얼차려부터 받았다. 그러고 보면 항상 늦는 훈련병들이 있었다.

추운 날씨에도 불구하고 얼차려를 받자 몸에서 땀이 났다.

"잘할 수 있습니까?"

조교가 물었다.

"예, 그렇습니다!"

병사들은 소리를 질렀다.

"목소리가 작습니다."

조교가 트집을 잡았다.

하루 이틀 일이 아니었다. 그냥 어서 빨리 이 시간이 지나가기만을 필은 마음속으로 간절히 바랄 뿐이었다.

"잘할 수 있습니까?"

"예, 그렇습니다!"

필은 소리를 질렀다. 그렇다고 소리를 안 지를 수는 없었다. 이 시간이 끝나려면 무슨 수를 쓰던지 조교를 만족시켜야 했다.

"목소리가 마음에 안 듭니다. 정말 잘할 수 있습니까?"

"예, 그렇습니다!"

그렇게 한참 진땀을 흘리고 나서야 필은 성밖으로 이동할 수 있었다.

야외 훈련장은 성에서 굉장히 멀리 떨어진 휴경지에 있었다. 필은 왜 훈련장을 이렇게 멀리 만들었는지 알 수가 없었다. 야외 훈련장의 한쪽에는 튼튼해 보이는 성벽도 있었다. 처음에는 그 성을 쌓는 줄 알았지만 얼마 지나지 않아 용도를 알게 되었다.

천 명에 가까운 병사들이 매일 성밖으로 나서는 것은 장관이었다. 성밖 좌측에는 천막들이 줄지어 있었다. 원래 성안에 있던 정규 병사들이 필과 같은 훈련병들 때문에 숙소가 모자라서 쫓겨난 것이라고 했다. 그래서 그런지 오늘따라 경계를 서는 병사들의 눈초리들이 매섭게 느껴졌다.

진정한 훈련은 아직 시작조차 되지 않았다.

2

방 안에 불꽃이 일렁거렸다.

인수는 일렁이는 불꽃을 보며 '불을 찾아서' 라는 영화가 생각났다. 그만큼 인간에게 불은 유용했다. 밤의 어둠을 밝혀서 적으로부터 자신을 보호하게 되었고, 여유 시간이 생기면서 좀 더 정교한 도구를 만들어서 사용하게 된 시발점이 되었다. 인간에게 불은 정말 중요한 존재였다.

초가 자신의 몸을 태워서 방 안의 어둠을 밝히고 있었다.

그런 초의 노고를 위로하듯이 활활 타오르는 벽난로에 들어간 나무가 소리를 냈다. 정말 완벽한 조화였다. 가끔은 형광등의 밝은 불빛과 보일러의 훈훈한 온기가 그립기도 하지만, 그래도 이 정도면 살 만한 세상이었다.

상식이의 보고를 들으며 한편으로는 방 안의 풍경에 빠져 있던 인수가 입을 열었다.

"그래서? 보급품이 어떻게 되었다고?"

"보급품은 차질없이 계속 수송되고 있습니다. 하지만 애초에 약속한 것과 같은 분량을 맞출 수 있을지는 의문이 생깁니다."

"왜?"

"제가 미노피 항에서 듣기로는, 약탈당하는 배들이 많이 줄었다고 합니다. 일설에는 그랑시온이 해금령을 내렸다고 합니다."

"해금령?"

"예, 사략함대의 활동으로 손실이 생기니까 그런 조치를 취한 것 같습니다."

"그들이 배로 물자 이동을 하지 않고 버틸 수 있을까?"

"미노피 항에 정박해 있는 사략함대 선장의 말로는 어차피 그랑시온 측 영지에서 구입하는 것들이 대부분 무기와 같은 것이라서 육로 수송로만 갖추어지면 문제가 없다고 했습니다."

"그럼 우리만 손해잖아?"

“예, 그렇습니다. 그래서 사략함대는 이제부터 물자 수송에 전부 투입하기로 했습니다. 하지만 배의 숫자가 너무 적은 것이 문제입니다.”

“모두 몇 척이라고 했지?”

“처음에는 14척이었다고 하는데 지금은 20척으로 늘어난 상태입니다.”

인수는 상식이의 보고를 듣고 고민에 빠졌다. 20척의 배들이 얼마만큼의 무기와 식량을 수송할 수 있을지 자세히 알 수는 없지만 최소한 5,000의 병사들과 보급 부대들까지 생각한다면 적은 숫자가 분명했다. 보급이 계속 이어지고 겨울 보리의 수확을 군량으로 돌린다고 해도 빠듯했다. 중간에 다른 영지를 점령해서 군량을 확보한다고 해도 최소한 3달의 보급량은 갖추어야 했다. 잘 먹은 병사들이 잘 싸운다는 소리는 괜히 나온 것이 아니었다. 인수는 골치가 아팠다.

“그게 많은 거야, 적은 거야?”

재수가 인수를 대신해서 물었다.

“적은 숫자라고 합니다. 지금도 미노피에 주둔하고 있는 프라이스 남작의 병사들이 열심히 먹어치우는 중입니다.”

“리베에게 군량을 주더라도 우리 몫을 확실히 챙길 수 있도록 이반에게 이야기는 했겠지?”

“예, 이반이 알아서 챙기고 있었습니다. 일단 배가 들어올 때마다 무기가 되었든 전마가 되었든 군량이 되었든 절반은 무조건 우리 쪽으로 보내고 있습니다."

"중간에 슬쩍하는 녀석은 없습니까?"

상태가 외눈을 번뜩이며 말했다.

"감히 누가? 걸리면 무조건 참수형이야."

상식이가 목을 긋는 시늉을 했다.

미노피에서는 인수가 내린 명령을 잘 수행하고 있는 듯했다.

"간 김에 이반 좀 다독거리지 그랬어? 벌써 2달이 다 되어 가도록 미노피에서 고생 중이잖아."

병사 징집을 위해서 이반은 미노피로 갔다. 미노피에서의 병사 징집은 콜 영지와는 다르게 싸울 수 있는 자들은 모두 뽑았다. 적당히 실리를 챙기는 수준이 아니라 전면전이었기 때문에 병사는 많을수록 좋았다. 물론 너무 나이가 많거나 어린 사람은 제외가 되었다. 병사 징집이 끝나고 미노피 영지를 안정화시키기 위해 인수는 이반을 라세르 성에 상주시켰고, 그가 제법 잘하고 있어서 봄이 되기 전까지는 계속 맡겨둘 생각이었다.

"그렇지 않아도 술을 진탕 먹여주고 왔습니다. 분위기를 만들어주니까 잘 놀던데요."

"잘했다. 근데 리베 남작은 별말 없었어?"

"리베 남작은 한인수 병장님이 보낸 편지를 받고는 얼굴이 일그러졌습니다. 하지만 별수없는지 알았다고 이야기를 전하라고 했습니다. 제가 물어봐도 무슨 내용인지 대답을 하지 않았습니다."

리베는 상식에게 정확한 이야기를 하지 않은 모양이었다.

"그럴 만하지."

인수는 화를 참는 리베의 모습을 떠올리며 웃음을 꾹 참았다. 하지만 쿡쿡거리는 소리와 함께 인수의 입을 비집고 웃음이 새어 나왔다.

"뭐라고 했는데?"

재수가 '나 궁금해' 라는 눈빛으로 물었다. 그 눈빛에 왠지 더 알려주기가 싫어졌다.

"아, 그런 게 있어."

"알려주지 않으면 형수님들께 이르겠습니다."

도신이가 제이미와 안젤라를 들먹이며 말했다.

"알려주면 되잖아."

인수는 바로 백기를 들었다. 어린애들이 와서 귀찮게 하는 것은 질색이었다.

"우리는 보급 중대가 있잖아?"

"예, 그렇습니다."

보급 중대를 맡고 있는 상식이가 대답했다.

"근데 리베 남작은 보급 부대가 없잖아?"

"없나?"

"없습니다, 장재수 병장님."

재수의 물음에 상식이가 대답했다.

"그럼 보급 부대를 어떻게 만들까?"

"배에 태워서 데려오겠지."

"군량과 보급품을 나르기에도 벅찬데?"

"음, 그런가?"

"그래."

"현지 조달입니까?"

상태가 끼어들었다.

"정답."

"그래서?"

재수가 뚱한 얼굴로 말했다. 아직 이해하지 못한 모양이다.

"미노피가 누구 소유야?"

"우리 소유지."

재수가 당당하게 대답했다. 만약 이 왕국이 누구 거야? 라고 물어도 얼굴빛 하나 변하지 않고 우리 것이라고 대답할 녀석이었다.

"그럼 우리 것을 쓰려 한다면?"

"나한테 죽지."

재수는 별로 어려운 질문이 아닌 듯 대답했다. 인수는 머리가 아팠지만 재수에게 인내심을 가지고 물었다.

"그래, 너한테 죽겠지. 하지만 그래도 우리가 빌려주어야 된다면?"

"아, 돈 받아야지. 그럼."

"그래, 이제야 머리가 좀 돌아가?"

인수는 재수를 보며 웃었다.

"내가 이번에 훈련병들의 훈련이 끝나면 부대를 재편하려고 하거든. 근데 보급이 신경 쓰이더라고. 아무리 마차를 이용해서 옮긴다고 해도 중대 규모 가지고는 안 되겠다는 생각이 들었어. 그래서 보급 중대를 대대로 개편하려고 했는데, 우리가 그 정도면 걔들도 최소한 우리 이상은 돼야 되지 않겠냐?"

"그렇지."

재수가 수긍을 했다.

"그럼 그 병력이 어디서 날까?"

"미노피?"

"이제야 머리가 팍팍 돌아가는구나. 지금 쓸 만한 남자들은 우리가 거의 끌어온 상태야. 미노피에 남은 사람들은 대개 나이가 많거나 병사가 될 수 없어서 남겨둔 거야. 만약 그들마저 없다면 농사도 짓기 힘들겠지. 그래서 내가 그들을 데려다 쓰려면 돈을 내라고 했지."

"이왕이면 많이 좀 뜯어내지?"

재수의 눈이 가늘어지며 먹이를 노리는 눈으로 변했다.

"선금으로 달라고 했어. 그러면 협조를 하겠다고."

"얼마나 받으실 겁니까?"

도신이가 입맛을 다시며 물었다.
“최소한 우리 병사 수준은 되어야 농노들이 농사를 한해 안 짓고도 살아갈 거 아니야.”
“그렇긴 하지만 리베에게 그만한 돈이 있겠습니까?”
상식이가 의문을 표했다. 직접 들어오는 물자들을 눈으로 보고 왔기에 가지는 의문이었다.
“두고 보면 알겠지.”
인수는 쇼운이 그래도 명색이 왕인데 그 정도 돈이 없을까 하는 생각이 들었다. 안 되면 다른 거라도 꼭 받아내고 말겠다고 마음먹었다. 그 정도의 값어치는 충분히 받을 자격이 있었다.
“점점 더 발을 빼기 어려워지는 것 같습니다.”
상태의 말에 방 안의 분위기가 가라앉았다.
“어쩔 수 없잖아. 기필코 이기는 방법밖에는…….”
인수는 그렇게 대답할 수밖에 없었다.
작은 방 안에서 그렇게 장난처럼 미노피의 운명이 결정되고 있었다. 인수는 그런 결정에 가책을 느끼지는 않았다. 자신이 아니면 더 큰 고통을 받게 될 것이다. 인수는 자신이 하는 일이 좋은 일이라고 끊임없이 스스로에게 최면을 걸었다.

3

"전투 준비! 전투 준비!"

말을 탄 병사가 창을 들고 도열해 있는 병사들 앞을 뛰어다녔다. 덩달아 뒤에 서 있던 보급 부대 병사들도 바빠졌다.

"1번 공성전이다!"

말을 탄 병사가 다시 소리를 지르며 병사들의 앞을 가로질러 갔고, 뒤에 있던 보급을 맡은 병사들이 수레를 앞으로 옮기기 시작했다. 수레에는 사다리가 잔뜩 실려 있었다. 수레를 옮기던 병사 몇이 수레 위로 올라가서 사다리를 하나씩 내리기 시작했다. 줄을 맞추어 기다리고 있던 병사들이 분대 단위로 움직이며 길이가 30피트는 되어 보이는 사다리를 오른쪽 어깨에 걸쳐 메고 부지런히 약속된 곳으로 가서 자리를 잡았다.

열 명으로 30피트 크기의 사다리를 든다는 것이 어떻게 보면 무모해 보였지만 나무의 재질이 그것을 가능하게 해주었다. 가볍고 튼튼한 덱나무로 만들어진 사다리였다. 덱나무는 속이 비어 있고 다른 줄기가 없이 곧게 자라기 때문에 사다리로 쓰기에는 최고의 나무였다.

사다리를 어깨에 메고 있는 병사들의 왼손에는 방패가 들려 있었다. 성에 돌격할 때 화살로부터 몸을 보호하기 위한 조치였다.

병사들의 중앙으로 커다란 공성추가 옮겨졌다. 커다란 몸통에 8개의 바퀴가 달려 있었고, 몸통 옆에는 공성추를 밀면서 달릴 수 있게 좌우 30개의 손잡이가 달려 있었다. 그리고 공성추를 미는 병사들을 보호하기 위해 철판으로 된 지붕이 만들어져 있었다. 공성추의 앞은 뾰족하게 만들고 철판으로 덧대어 강도를 더했다. 언뜻 보기에도 엄청난 위압감이 느껴졌다.

공성추가 자리를 잡자 보급 부대 병사들이 공성추를 끌던 소 12마리를 떼어냈다. 이제부터는 순전히 사람의 힘만으로 움직여야 했다. 옆에서 대기하고 있던 선봉 1대대 1중대 1소대가 각자의 위치에 자리를 잡았다.

보급 부대 병사들이 뒷정리를 마치고 왼손에는 나무 방패를 들고 오른손에는 석궁 대신 대부분 막대기를 들고 사다리를 들고 있는 전투 부대의 뒤로 가서 섰다. 석궁의 수량이 충분하지 못해서 막대기로 대신하고 있었지만 눈빛만은 살아 있었다.

보급 부대의 임무는 성벽 위로 전투 부대가 올라갈 수 있게 석궁으로 적을 견제하는 역할이었다. 몇몇 보급 부대 병사들이 들고 있는 석궁의 시위는 이미 팽팽하게 당겨져 있었다. 석궁의 장점 중에 하나가 활처럼 목표를 노리고 신중히 적을 겨냥해야 하는 긴장감을 가질 필요가 없다는 것이었다. 또한 시위를 붙잡고 있는 수고로움도 없었다. 성벽에 근접해서 화살을 얹고 쏘기만 하면 되는 것이다.

보급 부대의 뒤로는 방패와 검, 도끼를 든 병사들이 도열해 있었다. 2대대였다. 2대대의 임무는 성문이 돌파되거나 사다리조가 거점을 확보하면 그곳을 공격하는 예비 부대였다. 1개 대대가 겨우 500명 남짓이었지만 이렇게 세분화해서 훈련을 하는 이유는 전장에서 있을지 모르는 돌발 상황에 병사들이 당황하지 않도록 여러 가지 상황에 대해 충분히 훈련을 하는 것에 그 목적이 있었다. 목숨이 왔다 갔다 하는 실제 전쟁과는 조금 차이가 있겠지만 그 차이를 조금이라도 줄일 수 있다면 무슨 짓이라도 하고 싶었다.

"몇 분이나 걸렸지?"

인수의 물음에 상태가 손목시계를 멈추었다. 바쁘게 숫자를 토해내던 디지털 시계가 멈추었다. 액정은 7:02:15를 가리키고 있었다. 상태의 시계는 지금은 거의 쓰임새가 없어진 백분의 1초까지 표시를 했다.

"7분 2초 걸렸습니다."

상태는 초 단위까지만 말했다. 아리스 인에게 분과 초를 이해시키는 것은 상당히 힘들었다. 이곳에서 시간의 최소 단위는 15분이었다. 1시간을 4로 나눈 것이다. 게다가 시간을 알려주는 물시계는 무척이나 비싼 물건이었다. 베르켄 성에서 물시계를 발견함으로써 이들의 시간이 우리의 시간과 같다는 것을 알 수 있었다. 하지만 최소 단위가 15분으로 된 쿼터라는 것이 문제였다.

"칼슨, 정확히 기록해 둬."

"예, 알겠습니다."

칼슨은 망루 한쪽에 간이 탁자를 놓고 펜을 쥐고 앉아 있었다. 기사답지 않은 부드러운 외모처럼 칼슨은 문학적 소양도 뛰어나서 요즘은 기록병으로 데리고 다니고 있었다.

"한인수 병장님, 준비가 끝났습니다."

"나한테 보고하지 말고 네가 알아서 지휘를 해."

인수는 상식이의 보고가 달갑지 않았다. 상식이는 명령을 받고 보고를 하는 것에 익숙해져 있었다. 판단할 필요가 없기 때문에 아랫사람이 되었을 때는 무척이나 편했다. 하지만 윗사람이 되면 그것은 필요없는 부분이었다. 인수는 모든 전우들이 각자의 판단에 따라 명령을 내리고 전투를 할 수 있게 만들고 싶었다. 아니, 그렇게 되어야만 했다. 전장에서는 무슨 일이 일어날지 장담할 수 없기 때문이었다.

"적이 움직입니다."

관찰병의 보고가 이어졌다.

"사격 명령이 내려질 때까지 공격하지 마라."

상식이의 명령이 망루 좌우로 전파가 되었다.

"돌격 준비! 돌격 준비!"

전령이 말을 타고 바쁘게 뛰어다니고 기수들의 깃발이 일제히 돌격 준비를 알리고 있었다.

1대대를 맡고 있는 도신이 말을 타고 앞으로 나섰다.

모든 병사들이 숨을 죽이고 엘프디언 사를 주목했다. 과격하고 흉포했지만 엘프디언 사는 그만큼 믿음이 갔다. 최소한 적을 앞에 두고 도망가지는 않을 것이다.

"우리가 누구냐?"

도신이의 목소리가 쩌렁쩌렁하게 벌판에 울려 퍼졌다. 목소리와 모습에서 대장군의 풍모가 느껴졌다.

"우리는 무적의 엘프디언 전사입니다!"

병사들의 합창이 울려 퍼졌다.

"우리의 목표가 무엇이냐?"

도신의 목소리가 이어졌다.

"우리의 목표는 오직 돌격입니다!"

병사들의 목소리에 더욱 힘이 들어갔다.

"우리의 적은 누구냐?"

"우리의 앞을 막는 모든 것입니다!"

병사들이 하나둘 발을 구르기 시작했다.

"우리의 앞에 적이 있느냐?"

"우리의 앞에 적이 있습니다!"

병사들의 작은 발소리가 점점 커지더니 커다란 소리로 합쳐지기 시작했다.

"우리는 적을 어떻게 할 것이냐?"

"우리는 적을 향해 달리고, 찌르고, 부숩니다!"

병사들의 발소리는 천둥소리가 되었다. 병사들의 발아래

에서 무수한 먼지가 올라왔지만 그 누구도 그것을 신경 쓰지 않았다.

"우리는 무적의 엘프디언 전사다."

도신이의 목소리는 망설임없이 마지막을 향해서 달려갔다.

"우리는 무적의 엘프디언 전사다!"

병사들의 목소리와 천둥 같은 발소리가 합쳐졌다. 그것은 병사들의 심장 소리이기도 했고, 오직 인간만이 낼 수 있는 단결된 소리였다. 끝을 모르고 뛰는 심장의 고동 소리가 격하게 울려 퍼졌을 때 도신이 마지막 명령을 내렸다.

"돌격!"

"돌격! 와아아아아!"

도신이의 명령에 복명복창을 하며 병사들의 입에서 거대한 함성이 터져 나왔다. 그 함성은 이내 베르켄 성을 떨쳐 울렸다. 그것을 신호로 병사들이 움직이기 시작했다. 언제나 그렇듯 처음은 왼발이었다. 하지만 병사들의 발걸음은 평범한 발걸음이 아니었다. 산이 움직이는 것 같은 움직임이었다.

행군하는 것 같은 발걸음이 어느 순간 뛰는 발걸음으로 바뀌어 있었다. 하지만 어느 누구 하나 뒤처지거나 흐트러지지 않았다. 어느새 성벽이 바로 눈앞에 들어왔다.

"제법인데?"

인수의 솔직한 반응이었다. 평소의 도신이답지 않은 완벽한 선동과 돌격이었다.

"저도 막 가슴이 뛥니다."

인수도 상태의 말처럼 가슴이 뛰고 있었다. 한 몸처럼 움직이는 병사들의 모습은 그 어떤 것과도 비교할 수 없는 감동이었다. 아름다웠다.

인수의 감동은 오래가지 않았다. 상식이가 냉철하게 명령을 내렸다.

"발사 준비!"

병사들이 일제히 석궁에 화살을 재었다. 그리고 각자 목표를 향해 조준했다. 화살은 병사들의 안전을 위해서 화살촉 대신 둥글게 뭉쳐진 풀 덩어리가 자리를 잡고 있었다. 그 덕분에 얼굴을 직접 맞지 않는 이상 다치는 일은 거의 없었다.

사다리를 들고 달려오는 사다리조는 이미 석궁의 사정거리 안까지 들어와 있었다.

"공격! 연속 발사!"

상식의 입에서 공격 명령이 내려졌다. 깃발이 흔들리고 호루라기 소리가 들렸다.

돌격해 오는 병사들을 향해 겨누어진 석궁에서 일제히 화살이 날아갔다. 석궁을 쏜 병사들은 이내 자세를 낮추며 다시 석궁을 장전했다.

"쏴라! 망설이지 말고 쏴라!"

소대장과 중대장이 병사들을 독려했다. 사다리가 성벽에 걸쳐지기 시작했다.

진정한 공성전의 시작이었다.

4

"피렌의 기사 아이반입니다. 명성이 자자한 엘프디언 한님을 뵙게 되어 영광입니다."

은빛으로 반짝이는 갑옷을 입은 기사가 예를 취하며 낮간지러운 말을 했다. 예를 취하는 모습이 약간은 뻣뻣해 보였다. 다른 사람은 절도있는 것처럼 볼 수도 있겠지만.

조금 늦은 감이 있지만 결국 그랑시온의 전령이 온 것이다. 세상에 영원히 지속되는 비밀은 없다.

아이반이라는 이름은 처음 듣는 이름이었다. 인수가 배너에게 아느냐는 눈빛을 보냈다. 배너의 엄지와 검지가 합쳐지며 동그라미 수결을 취했다. 안다는 뜻이었다. 배너가 알 정도면 꽤 유명한 기사라는 뜻이다.

배너는 종자에서 이제 막 기사가 되었다. 미노피에서 온 여러 기사들과 종자 중에서도 발군의 능력을 보였다. 더구나 인수의 말이라면 죽는 시늉도 했다. 아직 세상의 때가 묻지 않은 순수함이 보인다고 할까? 그 덕에 지금 이 자리에서도 말석이나마 자리를 잡고 있는 것이다.

"베르켄의 기사 워시라고 합니다. 무슨 일로 오셨습니까?"

인수를 대신해서 워시가 나섰다. 인수는 이제 미노피를 병합해서 그 지위가 굉장히 높아져 이런 일에 일일이 나설 필요가 없었다. 물론 인수는 나서고 싶었지만 모든 일에 인수가 나서는 것도 우스운 일이었다. 재능있는 사람은 많았다. 그냥 많은 것도 아니고 매우 많았다.

"국왕 전하의 친서를 가지고 왔습니다."

아이반의 뒤에 있던 자가 쟁반을 앞으로 내밀었다. 은 쟁반에는 편지로 보이는 것이 올려져 있었다.

엘프디언을 제외한 기사들은 모두 국왕이라는 말에 약간의 반응을 보였다.

인수는 그랑시온이 왕을 칭하던 그런 것에는 관심이 없었다. 그저 지금 이 시점에서 전령이 왔다는 것만이 중요했다. 그랑시온이 당장이라도 쳐들어오겠다고 하면 조금 곤란한 상황이었다. 전장은 최대한 콜 영지에서 멀리 떨어진 곳에서 형성하고 싶었다.

그래도 조금 노련한 축에 속하는 워시가 동요하지 않고 조심스럽게 쟁반을 받아서 인수에게 천천히 걸어왔다. 편지에 독을 묻히거나 하지는 않았을 거라 믿기로 했다. 물론 인수는 손에 장갑을 끼고 있었다.

봉인을 뜯은 인수는 편지를 차분히 읽기 시작했다. 재수가 궁금한지 인수에게 슬금슬금 고개를 들이밀었다. 인수가 눈치를 주었지만 아랑곳하지 않았다.

“뭐라고 쓰여 있어?”

재수가 곁눈질을 하며 물었다.

“아직 읽는 중이다.”

꽤 장문의 편지였다. 그랑시온에게 편지를 받을 때마다 느끼는 거지만 글씨체가 정말 아름다웠다. 듣기로는 편지를 대필하는 영주들도 있다는데 그랑시온도 그랬을지 모른다는 잡생각이 들었다.

인수는 편지를 다 읽고 재수에게 편지를 주었다. 재수가 냉큼 인수의 손에서 편지를 낚아채서 읽었다.

“지금 우리와 해보겠다는 거야?”

어느새 다 읽었는지 재수가 편지를 구겨 던지며 화난 목소리로 말했다. 확실히 재수는 인수와 같은 인내심은 없었다.

“왜 그러십니까?”

도신이가 구겨진 편지를 주우며 말했다.

“읽어봐.”

재수는 그렇게 말하고 편지를 가져온 아이반이라는 기사를 잡아먹을 듯이 쳐다보았다. 재수의 그런 눈빛에도 불구하고 아이반이란 기사는 꼿꼿이 얼굴을 들고 있었다. 제법 강단이 있었다. 그렇기에 지금 저런 편지를 들고 이곳에 왔을 것이다.

“죽고 싶다는 거냐?”

낮게 가라앉은 도신이의 목소리가 접견실에 퍼져 나갔다. 듣기에 따라서는 음산하게 들릴 수도 있었다. 그 덕분에 방 안의 분위기는 더욱 살벌해졌고, 내용을 모르는 기사들은 궁금함을 얼굴에 가득 나타냈다.

"내가 죽일까?"

최대한 잔인해 보이기 위해 혀로 입술을 핥으며 재수가 말했다. 재수를 모르는 사람은 정말 믿을지도 모른다는 생각이 들 정도였다.

"제가 하겠습니다."

도신이가 검의 손잡이를 움켜쥐며 나섰다.

"그만. 모두가 들을 수 있도록 상식이가 큰 목소리로 편지를 읽어라."

인수는 적당한 시점에서 분위기를 바꾸었다.

엘프디언 한은 보아라.

짐은 자네르 왕국의 저 푸른 하늘 위에 홀로 밝게 빛나는 태양왕 베네시스 그랑시온이다.

짐은 길을 잃은 엘프디언들에게 호의를 베풀며 바른 길로 인도를 하였으나 그대들은 짐의 말을 무시하고 그 악행이 점점 더 커져만 가고 있도다. 이에 짐은 엘프디언과 그들을 따르는 무리들에게 마지막으로 기회를 주고자 하노라. 이 편지를 받는 즉시 엘프디언 한은 미노피 영지를 짐에게 양도하고 그곳에 있는 쇼운의 반역 잔당들을 소탕하기 바란다.

이미 짐을 따르는 군사의 수가 헤아릴 수 없는 지경이다. 눈과 귀가 있다면 누가 옳고 그른지 알 수 있을 것이다. 이미 짐은 짐을 따르는 모든 북부 영지에 그대들을 토벌하라는 명령을 내렸다. 그 명령이 이행되느냐 마느냐는 그대의 행동에 달려 있도다. 지금이라도 짐이 내린 명령만 그대가 이행한다면, 짐은 모든 것을 용서하고 그대들은 물론 그대들을 따르는 모든 자들의 안전을 보장하겠다. 그대들은 물론이고 그대들의 자손들도 영원히 부귀영화를 누릴 수 있도다. 이것은 짐의 이름을 걸고 엄숙하게 맹세할 수 있도다.

짐이 이렇게 그대에게 자비를 베푸는 것에도 불구하고 반역을 일삼는다면 결코 용서치 않을 것이다. 지금 이 순간에도 그대의 목을 조이기 위해 나의 충성스러운 병사들이 가고 있도다. 엘프디언 한은 현명한 판단을 하기 바란다. 그대와 그대의 동료들이 전설의 엘프디언이라고 하더라도 수많은 나의 충성스러운 병사들은 당해내지 못할 것이다. 그대의 어리석은 판단 때문에 콜 영지에 있는 나의 사랑스러운 백성들의 목숨을 짐이 취하지 않기를 바란다. 허언이 아니라는 것은 짐의 이름을 걸고 맹세할 수 있도다. 이것은 짐의 진심 어린 충고이며 그대를 아끼는 마음에서 우러나온 것임을 그대는 명심하기 바란다.

부디 짐의 마지막 충고를 잊지 말기를 바란다.

태양왕 베네시스 그랑시온.

상식이가 편지를 읽어내려 갈수록 방 안의 공기는 냉랭해졌다. 물론 인수의 충성스러운 기사들 사이에서도 약간의 소란이 일었다. 그랑시온의 협박 편지가 약간은 효과를 본 셈이다. 이 정도의 소란스러움도 없었다면 편지를 쓴 그랑시온이 무안했을지도 모른다. 솔직히 다 죽인다는 말에는 인수도 약간은 겁이 났다.

"무섭나?"

인수의 물음에 즉각 대답이 튀어나왔다.

"아닙니다."

충성스러운 기사들보다 더 충성스러운 전우와 심복들이 재빨리 대답을 했다.

"들었나?"

"예?"

아이반이 반문을 했다.

"잘 들었냐고?"

인수는 인내심을 가지고 다시 물었다. 군인 특유의 짧고 간단명료한 말투의 영향이었다.

"무슨 말씀이신지……?"

아이반은 아직도 인수의 말을 이해하지 못한 듯했다. 가끔 이렇게 직접 떠먹여 주어야 아는 사람들이 있었다.

"워시, 무섭나?"

"아닙니다."

"배너, 무섭나?"

"아닙니다."

"지금 이 자리에 그랑시온이 무서운 자가 있나?"

인수는 그랑시온을 왕이라 칭하지도 않았다. 이미 리베와 연합을 결정했을 때부터 예견된 수순이었고, 오늘은 그것을 명확히 해야만 했다. 친구가 아니면 모두 적이었다. 아이반이라는 기사는 지금 보고 들은 것을 그대로 가서 전할 것이다.

"없습니다."

우렁찬 대답 소리가 들렸다.

인수는 자신과 전우들이 점점 선동가가 되어가는 것을 느꼈다.

"없다는군."

인수는 아이반에게 나직하게 말했다.

"알겠습니다."

분위기에 겁을 먹은 듯 아이반이 큰 목소리로 대답했다. 아까의 뻣뻣해 보이는 태도는 보이지 않았다.

"그렇게 겁을 먹지는 마. 우리는 전령을 죽이지는 않으니까."

인수는 부드러운 목소리로 말했다.

아이반은 그제야 조금 안심하는 표정을 지었지만 그것은

오래가지 않았다.

"저번에 죽였잖아?"

재수가 인수에게 물었다. 물론 접견실 안에 있는 사람이라면 누구나 다 들을 수 있는 맑고 우렁찬 목소리였다.

"그랬던가?"

인수가 기억이 안 나는 것처럼 다시 물었다. 물론 인수도 기억하고 있었다. 병사가 긴장해서 잘못 쏜 화살에 전령이 맞아 생긴 어처구니없는 일이었다. 만약 그 아픈 기억이 생각나지 않는다면 인수는 이미 악마가 되어 있는 것이나 다름없었다.

"그랬습니다."

상식이가 단호하게 확인을 했다. 그 실수로 말미암아 많은 사람이 죽었다.

"그때는 실수였지 않습니까?"

상태가 이의를 제기했다.

"그게 실수야? 난 지금까지 한인수 병장이 화가 나서 일부러 죽인 줄 알았는데 아니었나? 능력도 없는 주제에 잔뜩 몰려와서 우리에게 항복을 권유하다니 말이야."

재수는 아이반을 보며 비릿한 미소를 흘렸다.

"그때는 누군가의 실수로 죽인 겁니다. 실수!"

상태는 실수라는 말을 다시 한 번 강조했다. 상태도 바로 옆에서 지켜보고 있었다.

"이번엔 실수가 아닐 수도 있지."

도신이가 검을 쓰다듬으며 말했다.

"그만."

인수는 만족한 미소를 지으며 말했다. 겁을 너무 주어도 역효과가 나는 법이었다. 이 정도면 충분히 알아서 겁을 먹었을 것이다. 이제는 정말 머리가 터지게 싸우는 것만 남았다.

다시는 돌아올 수 없는 강을 인수와 전우들은 그렇게 웃으며 건너 버렸다.

5

"병사들의 훈련도는 얼마나 되지?"

인수가 병사들의 훈련을 맡고 있는 재수에게 물었다. 요즘 들어서 더욱 훈련의 강도를 높이고 있었다.

"100점으로 치면 한 80점쯤?"

"점수가 너무 짠 거 아닙니까?"

도신이가 입술을 삐죽였다. 그동안 병사들을 재편하고 재교육을 하면서 병사들에게 정이 많이 들은 모양이다.

"실제 전투에서 그런 움직임을 보여줄지는 의문입니다. 이곳의 생활이 원래 우리가 있던 세상과는 조금 다르지만 아직 병사들이 전투에서 어떤 반응을 보일지는 정확히 알 수 없습니다. 그 점을 생각한다면 60점 정도라고 봐야 될지도 모릅니다."

상식이는 재수보다 더 나쁜 점수를 주었다.

병사들의 점수가 낮은 것은 인수도 약간은 불만스러웠지만 최강의 병사들이라고 자만하다가 몰살당하는 것보다는 나았다. 지피지기면 백전불태라는 말이 괜히 나온 말은 아닐 것이다.

"훈련과 실전은 다르지만 그동안 모두 열심히 노력했으니 최소한 적이 무서워서 도망가지는 않을 것입니다. 저는 그 점에 후한 점수를 주고 싶습니다."

상태가 자신있는 얼굴로 말했다.

"그 점은 나도 동감이다."

인수도 그 점은 알고 있었다.

"앞으로 한 달 정도만 더 훈련시키면 기본은 할 것 같은데……."

재수가 아쉬운 듯 말했다. 민간인을 병사로 만드는 것은 생각보다 손이 많이 가는 일이었다. 공성과 수성에 대한 전술들도 이제야 자리를 잡아가고 있었다. 요즘은 가끔 모의 공성전에서 공성에 성공을 하기도 하고 좋은 의견들도 많이 나왔다. 수성 측도 공성 측 못지않게 좋은 의견들이 나오고 있었다. 나날이 발전하고 있는 것은 누구도 부정할 수 없는 사실이었다. 단지 시간이 부족할 뿐이었다.

"나도 그것을 모르지는 않지만 시간이 없다. 앞으로 20일

후에 출정이다."

인수의 갑작스러운 출정 선언에 이미 각오는 하고 있었지만 조금씩은 놀라는 얼굴들이었다.

"정말이에요?"

케이트가 확인하듯 물었다. 인수에게 나올 대답은 너무나 뻔했다.

"그래."

"너무 이르지 않습니까?"

상식이가 정색을 하며 말했다. 보급을 책임지고 있는 자의 당연한 반응이었다. 아직 갖추어지지 않은 것이 너무 많았다.

"오늘 미노피에서 전령이 왔다. 미스트르 왕국의 선발대가 미노피 항에 상륙을 했다. 그리고 본대는 15일 후에 상륙 예정이다."

"결국 오는군요."

도신이가 작게 중얼거렸다.

"올해 안에 싸움을 끝내고 싶은 거겠지, 쇼운도."

인수의 말을 끝으로 잠깐의 침묵이 이어졌다.

"바빠지겠습니다."

상태가 침묵을 깨고 말했다.

"걱정하지는 마라. 우리는 승리하고, 올해가 가기 전에 이곳에 다시 모여서 즐겁게 이야기를 하고 있을 테니까."

"그렇지?"
재수가 인수에게 물었지만 대답은 다른 곳에서 들려왔다.
"그래요."
케이트의 목소리는 희망과 자신의 바람을 담고 있었다.
"자, 그러니까 지금부터는 좀 더 힘을 내서 일을 해야 돼. 일단 누가 전쟁터로 갈 건지 결정해야겠지?"
"다 가는 것이 아닙니까?"
"이건 게임이 아니니까 누군가는 보급도 하고 후방도 지켜야지."
도신이의 의문을 상식이가 풀어주었다.
"생각해 둔 것이 있겠지?"
"그래."
재수의 물음에 인수는 바로 대답을 했다. 이미 나름대로 계획을 세운 상태였다. 3주 안에 그 계획에 살을 붙이고 생명을 불어넣어야 했다.
"그것이 뭡니까?"
"공격, 보급, 방어의 세 부분으로 나누었다."
인수는 간단하게 말했다.
"그게 끝?"
인수를 보는 재수의 눈이 가늘어졌다.
"공격은 나, 재수, 도신이가 맡는다. 보급은 당연히 상식이가 맡게 될 것이다. 방어는 상태와 케이트가 맡는다."

인수는 회의에 참석할 수 있는 권한을 가진 케이트에게도 이번에는 임무를 줄 생각이었다. 케이트 같은 고급 인력을 성 안에 고이 모셔두고 썩히기에는 아까웠다. 그리고 그녀는 전우들을 제외하고 인수가 완전히 믿을 수 있는 유일한 아리스인이었다.

"그렇게 정한 기준이 뭐야?"

"기준이랄 것도 없어. 보급은 지금까지 상식이가 잘해주고 있으니까 계속 맡는 편이 좋을 것이고, 우리 중에 누군가 한 명은 이곳에 남아서 이곳을 지켜야 되잖아. 케이트 혼자 지키기에는 우리가 지켜야 될 것이 너무 많아. 군사적인 것들도 많고. 설마 이곳에 남아서 방어를 하고 싶어서 그러냐?"

"아니."

인수의 말에 재수는 딱 잘라 대답했다.

나름대로 수긍을 하는 것 같았다. 연합 문서에 적힌 대로 다섯 명 중 세 명은 필히 전쟁터로 가야만 했다. 인수가 말하지 않아도 적당한 인물은 이미 정해져 있는 것이나 다름없었다.

"또 보급입니까? 숫자는 이제 지겹습니다."

상식이가 볼멘소리를 했다. 하긴 무에서 유를 창조할 수는 없는 법이었다. 군대는 블랙홀 같은 곳이다. 끊임없이 채워 넣어도 항상 부족하다고 아우성이었다.

"물론 네가 좀 힘들겠지만 맡아줘야 하지 않겠냐? 지금 와서 다른 사람이 맡기도 힘들잖아."

인수는 부드러운 말투로 그렇게 말했다. 보급은 귀찮은 일이었고 상식이가 지금 당장 하기 싫다고 하면 상황이 곤란해진다.

"그렇지만……."

"잘 생각해 보면 답이 나올 것이다."

끝도 없는 논쟁이 되는 것을 막기 위해 인수는 적당히 말을 끊었다.

"한인수 병장님, 저는 전쟁터로 가고 싶습니다. 캐롤 때문에 제가 후방에 남는 거라면 저는 반대입니다."

상태가 불만스러운 얼굴로 말했다. 상태는 너무 착해서 문제였다. 이럴 때는 그냥 은근슬쩍 주저앉아 버리면 되는데 역시나 그런 자신을 용납할 수 없는 것 같았다.

"물론 캐롤 때문이기도 하지만 너의 책임은 여기 있는 누구 못지않게 중요하다. 뒤가 든든해야 앞에 나선 사람들이 마음 놓고 싸울 수 있는 법이야. 제일 믿음직스러운 사람을 뒤에 남겨놓는 것은 당연한 거잖아."

"정말?"

"그런 겁니까?"

"믿음을 못 주어서 죄송합니다."

약속이나 한 듯이 바보 트리오가 일제히 입을 열었다.

그냥 놔두면 계속 귀찮게 할 것 같아서 인수는 손가락을 입에 대며 조용히 하라는 신호를 보냈다.

"물론 내 마음대로 결정을 내려서 미안하다. 하지만 직접 전투에 임하는 사람이나 후방에 남는 사람이나 힘들기는 마찬가지다. 군대는 어디나 똑같은 법이야. 맹세하건대 이번이 처음이자 마지막 전쟁이 될 거야. 전쟁을 시작하면 수많은 난관과 시행착오를 겪어야 할지도 몰라. 그때마다 우리는 한 가지만 기억하면 돼. 그것은 우리가 피를 나눈 전우라는 거야. 그것만 잊지 않는다면 우리는 이길 수 있어. 어떤 어려움이 닥치더라도 절대 그것만은 잊지 마."

6

방은 주인에게 어울리지 않을 정도로 무척이나 작았다. 방 안에는 투박한 침대 하나와 등을 올려두기 위한 작은 협탁만이 있을 뿐이다. 아무리 방 안 구석구석을 찾아보아도 더 이상의 가구는 찾을 수 없었다. 방 주인이 검소해서 그런 것은 절대 아니었다. 굳이 이유를 따지자면 방이 너무 작아서 그것을 놓기에는 장소가 협소하다는 것이 맞을 것이다.

집무실에 딸린 작은 창고를 개조해서 만든 방이었다. 이곳이 아니면 이 방의 주인은 갈 곳이 없었다. 그래서 이 방은 주인에게는 금은보화와 아름다운 미술품 등으로 장식된 화려하고 아름다운 방보다도 편한 곳이었다.

땀이 흐른다.

시큼한 땀 냄새도 난다.

땀으로 인해 아무것도 걸치지 않은 상체가 번들거린다. 번들거리는 등에는 크고 작은 상처들이 보인다. 그중에 유난히 눈에 띄는 4개의 붉은 선이 나란히 자리를 잡고 있다. 형태로 봐서 사나운 맹수의 발톱 자국이 분명했다. 결코 쉽지 않은 삶을 살았던 것이 분명하다.

"흐읍. 후우."

규칙적으로 공기를 들이마시고 다시 내쉰다. 그때마다 근육들이 요동을 친다. 근육이 터질 듯이 부풀어 오른다. 부풀어 오른 근육이 다시 풀어진다. 반복적으로 근육들이 끊임없이 움직인다.

백만 스물하나, 백만 스물둘, 백만……. 물론 거짓말이다. 그냥 언제부터인가 숫자를 세는 것이 무의미해졌다. 개운해질 때까지, 응어리가 풀어질 때까지, 아무런 생각도 들지 않을 때까지 근육을 혹사시킬 뿐이다. 어떤 때는 근육들이 자체적으로 자아를 가지고 있는 것처럼 몸이 자연스럽게 움직인다.

팔굽혀 펴기에는 중요한 몇 가지가 있다.

첫 번째로 고개를 들고 해야 한다는 것이다. 맞는 방법인지는 모르겠지만 자대 배치를 받은 첫날밤에 포병은 힘이라는 소리와 함께 선임병에게 배운 방법이었다. 고개를 들면 등이 굽혀지지 않고 곧게 펴져서 바른 자세가 된다고 했다.

두 번째, 팔이 굽혀졌을 때 바닥과 가슴의 간격은 주먹 한 개 정도면 된다. 얄궂은 선임병은 자신의 주먹을 후임병의 가슴과 바닥 사이에 밀어 넣어서 제대로 팔굽혀 펴기를 하는지 감시한다. 물론 꼭 이런 말을 덧붙여서 해준다. '짬밥을 먹으면 밤잠이 없어서…….'

세 번째, 너무 빨리해서는 안 된다는 것이다. 들이쉬고 내쉬는 호흡에 맞추어 차분하게 하는 것이 요점이다. 빨리 하고 많이 한다고 좋은 것은 아니다. 하나를 하더라도 제대로 정확하게 근육에 힘을 불어넣어야 된다.

네 번째, 매일 해야 된다. 모든 운동이 그렇듯이 꾸준히 하는 것이 좋다. 어느 순간이 되면 운동을 하지 않으면 잠이 오지 않게 된다. 그렇게 되면 성공한 것이다.

이등병 때는 매일 매일의 일과만으로도 벅차서 취침등이 켜지는 것이 무섭기도 했고, 불이 꺼지면 강제로 운동을 시키는 선임병이 악마처럼 보였다. 하지만 겨울에는 정말 도움이 되는 운동이 팔굽혀 펴기다. 기름을 아끼기 위해 난방을 부분적으로 하는 경우가 다반사이기 때문에 경계 근무를 마치고 내무실로 들어와 팔굽혀 펴기 100개를 하고 침낭에 들어가면 따뜻하고 잠도 잘 온다. 그렇게 이등병 시절이 지나면 알아서

운동을 하게 된다. 몸 건강히 집으로 가기 위한 방법을 어렴풋이 느낀다고 해야 될까?

인수는 지금까지도 자신에게 철저했다. 언제나 취침등이 꺼지거나 근무가 끝나면 운동을 했다. 특히 오늘 밤같이 여러 가지 생각으로 잠이 안 올 때면 더욱 그렇다. 몸을 혹사시키는 것만큼 몸에 좋은 수면제는 없었다.

바닥으로 굵은 땀방울이 떨어진다.

힘들어서 죽고 싶다는 생각이 들었다. 이럴 때 젖먹던 힘까지 짜내어 한 번 더 하는 것을 인수는 잊지 않았다. 매일 자신의 한계를 돌파하는 것이다. 아니, 자신의 한계를 되도록 만들지 않으려고 했다. 한계를 만들면 더 이상 발전하지 못한다. 발전이 없으면 그것은 곧 퇴보나 마찬가지였다. 자신의 모든 힘을 짜내도 살아가기 힘든 세상이다.

인수는 이를 악물었다. 결국 한계를 뛰어넘고 나서 힘겹게 숨을 토해내며 자세를 무너뜨렸다. 지금 당장은 손가락 하나 까닥할 수 없을 정도로 힘들지만 그것은 잠시뿐이다. 몸은 금방 회복된다.

포만감과 자신감이 인수의 온몸을 감돌고 있었다. 인수는 눈을 감고 그 희열에 잠시 몸을 맡겼다. 그렇게 잠시 쉬다가 거친 천으로 만들어진 조악한 수건으로 땀을 닦아냈다. 샤워를 하고 싶다는 생각이 간절했지만 혼자만 그런 호사를 누릴

수는 없었다. 목욕을 하기 위해 인수가 움직이면 하녀들이 바빠진다. 어떻게 보면 숲에서 생활할 때가 더 좋았던 것 같았다. 운동을 끝마치고 시원한 개울에 몸을 한 번 담그면 되었으니까.

약간의 찝찝함과 아쉬움을 느끼며 인수는 침대에 누웠다. 밀짚이 풍성하게 들어간 침대는 제법 편안하고 따뜻했다. 마른 풀 냄새가 나는 것 같기도 했다.

운동으로 인해 약간은 피곤하다는 느낌이 들었다.

잠이 오지 않았다.

자세를 바꾸어 옆으로 몸을 뉘였다.

잠이 오지 않았다.

엎드려서 잠을 청했다.

잠이 오지 않았다.

여러 번 뒤척이다 결국 다시 등에 불을 켰다. 무언가 할 만한 일을 찾아서 눈을 돌렸다. 그때 구석에 놓여 있는 군용 군장이 눈에 들어왔다.

인수는 저녁 때 미리 준비해 둔 군장에서 물품을 하나씩 다시 꺼냈다. 바닥엔 이내 군장에서 나온 물품들이 널려졌고, 물건을 하나하나 확인했다. 전투복 1벌, 양말 5개, 속옷 3개…….

물품을 확인하며 군장을 다시 싸는 데는 그리 오랜 시간이 걸리지 않았다. 아직도 잠이 오지 않았다. 군장을 한쪽에 치워두고 다시 방 안을 서성이기 시작했다. 그리고 이내 자신이 할 일을 찾았다.

인수는 바닥에 판초우의를 깔고 소총을 분해했다. 부속품을 잃어버리면 큰일 나기 때문에 판초우의를 깔아주는 것은 필수였다. 마른 천으로 부속품을 하나하나 정성껏 닦기 시작했다. 사실 닦을 필요가 없을 정도로 깨끗한 상태였지만 억지로 잠을 청하기 위해서 닦았다. 소총 정비가 끝나자 도검류까지 정성을 다해 최대한 천천히 닦았다. 인수의 처절한 몸부림이 무색하게도 아직도 시간은 얼마 지나지 않았다. 최근 들어 잠이 잘 오지 않는 날이 많았지만 오늘은 그 정도가 심했다.

인수는 다시 방 안을 서성였다. 이런다고 잠이 오는 것은 아니다. 그렇게 서성이다가 인수는 등을 들고 집무실로 나갔다. 사람의 온기가 없는 집무실은 싸늘했다. 책상 위에 등을 올려놓고 종이를 꺼냈다. 그리고 볼펜을 꺼내 들고 다시 한참을 망설였다. 그러다 종이에 편지를 쓰기 시작했다.

부모님 전상서.

못난 아들이 이제야 편지를 씁니다. 처음 군대에 왔을 때 두어 번 쓰고 지금이 세 번째 쓰는 편지 같습니다. 원래 무소식이 희소식이라는 말도 있지 않습니까? 아들은 지금 건강히 잘 지내고 있습니다. 제가 없더라도 어머니, 아버지 두 분 모두 잘 지내실 거라고 생각합니다. 꼭 그러셔야 되고요. 건강히 계시면 언젠가 다시 만날 수 있을 거라고 생각합니다. 저는 아직 그 희망을 버리지 않았습니다.

요즘도 가끔 집에 가는 꿈을 꿉니다. 꿈속에서는 가족들이 저의 전역을 축하해 줍니다. 그래서 저는 꿈이 깨는 것이 싫기도 합니다. 이 모든 것들이 모두 꿈같기도 합니다. 하지만 금방 꿈이 아니라는 것을 알게 됩니다. 하지만 아들은 낙담하지 않습니다. 이곳에서 건강히 지내다 보면 집에 갈 수 있는 방법이 있지 않겠습니까? 못난 아들은 그래서 열심히 살고 있습니다.

지금 생각해 보면 어머니, 아버지는 저를 정말 귀하게 키워주셨습니다. 부모님 덕분에 지금의 제가 있습니다. 군대를 전역하고 나서는 좀 더 나은 모습으로 부모님께 효도를 해야 된다고 생각했는데 본의 아니게 전역이 늦어지고 있습니다. 나중에 뵙게 되면 지금 못한 것들을 모두 다 할 생각입니다.

이곳 생활은 어머니, 아버지가 걱정하시는 것처럼 그렇게 나쁘진 않습니다. 전우들도 제 곁에 아직 4명이나 남아 있습니다. 그 전우들 4명과 서로 의지해서 열심히 생활하고 있습니다. 4명 모두 정말 좋은 후임병입니다. 4명의 후임병들과 함께 꼭 돌아가서 어머니, 아버지께 보여 드리고 싶습니다.

가끔 어머니가 해주시던 김치찌개가 먹고 싶습니다. 그렇다고 아들이 밥도 못 얻어먹는 것은 아닙니다. 그냥 어머니가 해주시던 음식들이 가끔 먹고 싶을 뿐입니다. 그러고 보면 저는 토종 한국 사람인 것 같습니다. 이곳의 음식들도 나름대로 먹을 만합니다. 기회가 된다면 여행 한번 제대로 못하신 어머니, 아버지를 이곳에 모셔서 여행을 시켜 드리고 싶습니다. 조금 불편한 점이 있지만 그래도 나름대로 볼 만한 것들이 많이 있습니다. 유럽 여행하신다 생각하면 될 겁니다.

이번에 아들이 이곳에서 어느 정도 기반을 잡게 되었습니다. 큰 회사의 사장이나 군의 군수 정도라고 보시면 될 겁니다. 저에게 딸린 식구가 어마어마합니다. 그래서 요즘은 어깨가 무겁습니다. 그래도 저를 믿고 따라주는 사람들이 많습니다.

아! 깜박 잊고 있었습니다. 제가 어머니, 아버지께 사죄를 해야 될 일이 있습니다. 제가 이번에 결혼을 했습니다. 인륜지대사를 어머니, 아버지께 상의도 없이 하게 되어 매우 죄송스럽게 생각합니다. 제가 결혼한 여자는 이 왕국의 공주입니다. 어머니, 아버지, 조금 당황스러우시죠? 저도 이곳이 조금 당황스럽습니다. 어머니, 아버지의 며느리는 @#$@#(안젤라)라고 합니다. 이름이 조금 어렵지요? 나이는 이제 16살입니다. 너무 어려서 저도 걱정입니다. 성격은 그렇게 모나지 않은 성격입니다. 착하기도 하고요. 아, 그리고 덧붙이자면 며느리의 외모가 백인입니다. 처음 보면 조금 놀라실 겁니다. 아들은 아직 이곳의 풍습에 익숙하지가 않아서 손주를 안겨 드리기는 힘들 것 같습니다. 상의없이 결혼한 것도 죄송스러운데 손주도 안겨 드리지 못해서 더욱 죄송합니다. 2년이나 3년쯤 지나면 그때는 안겨 드릴 수 있을 겁니다.

아들이 너무 오랜만에 편지를 써서 이상하다고요? 정말 어머니, 아버지는 속일 수가 없습니다. 이번에 아들이 전쟁터에 가게 되었습니다. 군인으로서 마지막 임무라고 생각합니다. 한편으로는 우리나라를 지키기 위한 전쟁이 아닌 것이 조금은 아쉽기도 합니다. 이번 전쟁은 저와 전우들을 위한 전쟁입니다. 적들이 강하다고 하지만 아들은 더 강합니다. 꼭 승리해서 이곳에서 살아갈 수 있는 기반을 확실하게 잡을 생각입니다. 그러니 너무 걱정하지는 마십시오. 아들은 건강히 돌아올 겁니다.

어머니, 아버지 오래오래 건강하십시오. 건강히 계시면 언젠가는 꼭 만날 수 있을 겁니다.

다른 세상에서 인수 올림.

7

인수가 막 편지를 문서 보관용 통에 넣고 봉인했을 때 문을 두드리는 소리가 들렸다.

'미치인가? 아니면 재수?'

한밤중에 인수의 집무실을 방문할 사람은 많지 않았다. 요즘은 인수가 밤에 피를 빨아먹는다는 소문이 돌아서 하녀들도 피하는 기색이 역력했다. 물론 인수를 가까이에서 지켜본 사람들은 그러한 사실을 믿지 않았지만 가끔은 그런 소문이

고마울 때도 있었다. 특히 방해받고 싶지 않을 때는 더욱 그랬다.

인수는 급히 눈가의 눈물을 닦아냈다. 이런 모습은 남들에게 보이기 싫은 장면이었다. 그는 엘프디언으로서 생존을 위해 언제나 강함과 공포를 남들에게 심어주어야 했다. 지금까지는 모든 면에서 성공적이었고, 악명은 그 누구도 따라올 수 없을 정도였다.

"누구야?"

인수의 물음에 조용히 문이 열리고 제이미가 들어왔다.

"왜?"

인수는 밤늦게 찾아온 제이미를 의아한 눈길로 물었다.

제이미는 대답을 하지 않고 인수에게 다가왔다. 아니, 대답을 할 수가 없었다. 그녀의 병은 아직도 고쳐지지 않았다. 마음의 병이 정말 무섭다는 것을 제이미를 볼 때마다 느끼고 있었다.

인수가 생각해 보니 이런저런 일로 바빠서 요새는 통 제이미에게 신경을 쓰지 못했다. 인수는 미안한 마음이 들었다. 그리고 가슴 한 켠이 아렸다.

인수는 언제나 그렇듯이 후회가 되었다. 이제 헤어지면 언제 다시 볼 수 있을지 인수도 확실히 알 수 없었다. 있는 동안만이라도 좀 더 잘해줄 걸 하는 생각이 들었다. 그것은 케이트에게 그녀를 보살펴 달라고 부탁하는 것과는 별개의 문제였다.

그런 인수의 생각을 아는지 모르는지 제이미는 인수에게 작은 쪽지를 내밀었다.

인수는 제이미의 가냘픈 손가락 사이에 낀 쪽지를 받았다. 반으로 접힌 쪽지에는 삐뚤빼뚤하게 글씨가 적혀 있었다. 케이트에게 글을 배운다더니 벌써 글을 쓸 정도가 된 모양이었다. 하지만 인수의 기쁨은 글을 썼다는 것에 있었지 그 내용에 있지는 않았다.

당신의 아이를 갖고 싶어요.

쪽지에는 그렇게 적혀 있었다. 눈이 침침해서 헛것이 보였나 싶어 눈을 비비고 다시 보았다. 쪽지의 내용은 인수의 노력에도 불구하고 똑같았다.

조금은 충격적인 내용이었다.

제이미는 부끄러운지 고개를 푹 숙인 채 두 뺨은 붉게 물들어 있었다.

인수는 성큼성큼 걸어서 당번실 문을 열었다.

"누구냐?"

인수는 짐짓 조금 목소리를 높여서 말했다. 대답은 없었고 급하게 숨는 사람도 없었다. 방 안을 엿보는 사람 또한 없었다. 최소한 케이트나 다른 녀석들의 장난은 아니라는 결론이었다. 인수는 차라리 누군가 장난을 친 거라면 좋겠다는 생각이 들었다. 그것이 그의 솔직한 마음이었다.

인수는 곧 문을 닫았다. 장난이 아니라면 남이 알아서 좋을 일은 없었다.

등불 아래에 드러난 제이미의 모습을 보면 뜻을 모르고 적지는 않은 것이 분명했다. 새로운 정보들이 인수의 눈을 통해서 뇌로 전달되었다. 그 정보들은 인수를 더욱 당혹스럽게 했다. 평소와 다르게 절대 평범해 보이지 않는 드레스를 입고 있고 있었다. 게다가 드레스의 색은 인수가 좋아하는 파란색이었다. 가슴은 아찔할 정도로 파여 있어서 인수의 얼굴이 화끈거렸다. 얼굴에는 화장도 옅게 되어 있었고 입술은 그 어떤 때보다 붉게 타오르고 있었다. 인수는 제이미의 모습에 뭐라고 대꾸를 할 수가 없었다.

아름다웠다.

제이미가 인수의 손을 잡고 집무실에 딸린 작은 방으로 인수를 잡아끌었다.

"왜 이러는 거야?"

인수는 제이미의 행동이 당황스러웠다. 그것은 자신에게 보내는 일종의 경고였다.

이런 식의 전개는 인수가 바라는 것이 아니었다. 최소한의 이성이 인수의 발을 무겁게 했다.

뒤돌아선 제이미의 눈에는 눈물이 맺혀 있었다.

사랑, 연민, 기쁨, 슬픔…….

제이미의 눈물에서 인수는 많은 것을 볼 수 있었다.

눈물이 인수의 가슴을 파고들었고 그와 동시에 제이미의 손이 다시 강하게 인수를 이끌었다.

인수는 말로는 표현할 수 없는 미지의 힘에 이끌려 제이미를 따라 방 안으로 들어갔다. 어쩌면 그 힘은 태곳적부터 내려온 여자만의 마법일지도 모른다는 생각이 들었다.

침대 가에 선 제이미는 부끄러운지 등의 불을 껐다. 이성을 지켜주던 빛이 사라지고 작은 방에는 감성의 수호자인 어둠이 내려앉았다.

사락사락.

어둠 속에서 제이미에 의해 만들어진 옷의 마찰음이 들려왔다. 물론 인수의 귀에 그 소리는 천둥소리보다 크게 들렸다. 그 소리만으로도 지금 제이미가 무엇을 하는지 알 수 있었다.

인수가 숨을 멈추자 방 안은 그 어느 때보다 조용해졌다. 제이미가 입은 아름다운 드레스가 토해내는 마찰음은 어느 순간 멈추었다. 인수를 찾는 갸날픈 손의 느낌이 인수의 몸에 전해졌다. 인수는 그때서야 벼락을 맞은 듯 갑자기 정신이 들었다.

"제이미, 그만."

인수는 제이미의 손을 잡으며 아주 부드러운 목소리로 말했다. 그것은 상대에 대한 배려였다. 제이미가 자신의 행동에 대해서 부끄러운 생각이 든다면 그것은 전적으로 인수의 잘못이었다. 그렇기 때문에 인수의 행동과 말투는 조심스러웠다. 부끄러움을 가질 일은 아니었다. 이곳의 관습으로 제이미는 이미 성인이었고, 결혼할 수 있는 권리를 부여받은 상태였다. 인수도 이곳뿐만이 아니라 대한민국의 관습으로도 충분히 결혼할 수 있는 나이였다.

하지만 인수는 제이미를 이곳의 관습에 맞추어 대하는 것에 약간의 거부감이 들었다. 인수는 어찌 되었든 이 세상의 일원이 되고자 노력 중이었지만 이 세상 사람은 아니었다. '결혼은 한 사람하고 해야 된다' 그것이 지금까지 지켜온 인수의 원칙이었다. 거기에 아름다운 사랑까지 곁들여진다면 좋을 테지만.

인수의 손에 잡힌 제이미의 손은 따뜻했다. 그것은 인간의 느낌이었다. 인수는 제이미의 손을 꼭 쥐어주었다. 그렇게 4개의 손이 포개졌다. 인수는 손에 마음을 담으려고 노력했다. 그렇게 인수는 마음을 담아 전해주려고 했다. 그 마음이 제이미에게 전해졌는지 알 수는 없었지만 우습게도 인수의 손에서 땀이 났다.

"너의 마음은 잘 알겠어. 하지만 기다려 주지 않을래?"

인수는 그렇게 말하고 제이미의 손을 놓아주었다.

딱히 기다린다고 해서 무슨 방법이 인수에게 있는 것은 아니었다. 인수에게는 정략결혼일망정 아내가 있었다. 제이미는 그저 동생처럼 생각해 왔다. 아니, 돌봐주어야 될 동생이었다.

가족이 되어주는 것.

그것이 제이미와의 약속이었다.

인수를 찾는 제이미의 손길이 허공에 느껴졌다.

인수는 애써 외면하고 밖으로 나왔다.

"가지 마세요!"

무언가 절박한 목소리가 인수의 등 뒤에서 터져 나왔다. 언젠가 들었던, 이제는 기억조차 희미해진 제이미의 목소리였다.

방에는 잠시 침묵이 흘렀다.

"제이미, 말을 할 수 있는 거야?"

침묵은 오래가지 않았고 그것은 곧 기쁨이 되었다.

"그런 것 같아요."

제이미의 목소리도 떨리고 있었다.

인수는 어둠 속을 더듬으며 제이미의 목소리가 들려온 방향으로 움직였다. 그리고 이내 인수의 손은 제이미를 찾을 수 있었다.

"잘됐어, 정말 잘됐어."

인수는 제이미를 꼭 껴안으며 말했다. 품에 안긴 제이미의 머리를 부드럽게 쓰다듬으니 괜히 눈물이 나려고 했다. 가슴

속에 있던 마음의 짐이 조금은 가벼워진 것 같았다.

"전 모든 걸 잊었어요."

제이미는 그렇게 말하며 인수의 가슴에 얼굴을 묻었다.

인수는 제이미가 잠들 때까지 곁에 있었다. 고르게 숨을 내쉬는 제이미를 보고 나서야 소리 나지 않게 군장과 무기를 들고 집무실로 나왔다. 더욱더 살아 돌아와야겠다는 생각이 들었다.

8

한밤의 방문자 덕분에 잠을 자기는 더욱 어려워졌다. 인수는 펜을 들고 다시 편지를 썼다. 그것은 약간의 불안감 때문이었다. 고민을 하면서 인수는 두 장의 편지를 완성했다. 예쁘게 접힌 편지 겉면에 상태와 케이트의 이름을 적고 밀봉하는 것으로 끝을 맺었다. 이미 새벽이 오고 있었다. 인수는 그제야 피곤함을 느꼈다. 바닥에 침낭을 펴고 그 속으로 파고들었다. 아늑함에 절로 하품이 나왔다. 이제는 잠을 잘 수 있을 것 같았다.

인수는 귀를 파고드는 잡음에 눈을 떴다. 소리의 진원지는 당번실이었다. 아직 해가 뜨지는 않은 것 같았다. 싫든 좋든 오늘부터는 야전에서 자야 했다. 늦게 잠을 자서 그런지 평소와 같지 않게 침낭 밖으로 나오기가 싫었다. 하지만 인수는 침낭 밖으로 나올 수밖에 없었다. 당번실에서 들려오는 소리가 점점 커져만 갔기 때문이다. 인수는 눈곱을 떼며 살며시 당번실 문을 열었다.

인수를 본 미치가 급히 경례를 하려고 했다. 인수의 손과 입이 좀 더 빠르게 움직였다.

"쉿이잇!"

미치는 엉거주춤한 자세가 되었다.

"경례는 생략하고 조용히 말해."

"예, 알겠습니다."

아주 작게 말하는 인수의 목소리와 조화를 이루듯 미치가 작게 대답했다.

인수가 집무실의 문을 다시 열었을 때 인수는 완벽하게 준비를 마친 상태였다.

침낭은 이미 군장에 단단히 결속이 된 상태였다. 깨끗한 전투복 위에는 은빛으로 번쩍이는 흉갑이 자리를 잡고 있었다. 대장간에서 이번에 새로 만들어낸 흉갑이었다. 흉갑 위로 각종 무기들이 빈틈없이 자리를 잡고 있었고, 등에는 군장을 메고 있었다. 얼굴에는 빈틈없이 위장 크림이 발라져 있었다.

미치도 막 가방을 메고 있던 참이었다.

"준비 끝났냐?"

"예, 끝났습니다."

미치가 우렁찬 목소리로 대답했다.

"쉿! 깨우겠다."

인수는 집무실 안쪽을 의식하며 급히 손가락을 입가에 대며 말했다.

"예? 잘못 들었습니다."

"그런 게 있어."

인수는 얼버무리며 앞장을 섰다.

"가자."

"예, 알겠습니다."

미치의 대답을 들으며 인수는 복도로 통하는 문을 힘차게 열려다 말았다. 누군가의 잠을 깨울지도 몰라 조심스럽게 문을 닫았다. 멀리서 기상을 알리는 종소리가 들렸다.

여러 가지로 신경 쓸 것이 많은 밤이었다.

복도는 평소보다 분주했다. 일하는 하인과 하녀들이 이렇게 많았던가 하는 생각이 들 정도였다. 마주치는 하녀와 하인들의 가벼운 목례를 받으며 인수의 발걸음은 부지런히 식당으로 향했다. 인수뿐만이 아니고 많은 하녀와 하인들의 발걸음도 식당을 향하고 있었다.

"늦었잖아."

인수가 문을 열었을 때 들려온 첫 마디였다. 재수는 분주하게 이것저것을 군장에 집어넣고 있었다. 그 덕에 식당은 전쟁터를 방불케 했다. 뛰어다니는 하녀와 하인들, 물건을 갖다 달라는 부탁들이 줄을 이었다. 하녀와 하인들이 가져온 물건들은 재수와 도신이의 군장 속으로 모습을 감추거나 밖으로 옮겨졌다. 아마 지휘부에 배정된 마차 속으로 모습을 감추고 있을 것이다.

"페퍼 가져왔습니다."

하녀가 작은 주머니를 재수의 앞에 내려놓으며 말했다.

페퍼는 후추와 비슷한 맛이 나는 향신료로, 미스트르 이남에서만 자라는 식물의 열매였다. 약간의 매운맛에 고기의 노린내를 없애주는 효과가 탁월했다. 그에 걸맞게 매우 비싼 향신료였다. 한때는 금화처럼 돈으로 유통되기도 했다고 한다.

"페퍼는 뭐 하게?"

"미리미리 준비를 해야지."

재수는 알면서 왜 그러냐는 눈빛을 보냈다.

"무슨 준비? 내가 군장에 다른 거 넣지 말라고 했을 텐데."

"왜 그래? 알면서."

"모르겠는데."

"그럼 계속 모르던가. 나중에 달라고 해도 안 준다."

재수가 페퍼 주머니를 군장 깊숙이 집어넣으며 말했다.

"미안. 장난도 못 치냐?"

인수는 바로 꼬리를 내리며 비굴한 웃음을 지었다.

재수가 챙기지 않으면 인수가 챙겨야 된다는 결론이 나오기 때문에 인수의 답은 이미 정해져 있었다. 그것은 무척이나 귀찮은 일이었다. 전쟁터에서 맛보는 특별한 별식, 그 정도의 호사는 눈감아줄 수 있었다. 먹고 죽은 귀신은 때깔도 좋다는 속담이 그냥 나온 것은 아니었다. 그 덕에 인수도 호사를 한 번 누려보는 것이다.

"재수야, 너트메그는 챙겼냐?"

인수는 재수의 눈치를 보며 넌지시 말했다. 은근히 동조해 주어서 나쁠 것은 없었다.

너트메그는 자극성 강한 단맛과 쓴맛이 동시에 나는 향신료로, 그 맛이 제법 독특해서 인수가 좋아하는 향신료 가운데 하나였다. 제국 남부에서 주로 자라는 식물이었다.

"그건 제가 챙겼습니다."

대답은 재수 대신 도신이가 했다.

"그래? 많이 좀 챙기지?"

"걱정하지 마십시오. 넉넉히 챙겼습니다."

도신이가 믿음직스러운 얼굴로 말했다.

"빠뜨린 건 없냐?"

"없습니다."

도신이가 딱 잘라 말했다. 너무 당당하게 대답하는 도신이를 보며 인수는 불안감을 느꼈다.

"메이스는?"

메이스는 너트메그의 껍질이다. 씨앗이 너트메그이고, 그 씨앗을 감싸고 있는 껍질이 메이스인데 신기하게도 서로 다른 맛을 낸다. 메이스는 너트메그와 달리 단맛과 쓴맛은 덜하지만 향이 강하고 깊은 맛을 낸다. 또한 메이스는 향이 쉽게 날아가기 때문에 밀봉을 해서 보관해야 하는 단점이 있었다.

하지만 이러한 단점에도 너트메그보다 훨씬 고급스러운 향신료로 대접을 받고 있었다. 너트메그가 달콤한 요리에 주로 쓰인다면 메이스는 거의 모든 고기와 생선 요리에 쓰이기 때문이었다. 진한 양념 요리를 할 때 넣으면 맛이 좋았다.

다만 페퍼보다도 값이 비싼 것이 흠이었다. 케이트에게 들은 말로는 제국의 어느 황제가 메이스를 너무나 좋아한 나머지 한때 너트메그를 모두 뽑고 메이스를 심도록 명령을 내렸다고 한다. 이 위대한 황제는 너트메그와 메이스가 같은 나무에서 자란다는 사실을 죽을 때까지도 몰랐다고 한다. 그래서 더욱 기억에 남는 향신료였다.

"아! 메이스가 있었지. 마티!"

재수가 급하게 하녀장 마티를 불렀다.

"부르셨습니까, 장님?"

"메이스 좀 챙겨줘."

재수가 침을 튀겨가며 말했다.

"큰일 날 뻔했잖아. 얼른 챙겨줘. 그리고 마티, 내 아침 식사도 좀 챙겨줘."

인수도 호들갑스럽게 거들며 말했다.

인수 앞에 갓 구운 빵과 스프가 금세 놓여졌다. 2개의 영지를 책임지는 자의 신분에 어울리지 않는 간소한 아침 식사였다. 물론 처음에는 굉장히 많은 음식들이 아침부터 나왔지만 인수는 그 수를 확 줄였다. 많은 음식은 낭비였다. 처음에는 모두 불만이 많았지만 지금은 적응한 상태였다. 다만 안젤라는 그것이 불만인지 아침을 거르는 경우가 많았다. 오늘도 모습이 보이지 않는 것을 보니 일부러 늦잠을 자는 것 같았다.

잘 구워진 빵은 아직도 따뜻해 반을 가르자 김이 모락모락 났다. 인수는 스프에 빵을 푹 담궜다가 입에 넣었다. 보리 빵이었다.

"맛있군."

품평을 기다리는 마티에게 인수는 일부러 크게 말해주었다.

하녀장 마티의 얼굴이 금세 밝아졌다. 언제나 음식이 나오면 기다리고 있다가 인수의 맛있다는 말 한마디에 얼굴이 밝아졌다. 인수는 그 모습을 보는 게 좋았다. 나이는 45살로, 거의 이모 정도의 연배였기에 반말을 하는 것이 조금은 어색했지만 어디까지나 살기 위해서 엘프디언의 가면을 쓰고 말했다.

"특별히 오늘 스프에는 클로브를 듬뿍 넣어서 매운맛을 냈습니다, 한님."

클로브는 매운맛이 나는 향신료다. 고춧가루에 비할 바는 아니지만 엘프디언에게는 매운맛에 대한 욕구를 조금이나마 충족시켜 주는 향신료로 쓰인다.

"클로브도 좋지만 [고춧가루]가 먹고 싶다."

인수는 매운 고춧가루 생각이 간절했다.

"난 [배추김치]."

[깍두기.]

[총각김치.]

[열무김치.]

순식간에 김치 이름이 봇물 터지듯이 나열됐다.

"[고춧가루]가 무엇입니까? 알려주시면 제가 구해보겠습니다."

"엘프디언들이 주식으로 먹는 거의 모든 음식에 넣는 향신료야. 엘프어로는 [고춧가루]라고 부르고, 아리스 어로는 '꿈의 향신료' 라고 부르지. 클로브보다 열 배는 더 매운맛을 내는 향신료로, 너무 매워서 오직 엘프디언만 먹을 수 있지. 하지만 이제는 찾을 수 없을 거야. 영원의 숲에 있던 마지막 남은 나무가 죽어버렸거든. 그래서 지금은 정말 '꿈의 향신료' 가 되어버렸어."

인수는 그럴싸하게 이야기를 꾸며서 마티에게 말했다. 인수의 설명이 아주 틀린 것은 아니었다. 고춧가루는 다시 맛보기 힘든 꿈속의 향신료가 된 것은 분명한 사실이었다.

"안타까운 일입니다."

마티가 슬픈 얼굴로 말했다.

"괜찮아. 클로브도 좋은 향신료니까."

인수는 그렇게 말하고 스프와 빵을 천천히 먹었다. 편안히 먹는 것도 오늘 아침이 마지막이나 마찬가지였다. 문밖을 나서는 그 순간부터 전쟁터가 인수와 전우들을 기다리고 있었다.

"마티, 이 음식들이 그리워질 거야."

9

간신히 복도에서 남편을 만날 수 있었다.

"가시는 거예요?"

"그래."

"잘 다녀오세요."

"그래."

오늘따라 남편의 짧은 대답이 더욱 낯설다.

안젤라는 그런 한이 야속했다. 어차피 첫날부터 버림을 받은 운명이었지만.

남편에게 많은 것을 바라지는 않았다. 공주로 태어났을 때부터 평범함과는 거리가 먼 인생이기는 했지만 자유를 포기하고 평범한 행복을 원했다. 운명은 그런 안젤라를 비웃듯이 첫날밤 이후로 행복은 얻지 못했지만 자유는 얻었다. 하지만 늘 채워지지 않는 무언가가 있었다. 그것이 무엇인지는 아직도 찾지 못했다.

"저기……."

안젤라는 입술을 달싹였다.

언제나 자신은 남편의 등만 바라봐야 했다. 오늘도 남편의 등만 바라보고 있다. 남편의 등은 넓었다. 그 넓은 등은 세상을 모두 포용할 수 있을 것처럼 보였지만 좀처럼 안젤라에게는 기회가 없었다. 문득 '가면의 공주' 케이트와 '묵언의 공주' 제이미에 비하면 자신의 처지는 하녀보다도 못하다는 생각이 들었다. 그렇다고 남편이 그녀를 막 대하거나 피하는 것은 아니었지만 왠지 모를 서운함이 생기는 것은 어쩔 수가 없었다. 책에서 본 일상적인 부부의 대화와는 거리가 있었다. 막상 그가 떠난다고 하니 그것마저도 아쉬웠다. 남편은 전쟁터로 가는 것이다. 최고로 높은 사람이니 쉽게 죽지는 않겠지만 목숨을 장담할 수 없는 곳이 바로 전쟁터이다.

"왜?"

그가 화를 내는 것이 아니라는 것은 알지만 한이 돌아서자 몸이 절로 움츠러들었다. 오늘따라 남편의 몸 여기저기에 붙어 있는 무기들이 더욱 무섭게 보였다.

"저기."

안젤라는 마음을 진정시키며 말했다. 하지만 말은 입 안에서만 맴돌 뿐 좀처럼 입 밖으로 나오지 않았다. 입 밖으로 나와야 비로소 말이 되는 법이다.

"응?"

마법 가루 때문에 얼굴이 평소보다 조금 더 험상궂게 보이기는 하지만 이제는 충분히 적응이 된 상태였다. 그리고 평소 남편이 감정 표현을 얼굴에 잘 드러내지 않는다는 것 또한 알고 있다. 지금도 화를 내는 얼굴은 절대 아니었다.

'안젤라, 말할 수 있어!'

안젤라는 손을 꽉 쥐며 어머니가 가르쳐 준 용기를 북돋워 주는 주문을 외웠다.

"나사야 호로호로 마라호로 하레바나마 나바."

"무슨 말이야?"

"아니에요."

안젤라는 얼굴이 달아올랐다. 속으로 말해야 되는 주문이 자신도 모르게 입 밖으로 튀어나왔다.

"할 말이 있는 거야?"

남편의 물음에 안젤라는 더욱 얼굴이 붉어졌다.

"케이트가 잘 돌봐줄 거야. 걱정하지 마."

남편은 그렇게 말하고 돌아섰다.

'바보, 왜 말하지 않는 거야?'

안젤라는 자신을 바보 같다고 자책했다. 남편이 가고 있었다. 이렇게 가면 다시는 자신에게 돌아오지 않을 것 같은 느낌이 들었다.

더구나 조금 전 남편의 말투는 가면의 공주 케이트나 묵언의 공주 제이미를 대할 때의 말투였다. 안젤라는 그렇게 느꼈다. 한없이 부드러웠다.

"저기요."

"왜? 무슨 일이 있어?"

남편이 다시 돌아섰다.

"저, 그러니까, 제가 하고 싶은 말은……."

또 말이 입 안에서 맴돌았다. 밤을 새며 고민하고 생각했던 말들이 갑자기 생각이 나지 않았다. 왜 남편의 얼굴만 보면 말이 생각나지 않을까?

"괜찮으니까 차분하게 말해."

남편의 저 얼굴이 미소라는 것은 최근에야 알았다. 남을 배려할 때면 언제나 저런 모습을 보였다. 물론 진짜 미소인지 물어보지는 못했지만 그럴 것이라고 짐작되었다.

"저에게 꼭……."

"오빠!"

안젤라의 말은 가면의 공주 케이트에 의해 더 이상 이어지지 않았다. 그런 케이트가 너무나 미웠다. 속으로 주문을 외우며 없던 용기를 짜내던 찰나에 케이트 때문에 말하지 못했다.

빠른 걸음으로 중앙 계단을 내려온 그녀는 언제나 변함없이 얼굴 가리개를 하고 있었다.

안젤라는 얼마 전 산드라가 이야기해 준 소문이 생각났다.

베르켄 성안에는 자네르 왕국을 대표하는 세 명의 공주가 살고 있으며 사람들에게 각각 가면의 공주, 묵언의 공주, 은둔의 공주라 불리운다고 했다.

가면의 공주는 케이트였다. 얼굴을 항상 가리고 있기 때문에 붙은 호칭이었지만 그 해석은 예사롭지 않았다. 예전에는 아름다운 얼굴이 마음을 가리고 있어서 드러나지 않았지만, 얼굴을 가린 후에는 얼굴보다 아름다운 마음이 세상에 드러났으며 그 마음은 세상 그 누구보다도 아름답다고 말했다. 정말 아름다운 해석이었다.

묵언의 공주 제이미의 해석도 예사롭지 않았다. 원래는 말을 잘했다고 했으며, 그 목소리는 천상의 목소리였다고 한다. 어느 날 갑자기 그녀는 말을 할 수 없게 되었다. 하지만 그렇기 때문에 그녀는 말로 남을 욕하거나 상처를 주지 않으며, 그 대신 몸짓으로 세상에서 가장 아름다운 말을 사람들에게 한다고 했다. 그것이 비록 노예인 하녀나 하인이라고 할지라도.

은둔의 공주는 안젤라였다. 왕국 제일 미녀라고 소문이 났지만 그 소문은 거짓이었으며, 그녀의 얼굴은 예쁘지 않아 항상 어두운 방에서 지낸다고 했다. 또한 성격도 좋지 않아서 엘프디언 한이 멀리하고…….

케이트가 온 뒤의 일은 더 이상 기억이 나지 않았다. 너무나 황당한 소문에 둘의 이야기가 귀에 제대로 들어오지 않았다. 지금도 케이트처럼 다정한 목소리로 자신의 남편을 대하지 못하고 있는 자신을 보면 소문이 모두 맞는 것 같다는 생각이 들 정도였다.

안젤라는 케이트의 목례를 받으며 가볍게 고개를 끄덕였다. 자신에게 항상 공손하게 먼저 인사를 하는 것을 보면 썩 내키지는 않지만 그녀의 마음이 예쁘다는 것은 수긍할 수 있었다. 소문이라 해도 어느 정도의 신빙성은 있었다.

"벌써 가시는 거예요?"

"준비해야 될 것이 많으니 서둘러야지. 왜? 무슨 할 말이 있어? 어제 다 했잖아."

"아니요. 그냥 전송하고 싶어서요."

"전송은 무슨… 쑥스럽게."

"그래도 당분간 보기 힘들잖아요."

"가능한 빨리 돌아올 거야."

"그러셔야죠."

"근데 정말 나를 전송하고 싶었던 거야?"

"당연하죠."

"그래? 근데 너의 눈이 다른 사람을 찾는 것 같아 보인다."

"아니에요."

"재수라면 아직 식당에 있다."

"그런 거 아닌데."

"괜찮아. 어서 가봐. 그리고 괜히 외성으로 나오지 마. 너의 아름다운 모습을 보면 나 울지도 몰라."

"오빠도 참, 그럼 잘 다녀오세요."

케이트는 밝게 웃으며 인사를 하고 바쁘게 식당으로 가버렸다.

안젤라는 자신의 남편과 스스럼없이 대화를 하는 케이트가 부러웠다. 자연스러운 대화. 강물이 흘러가는 느낌이었다. 둘 사이를 모르는 사람이 보면 케이트가 남편의 부인이라 생각할 정도였다. 더구나 남편은 자신에게는 언제나 엄격한 선생님 같은 대화가 주를 이루었다. 달콤하게 들리는 농담은 케이트에게만 할 뿐 결혼을 하고 나서 지금까지 한 번도 자신에게 해준 적이 없었다. 만약 자신이 저런 소리를 들었다면 어땠을까? 붉어진 얼굴 때문에 곤란했을지도 모르고, 어쩌면 너무 감동을 받아서 쓰러졌을지도 모른다.

"공주님."

산드라의 목소리에 안젤라는 이내 정신을 차렸다.

딸각거리는 남편의 발소리가 들렸다. 잠깐 공상을 하는 사이에 남편이 움직여 버렸다. 딸깍거리는 소리와 함께 남편이 멀어져 갔다.

안젤라는 드레스를 살짝 들고 남편의 뒤를 따랐다.

'무슨 말을 해야 될까?'

마음이 더 급해졌다.

딸깍딸깍.

복도가 한없이 길었으면 좋겠다는 생각이 들었다. 빠르게 걷다 보면 언젠가는 남편을 따라잡을 수 있으리라.

남편의 발자국 소리는 듣기 좋은 리듬감을 담고 있었다. 언제부터인가 밤이 되면 남편의 낡은 부츠에서 나는 딸깍거리는 발소리가 귀에 들려오기를 바라고 있었다. 복도에서 남편의 발소리가 들리기라도 하는 날이면 가슴이 뛰어 정신을 차릴 수가 없었다. 물론 한 번도 자신의 방 앞에서 멈추지는 않았다. 남편이 자신을 멀리하는 이유를 알 수가 없었다. 그래서 답답했다. 자신의 얼굴과 몸매가 남들보다 못한 것도 아니었기 때문에 더욱 답답했다.

"언제까지 따라올 거야?"

남편의 발소리는 어느새 멈춰 있었고, 그 목소리를 들었을 때는 걸음을 멈추기엔 이미 늦어 안젤라는 미처 피하지 못하고 남편의 등에 부딪쳤다.

"아얏!"

안젤라는 작은 비명을 지르며 엉덩방아를 찧었다.

"괜찮아?"

남편이 자신의 손을 부드럽게 잡으며 일으켜 주었다. 극악한 소문과는 절대 어울리지 않는 모습이었다. 이런 모습 때문에 가끔 안젤라는 헷갈렸다. 그리고 요즘 안젤라가 내린 결론은 남편은 소문과는 절대 다르다는 것이다.
"예."
"더 이상 나오지 않아도 돼. 그만 가볼게. 건강히 잘 지내고 있어, 공주님."
남편은 두툼한 손으로 머리를 몇 번 쓰다듬어 주고는 이내 걸어갔다. 남편의 따뜻한 손길이 안젤라를 기분 좋게 만들어 주었다.
안젤라는 멀어지는 남편을 향해 입을 열었다.

"돌아오세요! 꼭!"

10

"살아서 돌아올 수 있을까요?"
와이트가 불안한 음성으로 물었다.
"당연하지."
패럴도 그것만큼은 장담할 수 없었다. 단지 그렇게 말해주는 것이 최선이었다. 와이트는 17세의 성인이었지만 패럴이 볼 때는 아직 어렸다. 그의 아버지 왓슨을 봐서라도 꼭 살려서 데려와야 했다.
"제가 만약 죽으면……."
"그런 소리는 하는 게 아니다. 날 믿어라. 넌 살아서 집에 돌아갈 수 있다. 내가 시키는 대로만 해!"

패럴은 자기 자신을 믿는 수밖에 없었다. 엘프디언들은 강했다. 그들은 모든 병사들을 강하게 만들어주었고, 그중에는 자신도 포함되어 있다. 최소한 비참하게 죽지는 않을 것이다. 패럴은 살아야 했고, 그럴 만한 이유도 있었다. 고향에는 아내와 어린 자식, 그리고 부모님이 그를 기다리고 있었다. 와이트도 자신과 별반 차이가 없었다. 와이트는 부모님과 동생들이 집에서 기다리고 있었다.

"아저씨는 겁 안 나세요?"

와이트의 물음에 패럴은 망설여졌다. 어떻게 대답을 하는 것이 좋을지 판단이 서지 않았다.

"겁난다."

패럴은 한참을 생각한 후에 정직하게 말했다. 잠시 후에 집합을 하게 되면 곧 전쟁터로 떠날 것이다. 지금 여기 있는 사람들 중에 몇 명이나 다시 이 땅에 돌아올 수 있을지 장담할 수 없었다.

"다행이에요. 저만 겁쟁이는 아니니까요."

와이트의 얼굴이 조금은 밝아졌다.

"이제는 내 곁에서 떨어지지 마."

"예?"

"너희 아버지께 약속했다. 너를 돌보아주기로."

"그렇습니까?"

"그래, 나를 부끄럽게 만들지 않으려면 꼭 살아야 한다."

"예, 알겠습니다."

"엘프디언들이 가르쳐 준 말 기억하고 있지?"

"예, '동료를 믿고 자신을 믿어라' 였죠?"

"그래, 기억하고 있구나. 잊지 말거라."

그때 문이 활짝 열리며 소대장이 소리를 질렀다.

"귀염둥이들아, 집합이다. 드디어 출정이다."

성 밖에 도열해 있는 병사들의 창과 갑옷이 햇빛을 받아 사방에 빛을 뿌리며 인수의 눈을 부시게 만들었다.

빠듯한 시간이었지만 간신히 시간 내에 출정 준비를 완료할 수 있었다. 만족스럽지는 않지만 어쩔 수가 없었다. 그나마 최소한의 무장은 모두 완료한 상태였다. 전투 대대의 기본 무장은 창과 방패, 도끼 또는 검이 되었다. 석궁이 제외된 이유는 아주 간단했다. 석궁을 생각만큼 만들어낼 수가 없었다.

미스트르에서의 보급도 여의치 않았다. 전투 대대가 가지고 있던 석궁은 모두 보급 대대에 주어졌다. 그 덕에 보급 대대의 기본 무장은 석궁과 검이 되었다. 그래도 모두들 사슬 갑옷은 지급받은 상태였다. 완벽한 상태에서 전쟁을 치른다는 것은 꿈같은 이야기일 뿐이었다. 시간은 그럴 여유를 주지 않았다. 그래도 빈약해 보이지는 않았다. 무기들은 지금 이 순간에도 계속 만들어지고 있었다.

인수의 목표는 올해 안에 전쟁을 끝내는 것이었다. 하지만 인수 스스로도 그것을 확신할 수가 없었다.

"사령관님 훈시!"

"부대 차렷! 사령관님께 대하여 경례!"

"충! 성!"

경례를 하는 병사들이 늠름하게 보였다. 인수는 가볍게 경례를 받았다.

"쉬어!"

"부대 열중 쉬어!"

대대장의 구령에 절도있게 병사들이 움직였다.

바늘 떨어지는 소리도 들릴 만큼 조용해졌다.

"너희들에게 황금을 주겠다."

인수의 말에 병사들이 술렁거리며 일부는 환호했다.

"너희들에게 미녀를 주겠다."

병사들의 함성이 두 배는 커졌다.

"마음껏 약탈해라."

눈치를 보던 병사들도 합세를 해서 인수의 말에 환호했다. 일부 기사들도 그 말에 환호를 하고 있었다. 인수는 씁쓸했다. 역시나 이 동네의 가치관은 인수의 가치관과는 달랐다.

인수는 병사들의 반응을 보며 조용해지기를 기다렸다가 다시 입을 열었다.

"이런 것이 좋은가? 그렇다면 당장 내 눈앞에서 사라져라. 난 너희에게 황금을 주지 않을 것이다. 난 너희에게 미녀를 주지도 않겠다. 난 약탈도 하지 않을 것이다."

환호하던 병사들이 조용해졌다. 극과 극의 말이었다.

"너희들은 이곳에 왜 있는가? 단지 영주의 징집에 의해서 있는 것인가? 약탈을 하고 사람을 죽이기 위해서 있는 것인가? 그렇다면 집으로 돌아가라. 보내주겠다."

움직이는 병사는 없었다. 이런 분위기에서 움직이는 것은 죽여 달라는 말이나 마찬가지였다.

"그리고 적에게 죽어라. 적은 우리처럼 관대하지 않다. 너희들의 시체가 채 식기도 전에 너희들의 집을 뺏을 것이고, 너희의 어머니와 아내, 그리고 여동생을 뺏을 것이다. 너희가 가진 모든 것을 빼앗을 것이다. 그것이 좋은가?"

"아닙니다!"

병사들이 발악을 하듯 외쳤다.

"난 내 것을 지키기 위해 이 자리에 섰다. 나의 가족, 나의 친구, 내가 사랑하는 모든 것이 이 땅에 있다. 난 목숨을 바쳐서 이 땅을 적으로부터 지킬 것이다. 너희들은 어떻게 할 것인가? 나와 어깨를 나란히 하고 싸울 것인가?"

"예, 싸우겠습니다!"

"나의 전우가 되겠는가?"

"예, 전우가 되겠습니다!"

"좋다. 우리는 지금 남부로 진격해서 적들을 박살 낼 것이다. 우리는 적을 죽이기 위해, 약탈을 하기 위해 싸우는 것이 아니라 우리의 가족을 지키기 위해서 싸우는 것이다. 두려워하지 마라! 너희들의 앞에는 엘프디언이 있고, 뒤에는 동료가 있다. 너희의 가족들이 고향에서 너희들의 승리할 것을 믿고 있다. 승리를 너희의 가족들에게 바쳐라."

인수는 열변을 토해내다가 잠시 숨을 고르며 병사들의 늠름한 모습을 눈에 담았다.

"엘프디언의 이름으로 다짐하겠다. 항상 선봉에는 엘프디언이 있을 것이다. 우리를 믿고 뒤를 따르라! 너희는 이제부터 엘프디언 전사들이다. 이 세상에서 가장 강한 병사들이 너희들이다. 나의 허락을 받기 전에는 절대 죽지 마라! 살아서 돌아와라! 그리고 같이 누리자. 살아 돌아온 자에게는 너희들이 평화롭게 살 수 있는 땅을 주겠다. 너희들은 이제부터 농노가 아니다. 자기 땅을 가진 자유민이 될 것이다. 나와 함께 나가자! 싸우자! 이기자!"

"와아아아! 엘프디언! 만세!"

병사들의 함성이 베르켄을 흔들었다. 그 함성은 어느 때보다 크고 힘찼다.

연설의 첫 부분은 '닥터스'라는 책에서 본 적이 있는 내용을 인수가 약간 바꾸어서 인용한 것이었다. 효과는 책에서와 마찬가지로 좋았다.

병사 중 한 명이 발을 굴렀다. 그것이 점점 퍼져 나가서 모든 병사들이 발을 맞추어서 발을 구르자 성 전체가 들썩거리는 것 같은 느낌이 들었다.

인수도 점점 흥분이 되기 시작했다. 분위기는 고조되었다. 오늘의 마지막을 장식할 명령을 내릴 때가 되었다. 어느 순간 인수의 손이 남쪽을 가리켰다.

"출정!"

"출정!"

지금 이 순간만큼은 그 어떤 병사도 두려워하지 않았다.

CHAPTER 3

첫 전투

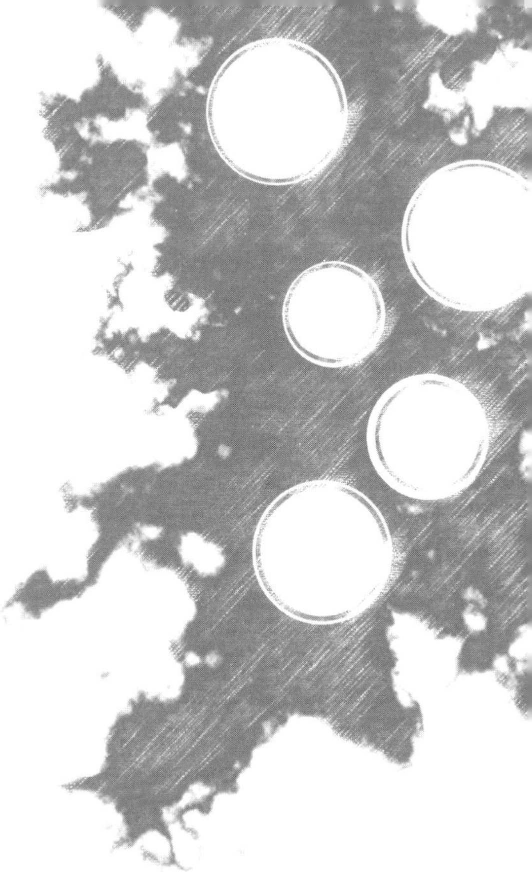

1

첫 전투는 다음으로 미루어야 했다.

스피넬 영지의 관문인 녹턴 요새는 별다른 저항이 없었다. 그랑시온의 전령이 다녀간 이후에 100여 명으로 늘어났던 녹턴 요새의 수비 병력은 인수가 당도했을 때는 흔적조차 찾아 볼 수가 없었다.

스피넬 남작으로서는 당연한 행동이었다. 100명의 병사로 1,500명의 병사를 막는다는 것은 불가능한 일이었다. 정찰병의 말로는 모든 병사들이 피넬 성으로 집결 중이라 했다. 인수가 이끄는 콜 영지병은 그 덕에 행군을 멈추지 않고 길을 재촉했다. 대규모 행군은 처음이어서 그런지 여러 가지 문제가 발생하여 행군이 지체되고 있었다. 피넬 성에서 만나기로 한 리베가 이끄는 미노피 원정군과 미스트르 왕국군을 제날짜에 만나기 위해서는 속도를 더 내야 했다.

하지만 녹턴 요새를 지난 후에는 길이 더욱 안 좋아졌다. 다행스러운 것은 녹턴 요새에서 후퇴한 스피넬 영지병들이 길에 장애물을 설치하지 않았다는 것이다. 하긴 장애물을 설치하지 않아도 길은 충분히 나쁜 편이었다. 만약 지금 상태에서 봄비라도 내리는 날이면 꼼짝없이 2, 3일은 지체가 될지도 몰랐다. 진흙탕에서 뒹굴 생각을 하니 절로 몸서리가 쳐질 정도였다. 그 정도로 길은 열악했다.

"한인수 병장님, 행군 속도를 늦춰야겠습니다."

도신이가 먼지를 하얗게 뒤집어쓰고 나타났다. 후방에서 보급 부대를 이끌고 있는 도신이가 본대 쪽으로 올 때는 항상 이런 모습이었다.

"또?"

무슨 일 때문에 그런지 대충 알고 있었기 때문에 인수는 짜증부터 났다.

"예, 이번엔 한꺼번에 2대나 말썽입니다."

보고를 하는 도신이는 인수에 비해 담담해 보였다.

"도대체 어떻게 만들었기에 그러냐?"

"저도 잘 모르겠습니다."

"한인수 병장, 차라리 오늘 여기서 쉴까? 해도 얼마 안 남았잖아."

재수의 말과는 다르게 해는 아직도 멀쩡히 하늘에 떠 있었다. 재수는 허리를 두드리고 있었다. 말을 오래 타서 그런지 허리가 꽤나 아픈 눈치였다.

'그러게 승마 연습 좀 꾸준히 하지!' 라는 핀잔 섞인 말이 목까지 올라왔지만 꾹 참았다. 다른 일로 화가 난 것을 재수한테 화풀이를 하는 것은 정말 바보나 하는 짓이었다. 많은 사람을 거느린 자는 사람을 덕으로 다스려야 된다는 말을 인수는 이제 어렴풋이 느끼고 있었다.

"한인수 병장님, 차라리 그렇게 하는 것이 좋겠습니다. 어차피 수리를 하려면 시간이 걸릴 것이고, 아직까지 합류하지 못한 수레도 꽤 됩니다."

인수는 다시 머리가 아파왔다.

보급용 수레가 베르켄 성을 떠나면서부터 말썽을 부렸다. 수레를 이용한 것은 정말 인수가 생각해도 잘한 생각이었다. 하지만 너무 많은 수레를 단기간에 만들어서 그런지 수레의 내구성이 형편없었다. 하루에도 십여 대씩은 문제가 생기고 있었다. 어떻게 보면 150여 대에 달하는 수레들이 아무 문제가 없는 것이 오히려 이상한 것일지도 몰랐다.

그나마 다행인 것이 보급 부대가 수레를 만들었기 때문에 수리를 그 자리에서 바로 할 수 있다는 것이 위안이 되었다.

하지만 수레에 문제가 생기면 행군 전체에 영향을 미쳐서 행군 속도가 눈에 보일 정도로 느려졌다. 그나마 며칠 지나서부터는 요령이 생겨 문제가 생기면 바로 옆으로 빠져서 수리에 들어갔기 때문에 조금은 행군 속도가 빨라지고 있었다.

이번 전쟁의 가장 큰 문제는 어느 누구도 이런 대규모 전쟁을 해본 적이 없다는 점이었다. 인수와 동료들도 나름대로 책과 서류를 보며 준비를 하고 치밀하게 계산을 세웠지만 여러 면에서 역부족이었다. 이런 식이면 싸우기도 전에 지칠 것 같았다.

"이번엔 무슨 문제야?"

대충 아는 것과 정확히 아는 것은 차이가 있었다. 그렇기 때문에 인수는 항상 모든 것을 정확히 알고자 했다. 그리고 발생한 문제들을 빠짐없이 수첩에 기록했다. 승리를 하기 위한 기록이었다. 단기전이 될 수 없다는 것을 녹턴 요새를 지난 후부터 인수는 뼈저리게 느끼고 있었다.

"한 대는 수레의 무게를 이기지 못하고 바퀴가 부서졌고, 다른 한 대는 소가 자빠졌습니다. 아무래도 소는 도살해야 될 것 같습니다."

도신이의 보고를 들으며 인수는 너무 과하게 군량을 챙긴 것이 아닌가 하는 생각이 들었다.

수레는 말과 소들이 끌고 있었지만 말이 끄는 수레는 그 수가 적었고, 거의 모든 수레를 소들이 끌고 있었다. 전쟁의 여

파로 모든 물가가 폭등한 상태였고, 그중에서도 말 값은 소 값의 거의 세 배에 달하고 있었다. 그래서 생각한 것이 소달구지였다.

자네르 왕국에서 소의 쓰임이란 우유와 고기, 그것이 전부였다. 그것은 인수에게는 축복이었다. 자네르 왕국에서는 볼 수 없던 소달구지를 만들었기 때문에 영지에 있는 말들을 모두 전투용으로 사용할 수가 있었고, 그것은 엄청난 이익이 되었다. 지금 생각하면 작년에 소를 더 사 두지 못한 것이 후회가 되었다. 전쟁이 길어지고 다른 영지와 적이 된 지금은 소도 구할 수가 없었다. 쳐들어가서 빼앗으면 어느 정도 해결은 되겠지만 아직은 한 마리도 빼앗지 못한 상태였다.

"한님, 내일이면 피넬 성입니다. 여기서 힘을 비축하는 것도 좋을 것 같습니다."

워시가 인수의 옆으로 다가와 말을 붙이며 말했다. 틀린 말은 아니었다. 아직 전투를 제대로 하지는 않았지만 8일간의 행군은 모두를 지치게 만들었다.

"재수야, 정찰대에 전령을 보내라. 그리고 본대를 맡아라."

적당한 숙영지를 찾을 때까지는 계속 전진을 해야만 했다.

"알았어."

"도신아, 앞장서라."

"예, 알겠습니다."

도신이와 함께 인수는 길 옆으로 빠져서 말머리를 돌렸다.

뱀처럼 길게 늘어진 병사들의 행렬이 끝나는 곳에 수레들의 행렬이 다시 꼬리를 물고 있었다.

인수가 목을 쓰다듬자 기분이 좋은지 인수의 애마 검둥이가 가볍게 투레질을 했다.

"이랏."

인수는 검둥이의 허리를 가볍게 차며 검둥이를 천천히 달리게 만들었다. 군더더기가 없는 자연스러운 동작이었다.

바람이 인수의 몸을 스쳐 지나갔다.

소는 숨을 헐떡거리고 있었다. 자신의 운명을 아는지 일어서려고 가끔씩 힘을 주었지만 역부족이었다. 이미 앞발이 부러져서 꺾여 있었다. 소의 큰 눈망울에서는 눈물이 뚝뚝 흘러내리고 있었다. 미물들도 도살장에 끌려갈 때는 자신의 운명을 알고 운다는 소리를 들어보았지만 인수는 그 소리를 지금 실감하고 있었다.

"미안하구나."

인수는 혼잣말처럼 중얼거렸다.

"예? 잘 못 들었습니다!"

"아니다. 이 수레의 책임자인가?"

수레는 2명이 한 조로, 한 명이 수레를 몰면 다른 한 명은 물건 위에 올라가서 석궁을 들고 주변을 감시하도록 되어 있었다.

"예, 1,030번 수레 책임자 상병 헤일로입니다!"

한 병사가 악을 쓰듯이 대답했다. 병사가 인수와 이야기를 할 기회란 좀처럼 자주 오는 것이 아니었다.

각 수레에는 자동차 번호판처럼 각각 부여된 번호가 있었다. 앞의 1은 어느 보급 중대인지를 나타내는 숫자였다. 따라서 풀이하면 제1보급 중대 30번 수레가 되는 것이다.

"나에게 보고할 특이사항이 있나? 악은 쓰지 말고."

인수는 얼른 덧붙여서 말했다. 너무 시끄러운 것도 좋지 않았다.

"없습니다. 단지 소들이 힘들어하고 있습니다. 행군 속도를 조금 늦춰주셨으면 합니다."

"무슨 소리하는 건가, 헤일로 상병? 조용히 해."

1보급 중대장 허스트가 병사를 말렸다.

"아니, 그냥 둬."

인수는 흥미가 동했다.

"그런가?"

"예, 그렇습니다."

"왜 그렇게 생각하지?"

"소들은 운반용 동물이 아니기 때문에 그렇습니다."

"그래서? 계속해 봐."

"예, 물건을 운반하기에는 아직 소들이 익숙하지 않습니다. 대부분의 소들이 운반 연습을 한 것은 길어야 두세 달 전입니다. 또한."

말문이 열리자 헤일로라는 이름의 병사는 거침없이 이야기를 했다.

"다른 것이 있나?"

"예, 소들이 짐의 무게에 아직 익숙해지지 않았습니다. 평소 훈련할 때보다 훨씬 무거운 무게를 싣고 다니기 때문입니다."

"그건 아닌 것 같은데."

인수가 발론을 제기했다. 인수는 소들을 쓰기로 마음먹었을 때부터 그런 부분까지 생각해서 수레에 밀 포대 같은 보급 물자를 실었을 때를 상정하여 훈련에 임하도록 했다.

"아닙니다. 물론 무게는 비슷했을지 몰라도 밀 포대와 돌덩어리는 엄연히 다릅니다. 어떻게 실었느냐에 따라서 수레가 더 무거워질 수도, 가벼워질 수도 있습니다."

헤일로는 침을 튀겨가며 열변을 토했다.

"너의 말에는 오류가 있다."

어떻게 들으면 매우 타당해 보였다. 하지만 인수의 머리엔 의문점이 생겼다.

"예, 무슨 말씀이십니까?"

"너는 소에 대해서도 잘 알고 수레에 대해서도 잘 알고 있겠지?"

"예, 그렇습니다."

"그렇다면 너는 왜 소가 쓰러지도록 만들었지?"

인수가 생각해도 말문을 막아버리는 완벽한 질문이었다. 엄밀히 따지면 궤변에 가까웠지만.

"그것은 제가 무능했기 때문입니다. 소가 힘들어하고 있었지만 대열에서 이탈할 용기가 없었습니다."

제법 괜찮은 대답을 했다. 아니, 인수의 마음에 쏙 드는 대답이었다. 말 못하는 짐승을 탓했다면 병사에게 벌을 주었을 것이다.

"근데 소에 대해서는 어떻게 그렇게 잘 알고 있지?"

"아버지가 소와 말을 관리하는 목부 출신입니다. 어릴 때부터 소와 말을 키우는 것을 도왔습니다."

"허스트."

"예, 사령관님."

허스트가 불안한 얼굴로 즉각 대답했다.

"자네, 이름이 뭐라고 했지?"

"상병 헤일로입니다!"

"허스트 헤일로 상병을 하사로 진급시키고, 매일 저녁 보고서를 올릴 때 헤일로 하사로부터 소의 상태에 대한 보고를 받아서 첨부하도록."

"예, 알겠습니다."

파격적인 진급이었다. 소문은 오늘 밤 안에 전 병사들에게 퍼져 나갈 것이고, 이는 곧 병사들에게 적절한 당근이 될 것이다.

일정 기간만 채우면 진급이 되는 구조에서 다른 방식으로도 진급이 될 수 있다는 것을 보여주는 첫 사례였다. 병사들은 더욱 자기가 맡은 일에 열심히 할 것은 불을 보듯 뻔했다. 간부와 병사는 받는 돈부터가 달랐으니까. 그럼으로써 소들도 조금 더 나은 대우를 받게 될 것이고, 행군의 발목을 잡는 사고도 조금은 줄어들 것이다.

2

피넬 성은 인수가 기대했던 것보다 멋있지는 않았다. 어두운 색깔의 성은 따뜻한 봄 날씨에도 불구하고 을씨년스럽게 보였다. 성벽 위에서 펄럭이는 각종 깃발이 없었다면 영락없는 귀신이 나올 것 같은 성이었다. 성벽에 사용된 돌 자체가 베르켄 성과는 다른 모양이었다.

언뜻 보기에 피넬 성은 베르켄 성보다 크기가 조금 작은 듯했다. 하지만 실제 크기는 베르켄 성과 비슷하다는 소리를 이미 들어 알고 있었다. 그것은 특이한 성의 구조 때문이었다. 성을 만든 자가 미적 감각이 뛰어났던 것인지 아니면 돌이 남아돌았던 건지 정확히 알 수는 없지만, 성은 오각형의 모습을 하고 있었고 성문이 있는 모서리를 제외한 각 모서리마다 첨탑이 높이 솟아 있었다. 공식적으로 성문은 하나였다. 베르켄 성처럼 뒤져 본다면 다른 비밀 통로가 있을 것 같기는 했지만. 어차피 있다 해도 도망가기는 힘들 것이다. 이미 성 주위에는 2주일 전부터 정찰병들이 쫙 깔려 있었으니.

미스트르 왕국군과 미노피 원정군은 성문 정면에 자리를 잡고 있었다. 거리는 대략 성문에서 200미터 앞이었다. 갑자기 성문을 열고 기습을 나온다 해도 그다지 위협적이지는 않을 것 같았다.

인수가 공략법에 대해서 이런저런 생각을 하며 성을 바라보고 있을 때, 사자 문양이 들어간 서코트를 입은 병사가 워시의 안내를 받으며 인수에게 다가왔다.

"뭐냐?"

"미노피 원정군에서 온 전령입니다."

워시가 재빨리 설명을 했다.

"말해봐."

"저쪽에 지휘부가 마련되어 있습니다. 그쪽으로 가시지요. 프라이스 남작님이 기다리고 계십니다."

"알았다. 근데 공격은 언제 한다는 이야기가 있었나?"

"아직 논의된 바는 없습니다. 아마 내일쯤 하지 않을까 싶습니다."

불렀으니 일단 가보는 것이 좋을 듯했다. 사령관을 옆집 개 이름 부르듯 하는 것이 별로 마음에 들지는 않았지만, 일단은 같이 어깨를 나란히 하고 싸울 미스트르 왕국군의 사령관과 안면을 익혀두는 것이 좋을 것 같았다.

"병사들을 잠시 쉬게 해."

"예, 알겠습니다."

"충성!"

인수를 발견한 이반이 큰 목소리로 경례를 하자 주변에 있던 사람들이 신기한 눈으로 이반을 쳐다보았다.

"잘 있었나, 기사단장?"

이반은 인수가 만든 백골 기사단의 단장이었다. 몇 개월 동안 보지 못했지만 여전히 늠름한 모습이었다.

"예, 한님. 과분한 직책을 내려주셔서 감사합니다."

이반의 어깨에 힘이 들어갔다. 공작령이나 후작령 정도는 되어야 겨우 만들 수 있는 것이 기사단이었다. 아니, 요즘 들어서는 돈이 많이 들어가는 중무장의 기사단보다는 경무장의 기병대를 만드는 추세였다. 기사는 이제 전투보다는 야전 지휘관의 성격이 강해지고 있었다. 그런 흐름에서 이반은 기사라면 누구나 어릴 적 한 번쯤 꿈꿔왔던 기사단의 단장이 된 것이다.

"능력이 있으니 그 자리에 있는 거야. 너무 고마워할 필요는 없다."

인수는 그렇게 말하고 다른 사람들을 둘러보았다. 미스트르 왕국군과 미노피 원정군이 진을 치고 있는 이 막사 앞에는 이반만 있는 것이 아니었다.

"오랜만입니다, 사령관님."

리베가 먼저 아는 척을 했다.

"그래, 부사령관."

인수는 무척이나 거만한 태도로 대답을 했다.

인수의 태도에 그럴 줄 알았다는 표정으로 리베는 입을 열었다.

"이쪽은 미스트르 왕국군의 사령관을 맡고 계시는 미스트르 왕국의 검이신 게리슨 핸콕 백작이십니다. 그리고 이쪽 분은 자네르 왕국에 명성이 자자한 분으로, 콜 영지의 영주 대리를 맡고 계신 엘프디언 한인수님이십니다. 성은 한이고, 이름은 인수이십니다."

리베는 미사여구를 많이 사용하지 않고 간단히 소개를 했다. 그럼에도 불구하고 대부분 맞는 설명이었다. 자네르 왕국에서 인수의 명성을 가장한 악명은 이미 따라올 자가 없었다.

게리슨에 대해서는 이반의 보고를 통해서 대충 알고 있었다. 이반이 보낸 내용과 외모상에서는 거의 차이가 없었다. 상당히 인상적인 외모여서 인수는 이미 첫눈에 알아보았다. 특히나 저 카이젤 수염은 꽤나 공을 들인 티가 역력하게 났다.

보고에 의하면 미스트르 왕국을 지키는 3개의 검 중 하나라 했으며, 미스트르 내에서는 왕의 제일 신하이자 기사의 표본으로 불린다고 했다. 하지만 가끔 소문은 과장되는 법이었다. 아니면 인수나 자네르 왕국을 우습게본 것이 분명했다. 인수는 아마 둘 다일 거라고 생각했다. 전령들이 보내온 보고를 통해서 이자가 스피넬 영지로 진군하면서 한 짓을 이미 알고 있었다.

살인, 약탈, 방화.

그 외 다수.

한마디로 말해서 고삐 풀린 망아지. 아니, 그런 비교는 오히려 망아지한테 미안할 정도였다. 그냥 미친놈이 맞을 것이다.

그 덕에 인수는 악명이 더욱 늘어나고 있었다. 미스트르 왕국군이 한 일도 인수가 한 일처럼 소문이 퍼져 나가고 있었다. 그것에 대해서는 별 불만이 없었다. 조금이라도 공포를 조장해서 저항 세력이 적어진다면 인수는 그만큼 손에 피를 덜 묻히게 되는 것이다. 그 점에 대해서는 인수가 고마워해야 마땅하지만 인간적으로 용서가 안 되는 사람인 것은 분명했다. 이들은 이야기책에 나오는 악당을 쳐부수는 정의의 용사들은 절대 아니었다. 그런 것은 이야기책에나 나오는 헛소리였다.

"처음 뵙겠습니다. 미스트르 왕국의 검, 게리슨이라고 합니다. 명성은 미스트르 왕국에서도 듣고 있었습니다."

게리슨의 입에서 옅은 술 냄새가 났다. 그 덕에 인수는 분노가 폭발 지경까지 갔다.

"너냐?"

인수가 던진 미끼를 덥석 물어주었으면 했다.

"하하하, 듣던 대로 말투가 무척 거치십니다. 소문 그대로입니다."

게리슨이 호탕한 척 웃으며 대꾸했다. 인수에 대해서 돌려서 욕하는 것을 잊지 않았다.

낮부터 술 냄새나 풍기는 그저 미친놈인 줄로만 알았더니 그건 아닌 모양이었다. 이미 그의 눈빛은 가라앉아 있었다. 인수는 그 눈빛 속에서 경멸과 분노를 읽을 수 있었다.

"칼은 더 거칠지."

인수는 그렇게 말하며 도의 손잡이를 잡았다.

게리슨의 주위에 있던 기사들도 급작스러운 인수의 태도에 무기를 잡았다.

그와 동시에 인수의 주위에 있던 기사들도 무기를 손에 쥐었다.

"확인해 보고 싶군요."

"좋을 대로."

둘의 말투는 분위기에 어울리지 않을 정도로 부드러웠다.

리베는 이것이 기세 싸움이란 것을 알았다. 그래서 섣불리 나서서 말릴 수가 없었다. 그렇다고 손을 놓고 보고만 있을 수도 없는 것이, 이제 하나로 뭉쳐서 그랑시온 반역 무리들을 쳐 부숴야만 했다.

"먼저 뽑으십시오."

게리슨의 말을 듣기가 무섭게 인수는 도를 뽑았다. 이렇게까지 말하는데 사양하는 것은 예의가 아니라고 인수는 굳게 믿었다.

이번에 새로 만든 언월도와 비슷한 형태의 20파운드짜리 도가 순식간에 인수의 손에 이끌려 도신을 드러냈다. 20파운드의 무게라고는 생각할 수 없을 정도로 순식간에 일어난 일이었다. 도는 게리슨의 목에 가서 멈추었다. 수련의 효과인지 정확하게 인수가 목표로 한 지점에서 도가 멈추었다. 멈추지 못하고 게리슨의 목을 그대로 베었으면 그건 그때 가서 생각할 문제였다.

"사양하면 예의가 아니지? 난 참을성이 부족하거든."

게리슨의 표정이 굳었다. 정말 뽑을 줄은 몰랐던 모양이다. 게리슨은 장난으로 시작했을지 모르지만 인수는 진심이었다. 그것이 지금 인수와 게리슨의 차이였다.

인수는 이를 드러내며 비릿하게 웃었다. 조금은 기분이 나아졌다.

"움직이지 마!"

도신이의 고함 소리와 함께 우당탕! 소리가 들리며 기사 하나가 쓰러졌다.

"사령관님, 장난이 너무 과하십니다."

리베가 말리고 나섰다. 이 엘프디언은 저번에 보았을 때보다 더 거칠어져 있었다. 일단은 말려야 했다. 리베도 게리슨이 마음에 들지 않았지만 지금은 이들의 병사들이 필요하다.

"장난?"

"예, 장난이 너무 심하셨습니다."

"무슨 근거로 장난이라고 말하지? 난 지금 몹시 기분이 나쁜 상태야. 왠지 알아?"

"모르겠습니다."

"콜 영지를 약탈했기 때문이야. 이곳은 콜 영지야."

인수는 게리슨의 모든 것이 마음에 들지 않았다. 하지만 속마음을 내보일 수가 없어서 그렇게 둘러댔다.

"아직은 아닌 걸로 알고 있습니다."

"하지만 곧 콜 영지가 되겠지. 아니, 내가 이 영지에 발을 들인 순간부터 이곳은 콜 영지야. 그런데 막상 영지를 차지했는데 노예도 없고, 약탈할 것도 없고, 여자도 없는 빈껍데기를 갖게 된다면 기분이 좋을까?"

어떻게 들으면 게리슨의 행동을 비꼬는 말처럼 들렸다. 하지만 인수의 말은 어느 것 하나 틀린 것이 없었다. 인수가 말한 것들은 미스트르 왕국군이 스피넬 영지에서 한 짓이었다.

"그것은……."

게리슨이 입을 열다가 인수와 눈이 마주치자 입을 다물었다.

"난 이자가 무슨 짓을 하든지 상관없어. 살인, 약탈, 방화, 어느 것이든 상관이 없다고. 하지만 오래 살고 싶다면 한 가지는 명심해야 될 거야. 콜 영지에서는 안 돼. 절대로 안 돼. 난 누가 내 빵을 훔쳐 먹는 것은 싫단 말이야. 알겠어?"

마지막에 인수는 게리슨을 보며 말했다.

리베는 눈앞이 아득해졌다. 이미 이 포악한 엘프디언은 일을 저질렀고, 미스트르 왕국군이 당장 미스트르로 돌아간다고 해도 할 말이 없었다. 어떤 말로 회유를 해야 되나 하는 생각이 들었다.

"알겠습니다."

리베는 일단 게리슨을 대신해서 대답부터 했다. 자신도 미스트르 왕국군과 움직이면서 그런 부분에 대해서 눈살이 찌푸려졌지만 제재를 가하지는 않았다. 지금 이들은 자신의 왕을 돕기 위해서 온 존재였고, 그런 그들의 기분을 상하게 할 수는 없었다. 그리고 리베의 원정군 중 일부도 미스트르 왕국군과 함께 약탈을 했지만 눈감아주었다. 자신에게도 어느 정도의 책임이 있었다.

"리베, 너한테 한 말이 아니다. 목숨을 걸고 우리를 도와주러 온 동맹국의 기사에게 기사도 운운하지는 않겠다. 전쟁이란 원래 남의 것을 약탈하기 위해서 존재하는 것이니까. 마음껏 훔치고 약탈해. 단, 콜 영지에서는 안 돼."

인수는 먹이를 던져 주었다. 그의 행태가 별로 마음에 들지는 않았지만 너무 몰아세우는 것은 좋지 않았다. 너무 비협조적이거나 전투 중에 인수의 뒷통수를 친다면, 그것은 골치 아픈 일을 떠나서 베르켄으로 살아 돌아가지 못할 수도 있는 것이다. 망신을 당한 게리슨은 기분이 나쁘겠지만 이 정도면 어느 정도 경고도 될 것 같고, 너무 지나치면 역효과가 날 수도 있었기에 이쯤에서 적당히 그치는 것이 좋았다. 아마 스피넬 남작령을 벗어나도 들려온 소문처럼 안하무인식 약탈은 하지 못할 것이다. 만약 다시 약탈을 한다면, 그때는 또 그때 가서 다른 방법을 찾아볼 생각이었다.

"알겠습니다."

게리슨은 마지못해 말했다. 그러나 아직도 눈에서는 불을 쏟아내고 있었다.

그제야 인수는 게리슨의 목에서 도를 치웠다. 이제 우선권은 차지한 셈이었다. 확실히 눌러주었으니 이제부터는 화해의 시간이었다.

인수가 도를 치우기 무섭게 기사들도 무기에서 손을 떼었다. 하지만 아직은 부족했다.

"엘프디언의 친구가 된 것을 환영한다, 게리슨."

인수는 웃으며 게리슨을 덥석 껴안았다. 갑작스러운 인수의 행동에 모두들 의아하게 생각했다.

"엘프디언의 영원한 친구가 된 것을 축하드립니다, 게리슨 사령관님."

리베가 얼른 분위기를 수습하며 말했다.

"영광입니다. 엘프디언의 친구라니."

인수는 게리슨의 기분을 풀어주기 위해서 한 말이었지만 리베나 게리슨은 그렇게 생각하지 않는 것 같았다. 친구라는 말을 옛날 엘프디언이 왕성하게 활동하던 시기의 전설 같은 일화들과 결부시켜서 마음대로 의미를 부여한 것 같았다. 다행스럽게도 게리슨의 마음이 조금은 풀어진 것 같았다.

"이제부터 어깨를 나란히 하고 적과 싸우며 마음껏 약탈하는 것도 좋겠지?"

인수는 내키지 않았지만 그렇게 말했다.

"마음이 통하는 면이 있었습니다, 하하하. 너무 기뻐서 술이라도 해야겠습니다."

"여자는 있나?"

"술에 여자가 빠지면 재미가 없지 않겠습니까?"

인수는 막사로 들어가는 게리슨의 뒤통수를 보며 내려치고 싶은 강한 충동을 느꼈다.

인수는 옆에서 걷고 있는 리베도 마음에 들지 않았다. 아무리 현재는 적이고, 타 영지의 영지민이라 할지라도 크게 보면 한 왕국의 백성들인 데도 불구하고 약탈을 당하는데 보고만 있다는 것이 인수의 상식으로는 이해가 가지 않았다. 문득 게리슨이나 리베도 인수를 마음에 들어 하지 않을 거라는 생각이 들었다.

"크크크, 아주 좋아."

인수는 절로 웃음이 나왔다. 자조적인 웃음. 지금은 게리슨이 무슨 짓을 해도 참아야 했다. 언젠가 기회가 올 것이다. 죄를 지었으면 죗값을 치르기 마련이다. 게리슨도 그렇고, 인수도.

"도신아, 저 인간이 갑자기 왜 저러냐?"

"나도 모르지."

재수의 물음에 도신은 그렇게 대답했다. 인수의 행동을 이해 못하기는 도신도 마찬가지였다.

"사도신, 너 이리 와봐. 지금 은근슬쩍 반말하는 거냐?"

"쳇, 같이 늙어가면서 너무 그러지 맙시다."

"너, 잡히면 죽는다."

한 명은 도망가고 그 뒤를 다른 한 명이 따라갔다.

두 엘프디언의 행동을 보면서 그곳에 있던 다른 사람들도 이해를 못하기는 마찬가지였다.

3

뿌웅거리는 뿔 나팔 소리와 콜 영지병의 호루라기 소리가 들린 것은 거의 동시였다.

"전투 준비! 적의 기습에 대비하라!"

막사 밖이 무척 소란스러워졌다.

인수는 들려오는 소리를 통해 피넬 성에서 뭔가 움직임이 있다는 것을 알 수 있었다. 그 덕에 이제 막 이야기하기 시작한 지휘권에 대한 회의가 중단되고 말았다.

막사 안으로 미스트르 왕국군의 기사가 뛰어 들어왔다.

"무슨 일이냐?"

"사령관님, 보고드립니다. 피넬 성의 성문이 열리고 있습니다."

"다른 움직임은?"

"아직 파악되지 않았습니다. 일단 기습에 대비해서 전투 준비 명령을 내렸습니다."

"항복을 하는 것은 아니겠지?"

"그것은 아닌 것 같습니다."

게리슨과 기사의 대화를 들으며 인수는 게리슨이 조금 전까지 술잔을 기울이던 그 게리슨이 맞는지 의심이 갔다.

"일단 밖으로 나가서 판단하는 것이 어떻겠습니까?"

리베의 제안에 모두들 수긍을 했는지 바로 자리에서 일어났다.

"충성!"

왼팔에 피아 식별용 검은 띠를 두른 콜 영지병이었다. 숨이 차는지 헐떡이는 모습이 안쓰러웠다.

"무슨 일이지?"

"적의 움직임에 전투 준비를 마치고 대기 중입니다."

"누가 지휘를 맡고 있지?"

"1대대장 벅스입니다."

"이리 와. 전할 말이 있으니까."

인수는 전령을 한쪽으로 끌고 가서 은밀하게 명령을 내렸다.

인수가 명령을 내리고 막사 밖으로 나왔을 때, 미스트르 왕국군은 아직 혼란스러운 상태였지만 리베의 미노피 원정군은 제법 진영을 잘 갖추고 있었다. 훈련도 면에서는 미노피 원정군이 훨씬 뛰어난 것 같았다.

"지금 들이치는 것이 어떻겠습니까? 성문까지 열어주었지 않습니까, 게리슨 사령관님?"

"잠시 기다려 봅시다, 리베 부사령관님."

리베가 게리슨을 충동질하고 있었다. 하지만 아직 지휘에 대해서 합의가 되지 않았기 때문에 이야기는 겉돌고 있었다.

"때를 놓치면 안 됩니다. 이미 어제 저들은 항복을 거부했습니다."

리베가 안타까운 음성으로 말했다.

"성문을 열었을 때는 그만한 이유가 있지 않겠습니까? 젊으셔서 그런지 성격도 화끈하십니다."

"누군가가 나옵니다."

지휘부에 있는 기사가 모두가 들을 수 있을 정도로 큰 목소리로 외쳤다. 그 덕에 리베는 입을 다물었다.

열린 성문을 통해서 누군가 말을 타고 나오고 있었다.

"전령인가?"

인수는 지휘부의 핵심이라고 할 수 있는 게리슨과 리베의 사이로 끼어들며 말했다.

"아마 마상 결투를 하려는 것 같습니다."

이반이 인수의 궁금증을 풀어주었다.

[일기토?]

인수는 마상 결투라는 말을 듣자마자 삼국지의 일기토가 생각났다.

[한인수 병장, 일기토가 뭐야?]

[한마디로, '맞짱' 뜨자는 소리야.]

인수는 재수를 위해 알아듣기 쉽게 설명을 해주었다. 삼국지를 읽어보지 않았거나 삼국지 게임을 해보지 않았다면 모를 수도 있었다.

[한인수 병장님, 삼국지에 나오는 그 '일기토' 입니까? 말 타고 청룡언월도나 장팔사모 같은 것을 휘두르면서 싸우는?]

관우의 청룡언월도와 장비의 장팔사모를 아는 것을 보아서 도신이는 제법 삼국지를 읽어본 것 같았다. 아니면 게임을 해봤거나.

[아무래도 그런 것 같아.]

[제가 한번 해보고 싶습니다. 게임하면서 꼭 한 번 해보고 싶었습니다.]

역시나 도신은 책보다는 게임을 해본 모양이다. 그것도 많이.

[이건 게임이 아니다, 사도신. 지는 순간 넌 게임 오버가 아니라 죽는 거야.]

[그래도 사나이의 로망…….]

[조용히 해.]

인수는 도신이의 말을 묵살해 버렸다.

"[일기토]가 무엇입니까, 한님?"

리베가 궁금함을 못 참고 물었다. 엘프디언에 관계된 것들은 무엇이든지 배우고 싶었다.

"엘프어로 마상 결투를 나타내는 말이야."

"아! 그렇군요."

"근데 마상 결투라면 별로 큰 효과가 없어서 엘프디언들에게는 잊혀진 싸움 방법 중에 하나인데, 이곳은 아직도 그걸 하나?"

"수세에 몰린 적에게는 병사들의 사기를 올리는 방법으로 효과가 있습니다."

"그런가? 만약 진다면?"

"필승의 신념으로 나온 자일 겁니다. 진다면 성의 사기는 더욱 떨어지겠지요. 먼저 싸움을 걸어오는 것을 보면 엄청나게 강한 기사일 겁니다."

"재미있겠군. 미치?"

"예, 인수님."

"의자 좀 가져와. 앉아서 구경하게."

"예, 알겠습니다."

"내 것도 가져와."

재수가 빠지지 않고 살짝 끼어들었다.

진영의 100미터 앞에서 말은 멈추었다. 그리고 이내 목소리가 들렸다.

"난 피넬의 기사 그랑프다! 쇼운의 개들아! 덤벼라!"

목소리가 엄청나게 컸다. 그랑프의 말이 끝나기 무섭게 성에서 '와아!' 하는 함성이 터져 나왔다.

"원래 저런 식으로 하는 거야?"

진부한 대사와 분위기에 인수는 몸서리를 치며 말했다. 비장감이나 위압감보다는 웃음이 나올 것 같았다.

"그렇습니다."

"한인수 병장님, 제가 나가고 싶습니다."

"리베, 너의 기사들 중 한 명을 내보내 봐."

인수는 도신의 말을 무시하고 말했다. 아니, 못 들은 척했다. 죽을 수도 있었다. 그런 모습을 보고 싶지는 않았다. 전쟁이기 때문에 언제 어떻게 죽을지 모르지만 눈앞에서 죽는 모습만은 정말 보고 싶지 않았다.

"파린 경!"

"예, 맡겨만 주시면 로드께 적의 목을 바치겠습니다."

파린이란 이름의 거구의 기사가 리베에게 예를 취하며 말했다.

인수는 불안함을 느꼈다. 덩치는 믿음이 갔지만 원래 말 많은 자치고 강한 자는 드문 법이었다.

"해치우고 와라."

"예, 주군의 기대에 부응하겠습니다."

인수는 말릴까 하다가 내버려 두었다. 한 번쯤은 믿어보는 것도 좋을 것이다.

한 종자는 얼굴 가리개가 달린 투구를, 다른 종자는 검은색의 말을 대령했다. 파린이란 자는 재빨리 투구를 쓰고 곧바로 말에 올라탔다. 말에는 이미 양손검과 철퇴가 달려 있었다. 파린은 종자의 도움을 받으며 왼손에는 방패를 들고, 오른손에는 랜스를 들었다.

"하아!"

기합과 함께 말 옆구리를 박차자 말이 앞발을 한 번 들어올리고는 그대로 앞으로 뛰어나갔다.

파린은 그랑프와 적당한 간격을 유지한 채 말을 멈추었다.

"글랜의 기사 파린이다."

이번엔 인수 측에서 함성이 터져 나왔다. 파린이 손을 들어올리자 함성이 잦아들었다.

"자네르 왕국의 유일무이한 왕이자 하늘이신 쇼운 전하께 반기를 든 너희 그랑시온의 반역 무리를 우리가 처단할 것이다."

우뢰와 같은 함성이 다시 터져 나왔다.

"반역의 무리는 너희들이다. 나의 랜스를 받아라."

그랑프가 랜스를 들어올리자 성에서 함성이 쏟아져 나오며 응원을 하기 시작했다.

"그랑프! 그랑프! 피넬의 무적 기사! 그랑프!"

"반역의 무리라 그런지 입만 살았구나. 살아서 돌아갈 생각을 하지 마라."

파린도 랜스를 들어올렸다.

"파린! 강철의 기사! 파린! 파린!"

"정말 가지가지 하네."

인수는 피식 웃었다. 운동회를 방불케 하는 응원전이었다.

응원이 극에 달하자 두 기의 말이 상대를 향해 천천히 달려나갔다. 창을 수직으로 세우고 서로를 지나쳐서 거리를 벌렸다. 말이 충분히 탄력을 받기 위해서 거리를 벌리는 것이라 짐작할 수 있었다. 적당히 거리가 벌어지자 두 기사 모두 말을 돌려서 서로를 쳐다보았다. 이제 남은 것은 힘과 힘의 맞대결뿐이었다.

먼저 움직인 것은 파린이었다. 투구에 걸려 있는 얼굴 가리개를 내린 후 곧바로 수직으로 세워진 랜스를 땅과 수평으로 눕혔다. 그와 동시에 말이 앞으로 달리기 시작했다. 그랑프도 랜스가 수평 상태에 오는 순간, 짧은 외침을 신호로 앞으로 달려나가기 시작했다.

죽음의 질주였다.

인수는 자세를 바로 잡았다. 식상한 말싸움이 아니라 이제부터는 힘과 힘의 대결이었다. 둘 중 하나는 죽을 것이 분명해 보였다. 함성을 지르던 병사들도 어느새 조용해졌다.

두 개의 랜스는 서로 상대방을 노리고 있었다. 말의 속도가 점점 빨라졌다. 격돌은 찰나의 순간에 이루어졌다.

쾅!

엄청난 굉음과 함께 순식간에 승패가 갈렸다.

인수는 똑똑히 볼 수가 있었다. 인간이 하늘을 날고 있었다. 랜스는 상대를 튕겨내는 정도가 아니라 상대의 몸에 박힌 채 같이 하늘을 날고 있었다. 비행은 길지 않았고, 곧 듣기 거북한 소리와 함께 먼지가 피워 올랐다.

성에서 폭풍 같은 함성이 터져 나왔다.

승자는 그랑프였고, 패자는 파린이었다.

4

"내가 바로 피넬의 기사 그랑프다! 덤벼라!"

그랑프는 철퇴를 돌리며 승리의 포효를 하고 있었다.

우리 측 진영이 조용해졌다. 확실히 사기에 문제가 있었다.

파린은 죽었는지 움직이지 않았다. 처참했다. 파린의 몸에 깃발처럼 그랑프의 랜스가 꽂혀 있었다.

"죄송합니다."

"나한테 죄송할 것은 없지."

리베의 말을 들으며 인수는 게리슨을 쳐다보았다.

"미스트르의 용맹한 기사를 보고 싶군. 저렇게 허약하지는 않겠지?"

인수는 게리슨의 기사를 써먹기 위해 적당히 추켜세웠다.

게리슨의 얼굴은 밝아졌고, 리베의 얼굴은 어두워졌다.

"누가 나서겠는가?"

게리슨의 말이 끝나기 무섭게 기사들 십여 명이 게리슨의 앞에 무릎을 꿇고 예를 올리며 앞 다투어 자신을 보내달라고 말했다.

그랑프가 철퇴를 돌리는 걸로 봐서 다음은 철퇴로 싸우게 될 거란 걸 쉽게 알 수 있었다.

"스투 경."

게리슨이 기사 한 명을 지명했다. 갈색 곱슬머리에 볼에는 검상이 있는 자가 무릎걸음으로 앞으로 나섰다. 그가 스투라는 자임을 알 수 있었다. 덩치는 크지 않았지만 눈매가 매서운 것이 쉽게 지지는 않을 거라는 생각이 들었다.

"감사합니다, 사령관님."

"날 놀라게 해주게."

"기대에 부응하겠습니다."

"스투라고 했나?"

인수는 스투를 불러 세웠다. 전투 의욕을 끌어올리는 것은 인수가 할 일이었다. 공성전을 해야 하는데 너무 사기가 떨어져도 곤란했다.

"예, 미스트르의 기사 스투입니다."

"이기면 너에게 금화 500개를 상으로 주지."

인수의 말이 끝나기 무섭게 주변에서 탄성이 터져 나왔다. 금화 500개면 영주 정도가 아니면 평생 구경하기도 쉽지 않은 금액이었다.

"기필코 이기겠습니다."

스투는 인수에게 예를 올린 후에 늠름하게 말에 올랐다.

"너무 과하신 것 아닙니까?"

"강한 자에게는 그만큼의 대가가 필요한 법이지."

게리슨의 물음에 인수는 모두가 들을 수 있게 큰 목소리로 대답했다. 배포가 크다는 것을 자연스럽게 드러낼 수 있는 기회였다. 자신을 알아주는 사람을 위해 목숨을 바칠 수도 있다고 생각하는 것이 남자들이다. 게리슨과 비교가 되어서 인수의 호감도는 더욱 높아졌을 것이다. 그리고 여기엔 다른 포석도 깔려 있었다.

"한님, 준비가 끝났습니다."

살며시 다가온 미치가 작은 목소리로 인수의 귀에 대고 말했다.

"호루라기로 신호를 할 때까지 기다리라고 전해라."

인수는 다시 미치에게 지시를 내렸다. 인수와 미치를 주목하는 사람은 없었다. 모두의 시선은 스투라는 이름의 기사에게 가 있었다.

이제부터 시작이었다.

"미스트르의 기사 스투다."

미스트르를 대표한다는 이름이 나오자 미스트르 왕국군들이 함성을 질렀다.

자신의 이름을 밝힐 때 보통은 자신이 속해 있는 영주의 성을 이야기하지만 타 국가와 상대할 때는 국가 단위로 이야기하는 것이 예절이었다.

"나의 철퇴를 받아라."

스투는 그렇게 말하고 상대에게 말할 기회도 주지 않고 철퇴를 돌리며 앞으로 뛰어나갔다. 말보다는 실력을 앞세우는 것 같아서 인수는 파린보다는 믿음이 갔다.

랜스 돌격보다는 느린 속도였지만 이내 두 기사는 중간에서 마주쳤다. 피할 곳은 없었다. 기사의 명예도 중요하지만 지금은 국가의 명예도 달려 있었다.

선공을 한 것은 그랑프였다. 그랑프의 철퇴가 스투의 가슴을 노리고 휘둘러졌다. 원운동이 어느 순간 직선운동이 되었다. 하지만 쿵! 소리와 함께 그랑프의 철퇴는 스투의 방패에 막혔다.

스투의 오른손도 보답을 하듯 그랑프의 얼굴 쪽을 향해 조금의 망설임도 없이 철퇴를 휘둘렀다. 얼굴에 맞는다면 목숨을 부지하기가 힘들어 보였다. 그랑프는 조금 전의 마상 전투가 우연이 아니라는 것을 보여주기라도 하듯이 방패로 막았다. 쾅! 소리와 함께 그랑프의 상체가 뒤로 휘청거렸다. 스투의 철퇴에는 덩치에 맞지 않게 엄청난 힘이 실려 있었다.

미스트르 왕국군 진영에서 함성이 터져 나왔다. 여세를 몰아 스투의 철퇴가 맹렬하게 휘둘러졌다. 그때마다 위태위태하면서도 그랑프는 방패로 잘 막아냈다.

스투는 끝장을 보려는 듯 계속 공격을 이어 나갔다. 철퇴가 방패에 부딪칠 때마다 미스트르 왕국군의 함성은 커져 갔다. 하지만 그러한 승기에도 불구하고 결정적인 한 방이 터지지 않았다.

"한 방이 안 터지네."

아쉬움이 듬뿍 담긴 도신이의 목소리가 들렸다.

말들이 얽히면서 두 기사의 공방은 점점 거세졌다.

인수는 답답한 마음이 들었다. 힘으로 누르는 것도 좋지만 너무 시간을 끈다는 생각이 들며, 방패 위만 때릴 게 아니라 다른 곳을 노렸으면 했다.

그리고 그때 기적이 일어났다.

말에서 금방이라도 굴러 떨어질 것 같던 그랑프가 방패로 철퇴를 밀어붙였다. 갑작스러운 그랑프의 반격에 스투의 공격에 공백이 생겼다. 그 틈을 놓치지 않고 그랑프의 철퇴가 멋진 포물선을 그리며 허공을 갈랐다. 스투의 방패가 안면을 방어했지만 철퇴의 특성답게 방패를 타고 넘으며 스투의 정수리에 작렬했다. 갑작스러운 반전에 피넬 성 주위가 침묵에 빠졌다. 하지만 침묵은 오래가지 않았다.

천천히 스투의 몸이 눕혀지는 것 같더니 말 아래로 힘없이 떨어졌다. 그랑프의 철퇴가 하늘로 솟아오르자 성에서 함성이 터져 나왔다. 성벽 위에서 그랑프의 이름이 끊임없이 외쳐졌다. 누가 보더라도 사기가 올랐다는 것을 알 수 있었다.

그랑프가 손에 들고 있던 방패와 철퇴를 보란 듯이 연합군 진영으로 집어 던졌다. 그리고 아주 멋진 동작으로 양손검을 뽑았다. 이번엔 검술인 것 같았다.

"멋지군."

인수의 진심이었다. 전설의 아더 왕이 울고 갈 정도로 멋있어 보였다.

"이제 우리 차례인가?"

결국은 콜 영지의 차례였다. 누구를 보낼까 생각해 보았다. 이반이나 워시 정도면 될 것도 같았지만 위험부담을 무시할 수는 없었다. 그렇다고 조금 실력이 떨어지는 기사를 보냈다가 진다면 정말 최악이었다. 이번에는 무조건 이겨야 했다. 그래야 원하는 것을 얻을 수 있었다. 게다가 이미 두 번의 싸움으로 그랑프라는 이름의 기사는 지쳐 있었다.

주변의 시선이 인수에게 집중되었다.

"이반."

인수는 선택을 했다. 최고는 아니지만 최상의 선택이었다.

"예, 인수님."

이반이 인수의 앞에 부복했다.

“난 엘프디언이라 해도 겁나지 않는다! 숨어만 있지 말고 덤벼라! 피넬의 기사 그랑프가 너희들의 목을 단숨에 쳐주겠다!”

막 출전 명령을 내리려고 할 때 들려온 그랑프의 외침에 인수는 입을 다물었다.

엘프디언에 대한 도발이었다. 인수의 머리가 복잡해졌다. 선택의 갈림길. 이반을 내보내면 안전하기는 하겠지만 엘프디언에 대한 공포를 심어주기에는 부족했다. 공포를 심어주지 못한다면 더 많은 피를 흘려야 될지도 몰랐다. 적의 사기는 지금 최상이었다. 결국 인수는 자신이 나설 수밖에 없다고 생각했다. 재수와 도신이가 죽는 모습은 절대 보고 싶지 않았다. 힘으로 밀어붙이면 이길 수 있지 않을까 하는 생각이 들었다.

“미치, 말을 가져와.”

“예, 인수님.”

인수가 막 의자에서 일어날 때 도신이가 말을 타고 나타났다. 인수는 순간 도신이가 무엇을 하려는지 알 수 있었다.

“한인수 병장님, 제가 가겠습니다.”

“내가 간다. 기다려.”

인수는 도신이를 만류했다. 진짜 개죽음을 당할 수도 있었다.

“평생의 소원이었습니다. 그리고 금화 500개 잊으시면 안 됩니다. 가자! 하아앗!"

도신이가 말의 옆구리를 치자 말이 앞발을 들고 울부짖더니 앞으로 뛰어나갔다.

"야! 사도신! [이 개새끼야!]"

인수가 고함을 질렀지만 도신이를 멈추게 할 수는 없었다.

"엘프디언 사가 여기 간다!"

도신이의 고함이 천지를 진동했다. 그리고 천지가 곧 숨을 죽였다.

5

말을 타고 멋지게 적을 향해 달려나간 도신은 양손검 대신 K―2를 뽑았다. 가죽집에 들어가 있던 검은색의 K―2가 매끈한 몸매를 과시하듯이 모습을 드러냈다.

도신은 왼손에 쥐고 있던 말고삐를 살며시 놓았다. 다행스럽게도 말은 변화에 동요하지 않고 전방을 향해 똑바로 달렸다.

총의 안전장치를 단발로 돌리고 왼손으로 방열 덮개 아래를 잡았다. 아직은 거리가 멀었다. 벌써부터 힘든 자세로 조준을 할 필요는 없었다. 아니, 적에게 경계심을 심어줄 필요는 없었다.

심하게 흔들리는 말 위에서 조준을 하는 것은 결코 쉬운 일이 아니었다. 살벌하게 보이는 양손검을 휘두르며 말을 타고 맹렬하게 달려오는 적이 보였다. 도신은 참을성을 최대한 발휘해서 지근거리까지 접근했다. 2번의 기회는 허락되지 않았다. 오직 단 한 번뿐이었다. 적은 게임에 나오는 악당들처럼 관대하지 않았다.

도신의 다리가 문어 빨판처럼 말의 허리에 찰싹 달라붙었다. 그렇게 하자 흔들림이 조금은 줄어든 것 같았다. 호흡을 멈추고 총을 눈높이로 들어서 조준했다. 마치 서부영화에 나오는 카우보이가 된 것 같았다. 일기토와 카우보이를 동시에 하는 지금 자신의 모습이 무척 멋있을 것 같아서 기분이 좋아졌다.

도신은 말의 흔들림에 몸을 실었다. 조준선이 말의 움직임에 따라 위아래로 끊임없이 움직였다. 가까이 다가갈수록 단발로 조정한 것이 후회가 되었다. 차라리 점사로 했으면 나았을지도 모른다는 생각이 들었다. 하지만 이미 그러기에는 너무 늦었다. 몸이 리듬을 타기 시작했다. 더 이상 아무 소리도 들리지 않았다. 조준선 안에 표적이 커다랗게 들어왔다가 사라졌다. 다시 표적이 조준선 안에 들어왔다. 망설이는 것은 바보나 하는 짓이었다. 그 순간 슬며시 방아쇠를 당겼다.

탕!

총소리와 함께 양손검을 휘두르며 달려오던 그랑프의 몸이 뒤로 넘어갔다. 그랑프의 말이 총소리에 놀랐는지 펄쩍펄쩍 뛰었다. 곧이어 둔탁한 소리와 함께 그랑프의 몸이 말 아래로 떨어졌지만 등자에 오른발이 걸린 채 끌려갔다. 그랑프는 죽었는지 아무런 움직임이 없었다.

눈 깜짝할 사이에 일어난 일이었다. 도신의 말도 처음 듣는 총소리에 깜짝 놀랐는지 난리를 쳤다.

도신은 급히 왼손으로 말고삐를 잡으면서 다리로 말의 허리를 더욱 세게 조였다. 다행스럽게 말에서 떨어져 어디가 부러지는 일은 일어나지 않았다. 그 덕에 멋있게 총구를 부는 것은 포기하고 머리 위로 총을 들어올렸다.

도신의 등 뒤에서 거대한 함성이 들려왔다.

'금화 500개는 내 거다.'

도신은 웃음이 절로 나왔다. 꿩 먹고 알 먹고, 가재 잡고 도랑치는 격이었다.

탕! 탕!

그 함성 속에 다시 총소리가 들렸다. 도신은 갑작스러운 총소리에 어리둥절했다. 곧이어 호루라기 소리가 들려왔다. 돌격을 의미하는 호루라기 신호였다. 말의 목을 쓰다듬으며 돌아서서 보니 오른쪽에 있던 콜 영지의 병사들이 공성추를 앞세워 사다리를 들고 진영 앞으로 나오기 시작했다.

"뭐야? 환영치고는 너무 화려한 거 아니야?"

도신은 아주 바보는 아닌 듯 검을 쓰진 않았다. 인수는 그 점을 다행스럽게 생각하며 겨우 마음 놓을 수 있었다.

도신이가 총을 꺼내는 것을 보고 인수도 재빨리 각개 메어 상태로 있던 총을 풀렀다. 접혀 있던 개머리판이 펴지고 의자를 총구 받침대로 이용해서 앉아 쏴로 사격 자세를 취했다.

지금이 기회였다. 성까지의 거리는 대략 250미터에서 300미터 정도 되는 것 같았다. 거리가 조금 멀게 느껴졌지만 이 정도는 충분히 목표를 맞힐 수 있었다. 아까부터 성의 망루를 유심히 살피며 표적으로 생각해 둔 인물을 노렸다. 인수의 짐작이 맞다면 저 표적은 스피넬 남작이 분명했다.

재수도 상황을 이해했는지 사격 자세를 취하고 있었다.

"재수야! 망루 왼쪽에서 두 번째!"

인수는 재수에게 표적을 정해주었다. 인수의 표적이 스피넬 남작이 아니라면 재수의 표적이 스피넬 남작일 수도 있었다.

탕!

도신이의 총소리가 들렸다.

잠시 후에 인수와 재수의 총이 나란히 불을 뿜었다. 표적이 쓰러지는 것을 본 인수는 몸을 일으켰다.

"저격 완료!"

옆에서 재수의 목소리가 들렸다. 재수도 인수가 정해준 표적을 놓치지 않았다. 기습 공격은 성공적이었다.

인수는 바닥에 떨어진 탄피를 주웠다. 탄피는 아직도 뜨거웠다. 생명 하나가 또 사라졌다는 죄책감은 잠깐이었다. 아직은 할 일이 많이 남아 있다. 더 큰 죄책감을 느끼지 않기 위해 움직여야 했다. 탄피는 허리띠에 달린 작은 주머니 속으로 모습을 감추었다.

그때서야 벌판에 서 있는 도신이의 모습이 인수의 눈에 들어왔다. 도신이는 인수의 믿음을 저버리지 않았다. 도신이는 말 위에 멀쩡하게 앉아 있었고, 주인을 잃어버린 그랑프의 말이 그랑프를 땅바닥에 질질 끌며 굳게 닫힌 성문으로 달려가고 있는 중이었다.

도신이가 총을 머리 위로 들어올리자 콜 영지의 병사들이 함성을 지르기 시작했다. 이유야 어찌 됐든 도신이는 적의 기사를 해치운 것이다.

"미치, 돌격 신호!"

미치의 호루라기가 돌격 신호를 보냈다. 병사들은 도착하고 잠시 휴식을 취한 후 인수의 명령에 의해 조용하게 전투 준비를 모두 마친 상태였다. 인수는 도착하면서부터 숙영지를 편성할 생각이 애초부터 없었다. 이미 성에 대한 많은 정보를 인수는 가지고 있었고, 구체적인 공성 계획은 이미 며칠 동안 인수의 머릿속에서 다듬어져 있었다. 다만 마상 결투는 의외의 돌발 상황이었다. 아직 작전권을 완벽하게 넘겨받지 못했지만, 일단은 피넬 성을 점령하는 것이 먼저였다.

미치의 호루라기 소리에 호응하듯 호루라기 소리가 이어

졌다. 서코트보다는 조금 짧은 셔츠 형태의 녹색 옷을 사슬 갑옷 위에 입은 콜 영지의 병사들이 나타났다. 그들의 얼굴은 엘프디언이 특별히 내려준 마법의 가루로 빈틈없이 알록달록하게 칠해져 있었고, 셔츠에는 보기에도 무시무시한 검은색 해골이 그려져 있었다. 사슴은 너무 약해 보여서 인수가 해적 깃발에서 창안한 해골을 콜 영지병의 문장으로 삼은 덕택이었다. 병사들은 얼굴과 복장뿐만이 아니라 마음까지도 이미 자신들은 엘프디언의 선택을 받은 전사라고 굳게 믿고 있었다.

둥! 둥! 둥!

고수들이 진격을 알리는 북을 치고 있었다. 그 소리에 맞추어 투지에 찬 병사들이 사다리를 들고 일제히 성을 향해 나아가기 시작했다. 병사들은 정확하게 발을 맞추고 있었고, 누구 하나 대열의 움직임을 엉키게 만들지 않았다.

병사들의 선두에 있는 공성추가 성문을 향해 점점 속도를 더하고 있었다. 병사들의 발걸음도 처음의 걷는 속도에서 점점 빨라지다가 이제는 거의 뛰고 있었다. 그 뒤를 따라서 석궁을 든 보급 부대 병사들이 꼬리를 물고 뛰어가고 있었다. 1,000명이 넘는 병사들의 움직임이 마치 한 몸 같았다.

"돌격! 돌격하라!"

"우리가 선봉이다! 돌격!"

분대장부터 대대장까지 모든 지휘관들이 선두에서 병사들

을 독려하고 있었다. 지휘관이 지휘를 잘하는 것도 있지만, 더 크게는 병사들 스스로가 무엇을 해야 하는지 자신의 임무를 정확히 알고 있기 때문에 가능한 일이었다. 그것은 겨울 내내 베르켄 성에서 피땀을 흘리며 행한 훈련의 성과였다.

"이게 도대체 무슨 일입니까, 사령관님?"

갑작스러운 상황 변화에 리베는 많이 놀란 것 같았다. 조금은 얼이 빠진 얼굴이었다.

그것은 리베뿐만 아니라 미스트르 왕국군과 미노피 원정군 모두에게 해당되는 것이었다.

"오늘 저녁은 피넬 성에서 먹고 싶어서."

인수는 리베의 물음에 대수롭지 않게 대답해 주며 히죽 웃었다. 리베의 얼굴이 더욱 파랗게 변했다.

"무서운가, 리베 부사령관?"

"아닙니다. 조금 놀랐을 뿐입니다. 그 검은 막대기가 마법 무기였습니까?"

리베는 마음이 안정되었는지 총에 관심을 보였다.

"이 마법 무기에 관심을 보이기보다는 일단 병사들을 수습해서 돌격을 하는 것이 어때? 난 오늘 밤 저 성에 있는 침대에서 자고 싶거든. 이 싸움은 나의 싸움이 아닌 너의 싸움이니 말이야."

"아! 예, 알겠습니다."

인수의 지적에 리베가 자신의 실수를 알았는지 힘차게 대답을 하곤 기사들에게 명령을 내렸다. 리베의 기사들이 앞 다투어 병사들이 있는 곳으로 바쁘게 뛰어가기 시작했다.

쾅! 하는 큰 소리와 함께 공성추가 성문을 강타했다. 성문은 튼튼하게 만들었는지 한 번의 충돌에는 부서지지 않았다. 공성추가 힘을 모으기 위해 다시 후퇴하기 시작하고, 그사이 콜 영지의 용감한 병사들이 사다리를 성에 걸치고 오르기 시작했다. 사다리가 흔들리지 않게 지탱하는 병사와 그 병사를 방패로 가려주는 병사, 용감하게 방패와 도끼를 앞세우고 사다리를 오르는 병사, 그런 병사들 사이로 석궁을 든 보급 부대 병사들이 합류해서 성벽 위에 있는 적에게 화살을 쏘며 사다리를 오르는 병사를 엄호하였다.

성에서의 저항은 인수가 걱정했던 것보다는 미약했다. 피넬 성에는 3,000명의 병력이 모여 있었지만 정규군은 채 500명도 되지 않았다. 나머지는 영지에서 무작위로 끌고 온 급조된 병사들이었다. 거기다 워낙 폭풍같이 한순간에 일어난 일이라 수습이 안 되는 모양새였다.

망루 위는 아직도 혼란스러운 움직임을 보여주고 있었다. 인수나 재수의 총에 맞은 자가 스피넬 남작이 맞는 것 같다는 확신이 들었다. 지금 이 순간 모든 힘을 결집해서 일순간에 적을 제압해야 했다.

승기는 이미 연합군에게 넘어와 있었다. 인수가 원하던 지휘권도 같이.

공성추가 다시 성문과 충돌하며 엄청난 소리를 냈다. 성문을 부수는 것은 시간문제로 보였다.

"게리슨 사령관."

"예, 한님."

게리슨도 마법에 걸린 사람처럼 인수의 부름에 즉각 대답했다. 게리슨의 태도에 인수는 무척 만족스러웠다.

"성을 향해서 돌격 명령을 내려. 스피넬은 이미 죽었어."

게리슨은 이미 경황이 없는 상태였기에 인수는 마음 놓고 명령을 내렸다.

"예, 알겠습니다."

게리슨이 대답과 함께 자신의 기사들에게 명령을 내렸다. 이미 인수의 명령을 옆에서 들었기 때문에 미스트르의 기사들은 지체없이 뛰어갔다. 기사들이 할 일은 하나였다. 병사들을 이끌고 돌격해서 도망가는 적을 죽이는 것이었다. 이긴 전투에서 가장 중요한 것은 전과였다. 늦게 간다면 다른 기사들에게 전과를 뺏길 것이다. 전리품도…….

연합군의 지휘부는 이미 엘프디언이 소리없이 장악하고 있었다. 그리고 이미 성벽 위의 곳곳은 엘프디언의 자랑스러운 병사들이 점령하고 있었다.

"성을 향해서 돌격하라!"

게리슨이 검을 뽑아 들고 외쳤다.

게리슨의 태도에 인수는 웃음이 나왔다. 전장에 직접 나설 생각은 없는 모양이었다.

"슬슬 가볼까?"

인수는 도를 뽑아 들고 성을 향해서 달려갔다. 게리슨처럼 뒤에서 떠드는 것은 성미에 맞지 않았다. 솔선수범. 그것이면 되었다.

앞에 있는 것은 무엇이든 베어버릴 생각이었다.

사랑하는 것들을 지키기 위해서.

CHAPTER 4

공성

1

인수는 빠르게 달렸다. 뒤에서 누군가가 따라오는 것 같았지만 뒤돌아볼 여유조차 없었다. 미치나 다른 기사들 정도? 그중에는 재수도 있을 것이다.

인수는 성벽이 가까워지자 달리는 속도를 조절하며 숨을 골랐다. 이 정도에 숨이 차서 헐떡거리지는 않겠지만 세상일이란 모르는 것이다.

성 주위에는 아까운 생명들이 지금 이 순간에도 끔찍한 비명을 질러대며 죽어가고 있었다. 그중에는 스피넬 영지병과 콜 영지병도 있었고, 전장에 조금 늦게 투입된 미노피 원정군과 미스트르 왕국군도 있었다. 별다른 작전은 없었다. 돌격!

이것이 작전의 전부였다.

이미 사다리 앞에는 많은 병사들이 대기하고 있었다. 인수도 그 대열에 합류했다.

보급 부대가 적절하게 성벽 위를 견제해 준 덕에 인수는 별다른 저항 없이 사다리를 올랐다.

성벽 위에는 온갖 소음이 난무하고 있었다.

"막아!"

"죽여!"

"빨리 올라와!"

"사다리를 밀어라!"

"도망가지 말고 자리를 지켜라!"

"우리가 이길 수 있다!"

"스피넬 남작이 죽었다!"

"항복하라!"

"마지막 한 명까지 싸워라!"

"적들이 온다!"

알아들을 수 있는 말도 있었고, 그냥 의미 없는 비명도 있었다. 이곳은 아수라장, 그 자체였다. 사다리 주위를 지키는 콜 영지병과 그것을 막으려는 스피넬 영지병의 싸움은 무척 치열했다. 이 정도의 기습이면 도망갈 법도 한데 적의 저항은 의외로 완강했다.

콜 영지병은 실전 훈련에서 배운 대로 방패를 적절하게 이용하고 있었다. 어깨를 나란히 하고 방패로 밀어붙이면 스피넬 영지병은 어쩔 수 없이 뒤로 밀려날 수밖에 없었다. 또한 스피넬 영지병이 휘두르는 검은 콜 영지병의 방패에 막혔다. 스피넬 영지병 입장에서는 무조건 밀어붙이는 콜 영지병의 방패를 막기가 쉽지 않았다. 콜 영지병의 방패에는 제법 날카로운 뿔이 달려 있어서 맨몸으로 막았다가는 몸에 구멍이 날 수도 있었다. 비록 방패에 많은 돈이 들기는 했지만, 인수는 지금 병사들이 밀어붙이는 모습을 보며 만든 보람을 느꼈다.

인수는 영지병이 만들어준 공간 사이로 뛰어들었다. 아주 작은 공간이었지만 성벽 위에는 그런 곳이 늘어나고 있었다.

"엘프디언 한이 여기 있다!"

인수는 괴성을 지르며 콜 영지병을 공격하는 스피넬 영지병을 향해 도를 휘둘렀다. 언월도의 형태로 만들어진 20파운드 무게의 도는 사슬 갑옷을 입은 스피넬 영지병의 어깨에 깊숙이 틀어박혔다. 도끼 같은 일격이었다. 사람에 대한 공격은 처음이었지만 효과는 200점을 주어도 아깝지 않을 정도였다.

인수는 도를 빼내기 위해 스피넬 영지병의 몸통을 걷어찼다. 듣기 거북한 소리와 함께 도가 빠지며 전방에서 달려드는 스피넬 영지병을 향해 다시 한 번 위협적으로 휘둘러졌다. 무식하게 도를 사방으로 휘둘러 대는 인수의 위세에 눌려서 스피넬 영지병들이 쉽게 접근을 하지 못했고, 그럴수록 더 많은 병사들이 사다리를 타고 성벽 위로 안전하게 올라올 수 있었다.

"조심하십시오!"

위험을 알리는 소리가 고함과 비명을 뚫고 인수의 귓가에 또렷하게 들렸다. 그 소리가 자신에게 하는 소리라는 것을 본능적으로 느끼곤 급히 몸을 숙이며 뒤를 돌아보니 막 눈앞을 스치듯이 검이 지나갔다. 인수는 그대로 검을 든 적의 손을 잡아당기며 적의 몸통 쪽으로 어깨를 들이밀었다. 그리고 어깨로 적을 들어서 그대로 성 밖으로 던져 버렸다. 적이 비명을 질러댔지만 인수가 그것을 끝까지 들을 필요는 없었다. 적은 아직도 셀 수 없을 정도로 많았다.

싸움은 점점 더 치열해지고 있었다.

"막아라! 더 이상 물러설 곳은 없다! 막아!"

스피넬 영지의 기사로 보이는 자가 조금은 안전한 곳에서 소리를 지르고 있었다.

그 소리가 효과가 있었는지 밀려나기만 하던 스피넬 영지병의 거센 반격이 이어졌다. 그 덕에 방패를 들고 있던 콜 영지병이 다리에 휘둘러진 검을 미처 피하지 못하고 찔렸다. 순간 방패로 밀어붙이던 병사들의 한 축이 무너지며 검에 찔린 병사가 짐승 같은 비명을 질러댔다. 병사가 흘린 피가 순식간에 돌바닥을 빨갛게 물들였다. 병사는 일어서기 위해 버둥거렸지만 그 병사의 등 위로 여러 개의 검이 간만에 생긴 허점을 향해 찔러 들어갔다. 소리를 지르던 병사의 비명이 뚝 그쳤다.

"안 돼!"

인수의 도가 방패들 사이를 비집고 들어가 검을 잡고 있는 여러 개의 손을 향해 휘둘러졌다. 몇 개의 검이 바닥에 떨어졌다.

"밀집 대형!"

인수의 외침에 방패를 든 병사들이 적들을 밀어붙이며 공간을 만들었다.

"괜찮나?"

인수의 물음에 벌떡 일어나서 경례를 하며 '괜찮습니다'라고 말할 것 같았지만 인수의 기대와는 달리 병사는 움직이지 않았다. 왠지 먼저 간 전우들이 생각났다. 익숙해진 줄 알았던 죽음이 아직도 낯설기만 했다.

인수가 옳다고 생각하는 일 때문에 많은 생명이 죽었다. 인수는 도를 들었다. 이들도 인수가 보호해야 할 존재였다.

"젠장! 다 비켜!"

인수는 방패를 든 병사들 사이로 비집고 들어갔다. 그리고는 거침없이 도를 휘둘렀다. 인수의 도에 묵직함이 느껴졌다.

사선 베기, 수평 베기, 수직 베기가 인수의 도에서 쏟아져 나왔다. 고급 검술을 배우지 못한 것이 안타깝다고 생각됐지만 사람을 죽이는 것에 많은 방법이 필요한 것은 아니었다. 인수의 도가 지금 그것을 말해주고 있었다. 가장 기본적인 베기와 예측할 수 없는 움직임으로 적을 제압하고 있었다.

적은 사방에 있었고, 사방을 제압하는 것은 쉽지 않았다.

인수는 얼굴을 찔러오는 검을 왼쪽으로 피하면서 왼쪽의 적을 어깨로 들이받았다. 적의 고통스러워하는 숨소리가 귓가에 들렸다. 팔꿈치로 적의 명치를 강하게 쳤다. 명치를 맞은 적의 비명을 들으며 자신의 얼굴을 노린 자의 허리를 베었다. 베었다기보다는 후려치는 것에 가까웠다. 숙여지는 적의 머리를 무릎으로 올려치자 퍽! 하는 수박 깨지는 소리와 함께 뒤로 넘어갔다. 적의 얼굴에서 피가 터져 나왔지만 그것을 구경할 시간은 없었다.

바로 앞쪽에서 도끼가 인수의 머리를 향해 맹렬하게 휘둘러졌다. 인수가 가까스로 도끼를 피하자 오히려 적이 중심을 잃어 상황이 역전되었다. 적이 인수에게 목을 내미는 격이었다. 그것을 놓칠 인수가 아니었다. 바로 도가 떨어져 내리며 적의 목을 쳤다. 그와 함께 적의 몸이 바닥에 쓰러졌다. 쓰러진 적의 머리를 힘차게 밟은 후 인수는 몸을 띄워서 앞쪽에서 달려드는 적의 얼굴을 걷어차며 공중에서 몸을 틀어 뒤에서 달려드는 두 명의 병사를 베어냈다.

인수는 쉴 틈이 없었다. 숨이 점점 거칠어졌다. 끝없이 베어도 적의 숫자는 줄어들지 않았다.

"난 살아 돌아간다. 난 살아 돌아간다. 난 살아 돌아……."

인수는 주문처럼 중얼거렸다.

적의 모습만 보일 뿐 콜 영지병의 모습은 보이지 않았다. 불안감이 엄습했다.

'혹시 지고 있는 것은 아닐까?'

인수의 마음이 급해졌다.

인수의 도가 더욱 거칠게 휘둘러졌다. 그럴 때마다 생명이 급격히 사라져 갔다.

지금 인수는 포위당해 있지만 적들은 함부로 공격을 하지 못했다. 양 떼 속의 사자처럼 인수는 적을 몰아붙였다. 눈먼 칼에 맞았는지 화끈한 통증이 인수의 오른손에 느껴졌다. 갑작스러운 통증에 놀라 인수는 생명줄인 도를 놓치고 말았다. 도를 집어 들기 위해 고개를 숙이는 순간 위험을 느끼고 고개를 들어 피했다. 무언가 날카로운 것이 스치듯 뺨을 지나가며 턱끈을 끊어놓았는지 하이바가 벗겨졌다. 처음으로 죽을지도 모른다는 생각이 들었다. 인수는 본능적으로 적의 다리를 쓸어 찼다. 적의 다리가 이상한 각도로 꺾이며 쓰러졌다.

"한님을 지켜라! 돌격!"

인수의 생각과는 다르게 콜 영지병들은 가까운 곳에 있었는지 사방에서 목소리가 들렸다.

인수는 자신의 도를 찾았다. 아니, 무기를 찾았다. 그러다 인수의 시야에 하이바가 보였다. 적을 죽여야 자신이 살 수 있었다. 인수는 갑자기 찾아온 죽음의 공포를 느끼며 하이바를 꽉 움켜쥐었다. 쓰러진 적이 몸을 일으키려고 했다. 그 순간 인수는 적의 몸 위로 재빨리 올라탔다. 적이 일어나면 틀림없이 자신을 죽일 거라는 생각이 들었기에 인수는 하이바를 적의 얼굴을 향해 사정없이 내려쳤다. 무언가 깨지는 소리와 함께 인수의 얼굴에 적의 입에서 이탈한 치아가 날아와 부딪쳤다. 하지만 인수는 거기서 멈추지 않고 계속 내려쳤다. 적의 움직임이 완전히 멈추고 나서야 인수는 정신이 들었다. 매번 이런 식으로 위기에 빠졌다. 그리고 그 위기에서 항상 이런 식으로 광기에 빠져들었다. 아직도 사람을 죽이는 것에 미숙하다는 증거였다.

인수가 정신을 차리고 주위를 둘러보자 영지병들이 자신을 둘러싸고 빈틈없이 보호하고 있었다. 손에 들린 하이바는 이미 적의 피로 붉게 물들어 있었다. 그때서야 바로 옆에 있는 도가 보였다. 인수의 생각과 달리 오른손의 상처는 생각보다 크지 않았다. 인수는 하이바를 쓰고 도를 집었다. 아직 할 일이 많았다.

점차 많은 병사들이 성벽 위로 올라오고 있었다. 그 속에는 리베의 병사들도 있었고, 게리슨의 병사들도 있었다.

쿵!

공성차가 다시 성문을 공격했는지 성벽 위로 진동이 느껴졌다.

"성문이 부서졌다! 공격하라!"

성문이 정말로 부서졌는지는 중요하지 않았다.

인수의 외침에 적들이 동요하기 시작했다.

2

어쩐지 아까부터 불안했다. 두 배는 많은 수의 병력을 가지고 있는 사령관의 목에 칼을 들이댔을 때는 저 인간이 미치지 않았나 하는 생각도 들었다. 그리고 이어지는 일들이 예사롭지 않더니 언제 준비를 시켰는지 마지막에는 전군 돌격 명령을 내렸다. 아무리 군대가 시키면 시키는 대로 무조건 하는 곳이라지만, 아직 마음의 준비도 안 된 상태에서의 돌격은 솔직히 부담스러웠다. 그래도 어쩔 수 없이 울며 겨자 먹기로 한인수 병장의 뒤를 따를 수밖에 없었다.

"한인수 병장, 같이 가!"

재수의 외침에 대답도 없이 한인수 병장은 성을 향해 달려갔다.

'젠장!'

재수는 욕을 속으로 삼키고 뒤를 따라 달렸다. 또 광기가 도진 모양이었다.

사령관쯤 됐으면 이제는 뒤에서 편안하게 말로 병사들을 지휘해도 누가 뭐라고 할 사람이 없었다. 하지만 한인수 병장은 선불 맞은 멧돼지처럼 적진을 향해 뛰어갔다. 저러다 죽으면 누가 지휘를 할지 걱정이 앞섰다. 재수는 정말 가기 싫었지만 의리 때문에 어쩔 수 없이 뒤를 따르고 있었다. 게다가 한인수 병장이 없으면 이곳 생활이 무척 심심할 것 같았다.

재수가 사다리에 도착했을 때 한인수 병장은 이미 성벽 위로 올라서고 있었다.

"한인수 병장! 한인수 병장!"

아무리 목이 터져라 불러도 대답이 없었다.

잠시 성벽을 보며 어떻게 할까 고민하는데 재수의 바로 옆에 서 있던 병사가 화살을 맞아 쓰러졌다. 쓰러진 병사는 돼지 멱따는 소리를 질러댔다. 다행히 콜 영지병은 아니었지만 그 비명 소리에 몸서리가 절로 처졌다. 드디어 전쟁터에 발을 들여놓은 것이 실감났다. 발광을 하는 병사가 불쌍했지만 우리 식구 챙기기도 바쁜데 남의 식구를 신경 쓸 틈은 없었다.

간간이 성벽 아래로 비명을 지르며 떨어지는 병사들을 보자 다리에 힘이 빠지며 사다리를 올라가기가 진짜 싫어졌다. 하지만 가야 했다. 그래도 유일하게 자신을 알아주는 사람이 저 성벽 위에 있었다. 재수는 바닥에 버려진 방패를 집어 들었다. 방패를 집는 중에도 쓰러지는 병사들이 보였지만 뒤로 도망가는 병사들은 없었다.

온갖 소음에 귀가 따가울 정도였다. 성벽 위의 싸움은 더 치열해지고 있었다. 눈에 보이는 것만으로도 재수는 알 수 있었다. 저곳은 죽기 딱 알맞은 곳이었다.

"그래, 죽자!"

재수는 이를 악물었다. 하지만 결심과는 달리 싸움이 치열한 곳을 피해 제일 만만한 곳을 골랐다. 먼저 올라간 콜 영지병들이 적당히 공간을 차지하고 있는 사다리가 보였다. 저곳이라면 조금은 안전할 거라는 생각이 들었다.

재수는 방패로 몸을 최대한 가리며 사다리를 올라갔다. 어느 놈이 자신을 집요하게 노리는지 방패에 화살이 계속 날아와서 맞고 있었다. 눈에 보이면 가만두지 않겠다고 이를 갈았지만 방패 너머로 쳐다볼 생각은 감히 엄두도 나지 않았다. 조심해서 나쁠 것은 없었다.

재수는 사다리를 오르며 별 생각이 다 들었다. 사다리가 좀 더 길었으면 좋겠다는 재수의 희망과는 달리 어느새 성벽 위에 도착했다. 재수가 고른 곳은 아래서 살핀 것처럼 공간의 여유가 있었다. 하지만 그것도 잠시, 갑자기 적병들이 거세게 달려들었다. 저쪽에 얼핏 한인수 병장이 보였다. 그쪽의 저항에 밀려서 이쪽으로 오는 것이 분명했다. 편한 곳을 찾다가 더 험한 곳에 발을 들이민 격이었다.

그 덕에 재수는 전장의 한복판에 놓였다.

"나, 쉽지 않거든!"

몰려오는 병사들을 향해 위로 점프를 하며 방패를 집어 던졌다. 방패를 들고 있는 것이 안전하기는 하지만 평소에 방패를 들고 싸우는 연습을 하지 않아서 오히려 지금은 행동에 제약을 주고 있었다. 제일 앞에 있던 적병이 방패에 얼굴을 맞고 쓰러졌다. 뒤에 있던 병사가 미처 피하지 못하고 쓰러지는 병사의 등을 찌르는 것이 보였다. 갑작스러운 공격에 잠깐 적

병사들이 주춤했다. 말 그대로 잠깐이었다. 곧 콜 영지병들이 공격을 막아내지 못하고 뒤로 밀리기 시작했다.

순식간에 재수가 제일 앞으로 나선 상황이 되더니 곧바로 적의 공격이 시작되었다.

재수는 눈앞에서 휘둘러지는 검을 피하고 적병의 급소를 걷어찼다. 발에 묵직함이 느껴졌다. 순간적으로 적병의 몸이 위축되었다. 같은 남자로서의 미안함을 느낄 새도 없었다. 아니, 사실 느껴서도 안 됐다. 자신을 죽이려 하는 적이었고, 용서할 생각은 애초에 없었다. 동정은 한인수 병장 같은 바보나 하는 짓이었다.

적병의 틈을 놓치지 않고 재수의 도가 사선으로 휘둘러졌다. 적병의 갑옷을 뚫고 도가 틀어박혔다. 재수의 얼굴에 피가 튀었다. 피에 대한 특별한 감흥은 없었다. 단지 불편할 뿐이었다. 이들은 적이었고, 적이니까 죽어 마땅했다.

적의 공격은 쉬지 않고 계속 이어졌다. 허리께로 찔러오는 검을 도를 휘둘러서 가까스로 쳐냈다. 찔러오는 검은 휘두르는 검과 다르게 두 배는 더 막기 힘들었다. 재수의 행동이 조금만 늦었으면 찔릴 수도 있었다는 생각이 들었다.

"죽을 뻔했잖아!"

재수는 소리를 지르며 발을 움직여 그대로 적의 무릎을 걷어찼다. 재수의 발차기에 적의 자세가 흐트러졌다. 어느새 재수의 머리 위로 자리를 바꾼 도가 기회를 놓치지 않고 상대를 내리찍고 허물어지는 적의 얼굴을 발로 걷어찼다. 그러고 나서야 재수는 놀란 가슴이 조금 진정되었다. 아직 죽기에는 못 해본 것이 너무 많았다. 아니, 살아 돌아가야 될 분명한 이유가 자신에게는 있었다.

입속으로 적의 피 맛이 느껴졌다.

"퉤."

붉은빛이 감도는 침이 적의 시체로 날아갔다.

"헉!"

재수는 급하게 숨을 들이켰다. 잠시 침을 뱉으며 한눈을 파는 순간 다시 적의 검이 목과 가슴으로 날아왔다. 피하기는 것이 여의치가 않았다. 재수는 급하게 성벽을 차고 공중으로 몸을 띄웠다. 불가능해 보이는 움직임을 재수는 너무나 쉽게 보여주고 있었다. 재수의 움직임이 생각만큼 완벽하지 않았는지 허벅지가 뜨거웠다.

[개새끼!]

원색적인 욕을 내뱉으며 재수의 도가 횡으로 휘둘러졌다. 도의 궤적에 재수를 공격한 자의 목이 들어가 있었다. 재수의 도에 자비는 없었다. 적의 목을 베고 나머지 한 명은 오른발로 머리를 차버렸다. 뒷굽의 쇠 징에 정확하게 맞았는지 머리가 홱 제껴졌다. 옆에 있던 콜 영지병이 그 틈을 놓치지 않고 적병의 머리에 도끼를 내리꽂았다.

"다 죽여!"

재수는 소리를 지르며 앞으로 전진했다. 물론 너무 앞서지는 않았다. 다리에서 느껴지는 상처에 흥분했지만 그 정도 눈치는 남아 있었다. 자신은 한인수 병장처럼 머리가 좋지도 않았고, 사도신처럼 힘이 좋지도 않았다. 그 둘보다 잘하는 것이 있다면 요령이 좋다는 것 정도였다.

재수의 좌우로 콜 영지병이 왼손에는 방패를 들고 오른손에는 도끼를 들고 늘어섰다. 직접 훈련시킨 병사들이 옆에 서자 든든해졌다.

"전진!"

재수의 명령에 병사들이 방패를 앞으로 밀며 적을 밀어붙였다. 적이 밀리자 한껏 힘을 주고 뒤에서 기다리고 있던 도끼가 포물선을 그리며 적의 머리로 떨어졌다. 머리 깨지는 소리가 재수의 좌우에서 들렸다. 물론 재수도 병사들처럼 수직으로 있는 힘을 다해 도를 내리그었다. 숨이 끊어지지 않은 적 병사의 목을 발로 꾸욱 밟았다.

목을 누르는 발을 치우기 위해 적병의 손이 있는 힘을 다하고 있었다. 재수의 발을 들어내기 위해 애를 썼지만 결국 발을 치워내지 못한 적병의 손에서 힘이 빠지는 것이 느껴졌다.

재수는 적병의 시체를 밟고 서서 다시 명령을 내렸다.

"전진!"

영지병들이 적을 방패로 밀고 도끼를 휘둘렀다. 그 동작에 어김없이 대여섯 명이 쓰러졌다.

적의 피에 시야가 가려서 왼손으로 눈가를 훔쳐 냈다. 시야가 조금은 좋아지며 저 앞쪽에서 발광을 하고 있는 한인수 병장의 뒷모습이 보였다. 저기까지 가려면 꽤나 힘들 것 같았다.

"전진!"

방패로 밀고 내리찍는다. 매우 단순한 그 동작에 적병들은 우왕좌왕하기 시작했다. 뒤로 밀리며 간격이 조금씩 벌어지기 시작했다. 벌어진 틈을 타서 뒤를 보니 미노피 원정군과 미스트르 원정군이 재수의 뒤를 가득 채우고 있었다.

"전진!"

적이 급격히 물러서기 시작했다. 등을 보이며 도망가려는 적도 있었다. 하지만 그것도 쉽지 않았다. 다른 병사가 앞을 막고 있었다. 적병은 고립되었고 더 이상 도망갈 곳은 없었다.

"방패 돌격!"

적의 사기가 급격히 꺾이는 것을 본 재수가 명령을 내렸다. 방패를 앞세우고 괴성을 지르며 적병을 밀어붙였다. 적병들이 도망을 가기 위해 소리를 질러댔지만 도망갈 곳은 없었다. 제일 앞줄이 넘어지자 순차적으로 밀집되어 있던 적병들이 엉키며 쓰러졌다.

"돌격!"

재수의 외침에 쓰러진 적병을 밟으며 병사들이 전진했다.

재수의 등 뒤에서 끊임없이 비명이 들렸다. 뒤를 따르는 병사들이 넘어진 병사들의 숨통을 끊어주는 소리였다.

발로 차고 도를 수직으로 찔러 넣었다. 그럴 때마다 어김없이 적병은 죽어갔다.

도망가는 적의 등에 도를 휘둘렀다. 적의 등이 확, 벌어지며 피를 토해냈다. 갑옷을 입지 않은 것으로 보아 징집병인 모양이었다.

앞으로 한인수 병장의 모습이 보였다. 하이바에서는 피가 뚝뚝 떨어지고 있었고, 치열하게 싸웠는지 얼굴이 온통 피투성이였다.

성벽이 울고 있었다. 한인수 병장의 목소리가 소음을 뚫고 또렷이 재수의 귀에 들렸다.

"성문이 부서졌다! 공격하라!"

3

"엘프디언 사님이 선봉이다! 뒤를 따르라!"

누군가가 뒤에서 외쳤다. 이런 소리를 들은 후에 비겁하게 뒤로 물러날 수는 없었다.

병사들의 호응하는 함성이 들렸다.

"돌격! 무적의 엘프디언 사님을 따라서 성벽을 점령하라!"

함성이 더욱 커졌다.

"나를 따르라!"

도신은 결국 분위기에 편승했다. 공성전이 겁나지는 않았다.

도신은 말에서 내려 타고 있던 말의 엉덩이를 한 대 쳐서 진영으로 돌려보냈다. 공성을 하는 데 말은 필요없었다. 도신의 말은 누군가가 알아서 잘 맡아줄 것이다. 엘프디언의 말을 건드릴 만큼 간 큰 놈은 없었다.

도신은 병사들과 합류해서 맨 앞에 있는 병사의 방패를 뺏어 들고 성벽을 향해 뛰기 시작했다.

"돌격!"

도신은 목이 터져라 외쳤다. 성과의 거리가 50미터 안으로 들어오자 간간이 화살이 날아와서 방패에 부딪쳤다. 하지만 생각보다 적의 저항은 미약했다. 훈련 때 날아오는 화살의 숫자에 비하면 쏘지 않는 거나 다름없었다. 단지 훈련과 다른 것이 있다면, 화살을 맞으면 죽는다는 것이었다. 아직까지 콜 영지의 병사들은 훈련한 대로 움직이고 있었다. 적의 화살에 맞아서 쓰러지는 병사들도 있었지만 그 수가 그렇게 많지는 않았다.

도신은 병사들을 이끌고 순식간에 성벽에 다다랐다. 병사들을 독려하는 소리가 사방에서 들려왔다. 소리는 점점 커지고 있었다.

병사들이 들고 있던 수십 개의 사다리가 하늘을 찌르듯 수직으로 세워졌다. 그리고 서서히 앞으로 넘어가며 자연스럽게 성벽에 걸쳐졌다.

사다리 주위로 적의 화살이 집중되기 시작했다.

도신은 조금 전의 일기토에서 부족했던 무언가가 채워지는 느낌이 들었다. 거기에 날아오는 화살을 보자 가슴이 긴장으로 두근거렸다.

돌격 부대의 바로 뒤를 따르고 있던 보급 부대 병사들이 사다리 주위에 자리를 잡고 석궁을 쏘며 성벽 위를 견제하기 시작했다. 공성전이 훈련과 똑같이 진행되고 있었다.

"돌격! 성벽을 점령하라!"

도신은 방패로 몸을 가리고 제일 먼저 사다리를 오르기 시작했다. 조금 전과는 비교도 할 수 없을 정도로 많은 화살이 도신에게 집중되고 있었다. 방패 위로 성벽을 살피다가 하이바에 화살이 맞고 튕겨 나갔다. 도신은 깜짝 놀라서 고개를 움츠렸다.

"이런 비겁한 놈들!"

도신은 고개를 들지 못한 채 성벽 위에서 화살을 쏘는 적병을 욕했다.

도신의 관점으로는 숨어서 화살이나 쏘는 것들은 비겁한 놈들이었다.

사다리는 끝없이 이어져 있었다. 도신은 그 순간이 너무 길게 느껴졌다.

'빨리! 빨리!'

생각과는 달리 위로 오르는 것이 너무 늦어졌다. 사다리 아래로 보이는 지면이 굉장히 멀게 느껴졌다.

화살의 충격과는 다른 충격이 방패를 통해 느껴졌다. 방패를 앞으로 내민 채 고개를 들고 전방을 살폈다. 적개심을 담은 적병의 눈이 머리 위로 보였다. 적은 사다리 주위에 잔뜩 몰려 있었다. 적병의 창과 검이 도신의 방패를 공격했다. 아니, 격렬하게 밀어내고 있었다. 도신은 적의 합동 공격에 중심을 잃고 사다리 위에서 떨어질 뻔했다. 양손에 방패와 무기를 들고 있는 상황이어서 사다리에 붙어 있는 것만으로도 버거웠다. 하지만 이대로 계속 사다리 위에 붙어 있을 수는 없었다. 게다가 도신의 발밑에는 이미 많은 수의 병사들이 다닥다닥 붙어 있었다. 앞으로 최소한 세 칸 이상은 올라야 성벽 위로 넘어갈 수 있었다.

한 칸을 올라서며 방패를 쭉 뻗었다. 적의 공격이 방패 위로 쏟아졌다. 철퇴 같은 무기는 없는지 그나마 버텨낼 수 있는 수준의 공격이었다. 다시 한 칸을 올라서며 방패를 머리 위로 쭉 뻗었다. 그 틈을 노리고 찔러 들어온 창이 어깨를 타고 아슬아슬하게 넘어갔다. 방패에 가해지는 공격의 강도가 아까보다 훨씬 세졌다.

"으라차차차!"

도신은 소리를 지르며 방패를 쭉 뻗으며 마지막 한 칸을 올랐다. 성벽이 바로 앞에 있었다. 그 순간 방패를 직접 공격하지 않고 옆으로부터 공격이 들어왔다. 최대한 몸을 방패에 붙였다가 방패를 든 왼손을 크게 휘둘렀다. 다행히 공격과 맞물려서 도신의 힘에 창과 검이 밀렸다. 그 틈을 놓치지 않고 도신은 도를 휘두르며 성벽 위에 첫발을 올려놓았다. 방패로 적병의 검을 막으며 수평으로 도를 크게 휘둘렀다. 도신의 도는 적병의 얼굴을 노리고 있었다. 사슬 갑옷이나 투구에 가려지지 않은 곳으로 가장 공포를 줄 수 있는 곳이었다.

훈련이 되지 않은 사람은 얼굴에 물건이 날아오면 십중팔구는 눈을 감기 마련이다. 몇 명이 도신의 도에 맞은 얼굴을 감싸며 쓰러지거나 마구잡이로 검을 휘둘렀다. 그 덕에 도신은 양발이 모두 넘어올 수 있었다.

"죽어라!"

도신은 몸을 푹 숙인 채 상체를 보호하며 적의 하체를 노렸다. 허벅지 아래는 대부분 보호가 되지 않았다. 기사 정도가 되어야 다리를 보호하는 갑옷을 입을 수 있었다. 도신의 도가 추수를 하는 낫처럼 적병의 다리를 쓸고 지나가자 다리를 베인 적병들이 바닥을 구르며 비명을 질렀다.

"와아아악!"

도신의 외침에 몇 명이 얼굴을 감싸고 쓰러졌다. 목소리 때문에 쓰러진 것은 아니지만 그만큼 도신의 목소리는 우렁찼다. 도신의 목소리에서 적에 대한 공포는 느낄 수 없었다. 모든 것이 자신이 마음먹은 대로 이루어지고 있었다.

도를 아무리 두껍고 무겁게 만들었어도 적의 투구를 내려치는 일은 별로 효과적이지 못했다. 가장 만만한 부위가 얼굴과 다리였다. 사슬 갑옷 따위로 무식한 힘이 실린 도신의 도를 막기에는 역부족이었다. 사슬 갑옷을 뚫고 목을 베는 일은 도신에게 있어 그다지 어려운 일이 아니었다.

"으하하하! 죽어라!"

도신이 소리를 지를 때마다 적이 쓰러졌다.

적의 검이 도신의 복부를 향해 찔러 들어왔다. 다른 적의 목을 치던 도신은 미처 막아낼 수가 없어 배에 힘을 주고 버텼다. 적의 검끝이 갑옷 위를 미끄러지며 허리를 타고 넘어갔다. 앞면만 보호되는 갑옷의 특징 때문에 허리에 통증을 느껴야 했지만 도신은 통증을 느끼지 못했다. 아무 느낌도 없었다. 단지 적이 자신을 공격했다는 생각에 화가 날 뿐이었다. 도신의 발이 병사의 허리를 걷어차자 적의 허리가 숙여졌다. 그 순간 도신의 도가 적의 턱을 향해 아래에서 위로 맹렬히 휘둘러졌다. 도신의 도가 가슴 부위에서부터 적의 사슬 갑옷을 파고들며 턱을 갈랐다. 속이 다 후련했다.

"감히 날 공격해?! 죽어!"

도신의 도가 더욱 날카롭게 주변을 휩쓸었다.

"적을 막아라! 적을 막아라! 도망가면 모두 죽을 것이다!"

적병들 틈에서 누군가 소리를 질렀다. 그 소리에 적병들이 도신을 향해 달려들었다.

도신은 오히려 더욱 힘이 났다.

"와라!"

도신은 신이 나서 도를 휘둘렀다. 무언가 부족하다고 생각했던 것이 피라는 것을 알았다. 적의 피가 얼굴에 튈 때마다 기분이 좋아졌다.

왼쪽에서 덤벼드는 녀석을 방패로 쳐내고 정면에서 달려드는 적에게 도를 휘둘렀다. 목이 베어지며 피를 내뿜었다. 오른쪽에서 달려드는 적병의 검이 도신의 옆구리를 스치고 지나갔다. 오른발로 녀석의 발을 힘껏 밟아 움직이지 못하는 녀석의 목을 베었다. 뿜어져 나오는 적의 피 냄새가 향기로웠다.

"좋아! 아주 좋아!"

도신은 자신이 아주 강하다는 것을 오늘에야 비로소 알 수 있었고, 그 강함을 모두에게 보여주고 싶었다.

어느 순간부터 몸이 저절로 움직였다.

얼굴을 베어오는 검을 고개를 숙여 피하고 가슴을 베었다. 갑옷을 뚫고 도가 박히며 부드러운 가슴살을 갈랐다.

적의 피가 가슴으로 뿜어졌다.

가슴을 노린 적의 검을 옆으로 몸을 틀어 피하고 팔을 베었다. 갑옷을 뚫고 도가 박히며 연약한 적의 팔을 잘랐다.

적의 피가 얼굴로 뿜어졌다.

허리를 베어오는 적의 검을 방패로 막으며 다리를 베었다. 갑옷을 뚫고 도가 박히며 두툼한 적의 다리를 베었다.

적의 피가 다리로 뿜어졌다.

도신은 피를 원했다.

"악마다! 악마!"

"도망가!"

적들이 하나둘 등을 보이며 도망가기 시작했다. 도신은 악귀처럼 따라붙으며 적의 등을 베었다. 어김없이 칼이 지나간 자리가 벌어지며 피가 뿜어져 나왔다. 도망가는 적을 발을 걸어 넘어뜨리고 도를 내려치자 피와 살로 이루어진 인간이 분명하다는 것을 증명해 주었다.

도신은 거기서 만족하지 않았다. 아니, 만족할 수 없었다. 더 많은 피를 원했다.

도망가는 적의 등을 걷어차고 넘어진 적을 짓밟았다.

피가 좋았다. 붉은색이 좋았다.

죄책감? 그런 것은 불필요했다. 이미 세상은 미쳐 있었다.

도신의 온몸은 이미 피로 뒤덮여 있었다.

세상이 붉게 보였다.

움직이는 것은 무엇이든 죽이고 싶었다.

그때 목소리가 들렸다.

그것은 구원의 목소리였다. 아니, 그 목소리의 주인공이 가진 힘이었다.

"성문이 부서졌다! 공격하라!"

4

귀를 자극하는 소리가 들렸다. 거대한 성문이 넘어가고 있었다. 성문 앞에 밀집해 있던 스피넬 영지병들은 그곳을 벗어나기 위해 서로를 밀치고 있었다. 그런 필사적인 움직임에도 불구하고 몇몇은 미처 피하지 못하고 성문에 그대로 깔렸다. 그 성문 위로 병사들이 밀물처럼 밀려들어 왔다. 선봉은 부대기를 앞세운 1대대 1중대 1소대의 콜 영지병이었다. 그 뒤로 리베의 미노피 원정군과 미스트르 왕국군이 뒤섞여서 들어왔다.

연합군은 거침없이 밀고 들어오며 스피넬 영지병을 죽였다. 성벽 위와는 달리 밑에 있는 스피넬 영지병은 대부분이 징집병인지 도망가기 바빴다. 그렇게 대부분이 등 뒤에서 무방비 상태로 검을 맞았다.

성문이 열리고 나서 적의 진영이 무너진 것은 순식간이었다. 해일처럼 연합군의 공격이 밀어닥치자 스피넬 영지병은 더 이상 싸우지 않고 너도나도 등을 돌려 도망가기 시작했다. 성벽 아래나 성벽 위의 전투는 그렇게 끝이 나고 있었다.

더 이상 앞을 막는 적이 없다는 것을 깨닫고 나서야 인수는 칼을 멈출 수 있었다. 인수의 주변은 온통 연합군들이 차지하고 있었다. 바닥은 시체와 부상병들로 가득했다. 부상병들은 적군과 아군이 한데 뒤섞여서 비명을 질러대고 있었다.

싸움을 독려하는 소리는 거의 없었고, 대부분 항복을 권유하는 외침으로 바뀌어 있었다. 저항할 의지를 잃고 칼을 버리고 투항을 해도 죽는 경우가 다반사였다. 병사들이 흥분 상태라 그것을 제어하는 것이 쉽지 않았다.

인수는 도망가는 적들을 천천히 쫓기 시작했다. 인수의 도를 타고 핏물이 방울방울 떨어져 내렸다. 전쟁은 절대 멋지지 않았다. 멋지게 폼을 잡겠다는 생각을 잠깐이라도 했던 게 얼마나 멍청한 생각이었는지 뼈에 새겨지고 있었다. 그나마 이제는 구역질이 나지는 않았다. 역시 인간의 적응력은 타의 추종을 불허한다는 생각이 들었다.

아래로 내려가는 좁은 계단은 도망가는 스피넬 영지병으로 포화 상태였다. 계단을 정상적으로 걸어 내려가는 숫자는 별로 없었다. 대부분이 떠밀리거나 넘어지면서 계단 밖으로 떨어지거나 굴렀다. 무사히 내려가거나 부상 정도가 미약한 적들은 내성 쪽으로 가고 있었다.

“엘프디언 한이다. 항복하는 적은 살려주겠다.”

인수는 자신이 낼 수 있는 가장 큰 목소리로 말했다. 일단 성문 앞과 계단 주위에서 벌어지는 학살을 막아야 했다. 계획대로 되려면 희생을 최소화하는 것이 중요했다. 도망가는 저 병사들이 인수한테는 꼭 필요했다.

인수는 두 번을 더 그렇게 외치고 나자 다리에 힘이 쑥 빠져서 그 자리에 주저앉았다. 주변을 둘러보았다. 인수의 주변은 정리가 끝나 있었다. 적들은 죽었거나 아니면 도망을 갔거나 둘 중 하나였다. 항복을 해도 받아들여지지 않는 경우가 많았다. 특히 미스트르 왕국군이나 미노피 원정군에게 걸리면 죽은 목숨이나 다름없었다. 그런 불필요한 학살만 막는 다면 급하게 적을 쫓을 필요는 없었다. 더구나 인수의 다리는 잠시 쉬며 체력을 보충할 필요를 느끼고 있었다.

"인수님, 괜찮으십니까?"

미치였다. 미치도 전투에서 고생을 했는지 핏물이 옷 이곳 저곳에 튀어 있었다.

"그래."

인수는 대답하기도 힘들었지만 지금 당장 내려야 될 명령을 생각해 보았다.

일단 병사들이 얼마나 죽었는지 알 수가 없었다. 공들여 훈련시킨 병사들이었기에 인수에게는 한 명 한 명이 모두 소중했다. 비록 기습 공격으로 외성을 차지했지만 무모한 돌격을 한 것 같아서 기분이 썩 좋지는 않았다. 특히나 저쪽 구석에 벽에 등을 기댄 채 죽어 있는 콜 영지병을 보자 마음이 더욱 착잡했다.

"미치 대대장들에게 전령을 보내. 외성문에 모든 병사들을 정렬시켜라. 보급 부대는 부상병들을 외성문으로 모은다. 내성은 잠시 후에 공략하겠다. 항복하는 병사들은 포로로 잡고, 절대 함부로 죽이지 말라고 해. 외성의 점령은 대대장들의 재량에 맡기겠다. 또한 프라이스 남작과 핸콕 백작에게 전령을 보내서 병사들을 물리고 외성 밖에서 대기하라고 해. 절대 함부로 사람을 죽이지 말고 모두 포로로 잡으라고 해."

인수는 마지막 말을 할 때는 목소리를 쥐어짰다. 목소리가 제대로 나오지 않았다. 공성전을 하면서 너무 소리를 지른 것 같았다.

생각나는 대로 명령을 내리기는 했지만 효과가 얼마나 있을지는 장담할 수 없었다. 특히나 인수의 병사가 아닌 경우에는 더욱 통제가 안 되고 있었다.

"예, 알겠습니다."

미치는 힘차게 대답하고 근처에 있는 콜 영지병들을 끌어모아 사방으로 보냈다.

미치는 주목을 알리는 호루라기를 불었다. 그리고 손을 모은 후에 소리를 질렀다.

"전투 중지! 외성문 집합!"

"전투 중지! 외성문 집합!"

아래에서 복명복창이 이루어지며 미치의 명령이 조금씩 전파되었다. 적을 쫓던 콜 영지병들이 손을 멈추고 외성문으로 모이기 시작했다.

"고생 많았다. 별일없냐?"

인수는 제법 깨끗한 모습으로 나타난 재수에게 물었다.

"한 병장, 나 죽을 뻔했어."

"그래?"

"내가 피 묻히는 걸 싫어해서 그렇지 여기 봐! 칼에 베인 거

안 보여?"

인수의 미심쩍어 하는 눈빛에 재수는 허벅지를 보여주며 말했다. 찢어진 전투복 사이로 아직도 피가 흘러나오고 있었는데 상처의 크기가 손가락 길이만큼은 되어 보였다. 재수는 바닥에 털썩 주저앉아서 손수건을 꺼내 허벅지의 상처를 싸맸다. 죽는 소리를 안 하는 걸로 봐서 깊은 상처는 아닌 것 같았다.

"그거 하나? 그 정도 상처는 나도 있다."

인수는 오른팔을 내보였다. 그 자신도 처음 확인하는 상처였다. 생각했던 것보다 작은, 재수의 반 정도 되는 크기의 상처였다. 큰 상처였으면 저기 어디쯤에 처참한 모습으로 죽어 있었을지도 몰랐다. 인수도 대충 손수건으로 상처를 싸맸다. 나중에 적당히 약초를 바르면 나을 거라고 낙관적으로 생각했다. 파상풍이라는 비관적이고 극단적인 생각을 머릿속에 떠올리면 진짜 그 병에 걸려서 죽을 것 같았기 때문이다.

"여기도 있어!"

갑자기 재수가 왼팔을 가리키며 말했다. 그것 또한 큰 상처는 아니었다. 거죽만 살짝 베인 정도였다.

"내 얼굴 안 보이냐? 조각 같은 미남 얼굴에 상처 났다."

인수는 오른쪽 볼을 가리키며 말했다. 오른쪽 볼에 조금 전부터 통증이 느껴지고 있는 걸로 봐서 어느 정도의 상처인지 정확히 알 수는 없었지만 흉터가 남을 것은 분명했다.

"조각 같은 미남은 인정할 수 없지만 내가 진 걸로 할게."
"무슨 이야기를 그렇게 정답게 하고 계십니까?"
도신이의 목소리가 들렸다. 아까 선봉에 서서 돌격을 하는 모습을 본 것이 마지막이었다. 도신이의 생명력을 생각할 때 죽었다고는 절대 생각하지 않았지만 이렇게 멀쩡히 살아서 목소리를 들으니 더욱 기뻤다. 하지만 곧 도신이의 모습에 인수의 얼굴이 일그러졌다.
"너, 지금 살아 있냐?"
도를 어깨에 척하니 걸치고 나타난 도신이의 모습은 말이 아니었다. 온몸이 붉게 물들어 있었고 찢어진 부분도 이곳저곳에 보였다. 저 피가 도신이의 피인지, 적의 피인지 구분이 안 갔다. 하여튼 눈에 보이는 모든 것이 피투성이였다. 인수보다 쌩쌩해 보이는 것을 보니 많이 다치지는 않은 것 같았다.
"괜찮은 거냐?"
재수가 벌떡 일어나서 도신의 몸을 살피며 말했다. 평소에 티격태격하더니 그래도 챙겨주는 모습을 보니 흐뭇했다.
"괜찮습니다. 근데 조금 피곤합니다."
도신은 인수의 옆에 털썩 주저앉았다. 도신의 도를 타고 걸쭉한 핏방울이 바닥으로 떨어졌다.
"고생 많았다."
인수는 수통을 꺼내서 도신에게 내밀었다. 그것이 인수가 할 수 있는 유일한 고마움의 표시였다.

"저도 물 있습니다."

도신은 수통을 꺼내며 말했다.

"이거 한 모금 마셔!"

인수는 재차 권했다.

"그게 뭔데? 좀 줘봐."

눈치 빠른 재수가 관심을 보이더니 재빠르게 낚아챘다.

"크, 죽이네!"

재수가 한 모금 마시더니 감탄사를 내뱉었다. 그리고는 도신에게 수통을 내밀었다.

"쿨럭! 쿨럭! 크!"

도신도 이제야 눈치를 챘는지 한 모금 마시더니 기침을 해댔다. 인수의 수통에 있는 술은 도수가 50도 정도는 되는 독한 술로, 중국 요리 먹을 때 시켜먹는 빼갈과 그 맛이 비슷했다. 출정하기 전에 미치를 통해 몰래 준비시킨 술이었다.

인수는 수통을 받아서 한 모금 마셨다. 술맛은 느껴지지 않고 목을 찌르는 통증과 피 맛만 났다. 그래도 물보다는 훨씬 나았다. 물이라면 토하고 싶다는 생각이 들었을지도…….

재수가 아쉬운 듯 입맛을 다시며 수통을 쳐다보더니 또다시 손이 슬며시 내밀어졌다.

"오늘은 특별히 고생했으니까 주는 거야. 더 이상은 안 돼."

인수는 수통을 집어넣었다. 술을 먹고 오늘의 죄를 잊기에는 아직 할 일이 많이 남아 있었다.

재수가 아쉬운 듯 계속 입맛을 다셨다.

콜 영지의 병사들은 외성문 앞에 속속 모이고 있었고, 이미 간부들이 병사들의 상태를 파악하고 있었다. 돈을 퍼부어서 훈련시킨 보람이 있었다.

내성 문 앞에서는 여전히 미스트르 왕국군과 리베의 미노피 원정군들이 스피넬 영지병을 쫓아다니고 있었다. 쫓기는 이들 중에는 여자로 보이는 사람들도 있었다. 바닥에는 방금 죽은 걸로 보이는 시체들이 즐비했다. 간간이 내성에서 미스트르 왕국군과 리베의 미노피 원정군에 공격을 가하기도 했다.

"한인수 병장, 뭘 그렇게 봐?"

"남의 일 같지 않냐?"

"뭐가?"

"이 전쟁이."

"그래? 난 별로. 그냥 빨리 끝내고 케이트의 품에 안기고 싶어."

"그렇지? 빨리 끝나는 것이 좋겠지?"

인수는 작게 속삭였다. 벌써부터 제2의 고향으로 돌아가고 싶어졌다.

"응?"

인수는 수줍게 내밀어진 도신의 손을 보고 물었다.

"주십시오."

"뭐?"

"금화 500개."

"기억하고 있었냐?"

"예, 그것 때문에 일기토 나간 겁니다."

그 말이 잠시 전장의 상념에 빠져 있던 인수를 현실로 데려왔다.

인수는 천천히 몸을 일으켜서 주머니를 찾는 척하다가 계단으로 뛰어가며 외쳤다.

"독한 놈, 외상이다!"

5

인수는 급조된 집무실에 앉아 있었다.

전에는 식탁으로 쓰였을 법한 커다란 탁자가 책상으로 둔갑해서 인수의 앞에 놓여 있었고, 식탁에 딸린 의자들은 엘프디언들의 엉덩이가 차지하고 있었다. 책상 앞에는 대대장들과 기사들이 꼿꼿이 서서 임시 인원 점검을 마치고 인수에게 보고를 하고 있었다.

"들어가시면 안 됩니다."

"비켜."

문밖이 소란스러운 것 같더니 곧 리베가 문을 열고 들이닥쳤다.

"예의가 없군."

인수의 얼굴이 저절로 찌푸려졌다.

리베로 인해 대대장들의 보고가 중단되었다. 인수에게는 한 명, 한 명이 소중한 병사들이었다. 병사들의 생사 여부보다 더 중요한 것은 지금 이 순간에는 존재하지 않았다.

인수는 리베를 만류하며 따라 들어온 병사들을 손짓으로 내보냈다. 리베를 막지 못한 책임을 나중에 죽고 싶을 만큼 느끼게 해주겠다고 마음먹었지만 지금은 일단 참아야 했다.

"사령관님, 이유를 말씀해 주십시오."

방 안의 시선이 집중되고 리베가 처음으로 인수에게 내뱉은 말이었다.

리베도 공성전을 하며 적들을 죽였는지 갑옷이 그리 깨끗해 보이지는 않았다.

"무슨 이유?"

인수의 대답은 퉁명스러웠다. 대충 짐작은 가지만 조금 전 일로 인수도 기분이 나쁘던 참이었다.

"왜 내성 공격을 하지 않습니까? 지금 당장이라도 적의 숨통을 끊어놓을 수 있습니다."

리베는 강한 어조로 말했다. 몇 번 보지는 못했지만 평소의 모습과는 다르게 느껴졌다. 아니, 아까 성 밖에서 봤을 때와도 달랐다. 간만에 맛본 피의 향기에 흠뻑 취해 있는지도 몰랐다. 인수는 그런 생각이 들었다. 그것은 본다고 알 수 있는 것이 아니라 그냥 그렇게 느낄 뿐이었다.

"몰라서 그래? 아니면 이제 와서 공이라도 세우고 싶은 건가?"

인수는 리베와 대비가 될 정도로 차분하게 말했다. 자라온 환경이 다르고, 배운 것들이 다르니 당연히 생각도 다를 수 있는 것이다. 리베의 행동과 말에 기분이 나쁘기는 하지만 인수가 리베처럼 덩달아 흥분할 필요는 없었다. 인수는 리베와 다르게 이미 피의 향기에서 벗어나 있었다. 구역질 나는 현실과 마주하고 있을 뿐이다.

"무슨 말씀입니까? 공이라니요? 저는 공을 탐한 적이 없습니다. 단지 기세가 올랐을 때에 들이친다면 적은 얼마 버티지 못할 것입니다. 시간을 끌수록 기회를 놓칠 것 같아서 그런 겁니다. 그것이 군사를 움직이는 방법입니다."

"그래? 근데 지금 내 눈에는 그렇게 안 보여. 공에 눈이 멀어서 병사들이 죽는 것은 아랑곳하지 않고 있어."

"저와 병사들은 언제든지 자네르 왕국, 아니, 쇼운 전하를 위해서라면 죽을 준비가 되어 있습니다."

리베의 목소리는 높아지며 반응이 격해졌다.

"과연 그럴까?"

리베가 그럴수록 인수의 말투는 갈수록 느물거렸다.

"저와 저의 병사들을 모욕하지 마십시오!"

리베는 결국 참지 못하고 소리를 질렀다. 그가 쇼운의 충성스러운 신하라는 것에는 반론의 여지가 없어 보였다.

"크크크."

리베의 격한 반응에 인수는 오히려 즐거웠다.

"비웃는 겁니까?"

"그렇다면?"

"용서하지 않겠습니다."

리베가 결의를 담은 눈빛을 인수에게 보냈다. 결투라도 신청할 기세였다.

"아주 재밌어. 사람은 역시 망각의 동물이야. 날 이길 수 있다고 생각하나?"

인수의 음성에서 웃음기가 사라졌다. 그리고 목소리의 톤도 더욱 낮아져서 귀를 기울이지 않으면 듣지 못할 정도로 변했다.

인수는 천천히 의자에서 일어나서 책상을 돌아 리베의 앞에 마주 섰다. 그리고 조금은 거만한 눈빛으로 리베를 쳐다보았다. 리베의 초록색 눈동자 주변엔 핏발이 서 있어 이질감이 느껴졌다.

지금 이 순간 겁이 나느냐고 누군가 인수에게 묻는다면, 그는 생각할 것도 없이 겁이 난다고 답했을 것이다. 하지만 인수는 꾹 참고 리베의 눈을 쏘아보았다. 넘볼 수 없는 태산 같은 위압감을 리베에게 심어주고 싶었다.

주위의 모든 시선이 인수와 리베에게 집중되었다.

"명예를 위해서라면 물러서지 않겠습니다."

리베는 인수를 마주 쏘아보며 지지 않고 응수했다.

인수가 볼 때 리베는 어려서 그런지 몰라도 사리 판단을 제대로 못하고 있었다. 리베에 관한 주변의 평만 생각한다면 모두의 귀감이 될 훌륭한 기사였지만 인수가 보기에는 아직 애송이였다. 물론 인수도 전쟁은 처음 해보는 애송이였지만.

어쨌든 인수는 사령관이고, 리베는 부사령관이다. 군인은 상관의 명령에 절대복종해야 한다. 그것이 인수가 대한민국에서 군 생활을 2년 넘게 하면서 배우고 터득한 군율이었다.

불합리하더라도 일단 한 번 내려진 명령은 무조건 따르는 것이 군대였다. 그리고 명령에는 대부분 그만한 이유가 있는 것이다. 그것이 인수가 선임병들에게 배운 것이고, 또한 후임병들에게 가르친 것이다. 그것이 군을 유지하는 위계질서라는 것이다. 물론 가끔 싸이코 같은 예외적인 인물들이 말도 안 되는 명령을 내리는 경우도 종종 있었지만 어쨌거나 계급은 깡패였다.

지금 리베의 행동은 앞으로 인수가 이 전쟁을 하면서 겪어야 될 여러 가지 걸림돌 중에 하나였다. 지금 싹을 자를 것인가, 아니면 조금 더 그냥 두고 볼 것인가를 놓고 인수는 잠시 고민했다. 하지만 고민은 길지 않았다.

인수는 예비 동작 없이 순식간에 달려들어 검을 잡은 리베의 손을 붙잡아 검을 뽑지 못하게 막고 왼 팔꿈치로 리베의 관자놀이 부위를 강하게 돌려 쳤다. 괜히 맨주먹으로 얼굴을 쳤다가는 손을 다칠 수도 있었기에 단단한 팔꿈치를 이용한 것이다.

인수의 팔꿈치에 실린 힘을 감당하지 못하고 리베는 요란한 소리와 함께 바닥에 쓰러졌다. 단 한 방에 리베는 실신을 했는지 쓰러진 채 움직이지 않았다.

"움직이면 이번엔 진짜로 죽는다. 너뿐만 아니라 네 주인도."

더글라스는 인수의 행동에 검을 뽑으려고 했지만 이어지는 인수의 말에 검을 뽑지 못하고 멈출 수밖에 없었다. 엘프디언의 목소리는 음산했고, 진짜로 죽일 것 같은 엄청난 힘이 느껴졌다. 이번이 벌써 두 번째였다. 이번이 지나면 엘프디언을 향해 검을 뽑을 수 있는 기회가 다시는 없을 거란 생각이 들었다. 하지만 그만큼 상대는 크고 잔인했다.

[사장님, 나이스 샷!]

재수가 박수를 치며 자기가 직접 친 것처럼 좋아했다.

[내가 저러다 한 대 처맞을 줄 알았어. 어쩐지 빽빽거리더라.]

도신이가 그럴 줄 알고 있었다는 듯이 말했다.

'저질렀다.'

속마음과는 다르게 인수는 애써 태연한 표정을 지었다. 막상 머릿속에서 상상만 하던 일을 시원하게 저지르기는 했지만 가슴이 두근거리는 것은 어쩔 수 없었다. 조금 전에 악귀처럼 사람을 죽이던 사람은 인수 자신이 아닌 다른 사람인 것처럼 느껴졌다.

뒷일이 조금 걱정되기는 했지만 인수에게는 그를 지켜줄 강한 병사들과 강한 동료들이 있었다. 인수는 그들을 믿었다. 그것이 인수의 힘이었다. 인수의 병사들은 충분하게, 아니, 흘러넘치게 여기 모여 있는 모든 사람들에게 자신들의 강함을 증명했다. 숫자는 적지만 함부로 할 수 없는 강병이 콜 영지의 병사이자 인수의 병사들이었다. 인수의 명령이라면 불구덩이 속에도 들어갈 수 있는 자들이었다.

"미치, 적당한 곳에 갖다 눕혀."

인수는 리베를 가리키며 말했다.

"예, 알겠습니다."

미치와 기사들이 리베를 방으로 옮겼다.

인수는 너무 과했나 하는 생각이 들었지만 후회는 지금 이 상황에서 아무런 도움이 되지 않는다. 어울리지 않는 옷처럼 조금은 어색하지만 평소보다 조금 더 과감해지는 것도 좋을 것이다.

"더글라스라고 했던가?"

인수는 기억을 더듬어서 리베를 따라온 기사의 이름을 기억해 내고 막 방으로 들어가는 기사를 불러 세웠다.

"예, 그렇습니다."

제대로 맞춘 모양인지 기사가 인수를 돌아보며 대답했다.

저 기사의 이름을 기억하고 있는 걸로 봐서 아직 인수의 머리가 녹슬진 않은 모양이었다. 아니면 맞은 놈은 발 뻗고 편히 자도 때린 놈은 편히 못 잔다는 옛말이 틀리지 않았던지.

"부사령관이 깨어나면 내 말을 꼭 전해줘. 쥐도 궁지에 몰리면 고양이를 무는 법이야."

"예? 그게 무슨 말씀이십니까?"

더글라스는 이해를 못한 모양이었다. 하긴 밑도 끝도 없이 말을 하면 이해하기 힘들 것이다. 더구나 상대가 칼질만 배운 기사라면 더욱더.

"쥐를 잡는 제일 쉬운 방법을 알고 있나? 아, 무식하게 때려잡는 거 말고. 그렇게 해서는 잘못하면 아까운 꿀단지를 깰 수 있거든."

"쥐덫을 이용하면 되지 않겠습니까?"

더글라스는 인수가 제시한 틀을 벗어나지 못하고 모범 답안대로 대답했다.

"그렇지. 잘 알고 있군. 난 힘을 들이지 않고 쥐를 잡을 생각이야. 그렇게 하면 피를 흘릴 필요도 없겠지. 어쩌면 부사령관이 일어나기 전에 모든 상황이 끝나 있겠지."

더글라스의 표정을 보니 아직도 이해를 못한 모양이었다. 하지만 리베가 깨어나면 모든 것이 마무리되어 있을 것이다. 더글라스가 지금의 말을 정확히 전한다면 그때는 리베도 알 수 있을 것이다.

"그렇게 전하면 알아들을 거야. 난 이만 쥐를 잡으러 가야겠군."

6

"갑자기 무슨 쥐를 잡아?"

재수가 인수의 뒤를 따르며 물었다.

"큰 쥐."

"얼마나 큰 거?"

이해를 못한 것은 더글라스뿐만이 아닌 모양이었다. 비유적 표현은 뭔가 있어 보여서 좋기는 하지만 의미를 모르면 이렇게 그냥 헛소리에 불과했다.

"아주 크지."

"그럼 고양이가 필요하잖아? 아니, 덫으로 잡는다고 했던가?"

"고양이는 있어."

"어디? 언제 미스트르 고양이도 챙겨 온 거야? 갑자기 부드러운 속살의 고양이가 먹고 싶네."

재수가 입맛을 다셨다.
“그 맛을 낼 수 있겠습니까? 요리사도 없는데?”
“휴, 그렇긴 하지.”
도신의 현실적인 지적에 재수가 한숨을 내쉬며 말했다.
“잡아먹을 수 없는 고양이야.”
“왜? 혹시 혼자만 몰래 먹으려는 거야? 치사하게.”
“말하는 고양이야.”
재수의 말에 인수는 실소를 흘리며 말했다.
“이 동네는 그런 것도 있습니까?”
“있을지도 모르지. 너도 알잖아. 늑대인간도 있는데 고양이인간이 없겠냐?”
도신이의 궁금증에 재수가 진지하게 대답했다.
“그런 겁니까?”
도신이의 수긍하는 대답을 들으며 인수는 정말 이 바보들을 믿고 전쟁터에 나온 것이 잘한 일인지 걱정이 되었다. 아무래도 오늘 밤에 진지하게 고민해 봐야겠다는 생각이 들었다.
“고양이가 아니라 호랑이인지도 모르지.”
“그건 또 무슨 소리야? 답답하니까 제대로 이야기 좀 해줘.”
재수가 결국 분통을 터뜨렸다.
“난 고양이보다는 호랑이가 좋거든.”

"제발 알아듣기 쉽게 이야기를 해주십시오."

이어지는 인수의 선문답 같은 말에 도신이도 발작을 하려고 했다.

"내가 그 고양이야. 아니, 호랑이야."

"무슨 말이야, 그게? 누가 고양이고 호랑이야?"

"쥐를 잡는 것이 고양이잖아. 내가 그 쥐를 잡을 고양이야. 하지만 작은 고양이보다는 덩치가 큰 호랑이가 되고 싶어. 궁지에 몰린 쥐가 감히 덤비지 못할 정도로 거대한 호랑이. 절대 먹이를 잡을 때 방심하지 않는 호랑이. 왜, 격언에도 있잖아. 호랑이는 토끼를 잡을 때도 최선을 다한다는 그런 말 몰라?"

"그 격언은 나도 알지만 그게 지금 무슨 상관이 있어?"

인수는 때려주고 싶은 충동을 느꼈다.

"내가 하는 걸 지켜보면 알지. 지금부터 내성에 숨어 있는 쥐를 잡을 거니까."

"내성에 그렇게 쥐가 많습니까?"

인수는 부들부들 떨며 도신에 대한 살의를 억눌렀다.

"보면 알아."

인수는 재수와 도신이를 궁금하게 만든 채로 대화를 중단하고 이반을 찾았다. 더 이상은 인수의 인내심이 허락하지 않았다.

외성 안의 싸움은 이미 멈추어져 있었고, 미스트르 왕국군과 리베의 미노피 원정군은 인수의 명령에 의해 성 밖으로 나가서 대기를 하고 있는 상태였다. 그 덕에 아까처럼 성안이 소란스럽지는 않았다. 어느 정도 정리가 되어가고 있었다.

근처에 있을 것으로 생각한 게리슨의 모습은 보이지 않았다. 죽지는 않았다. 그렇게 인수는 보고를 받았다. 하긴 직접 싸움에 참여하지도 않았는데 죽을 일은 없을 것이다. 지금쯤 성 밖 안전한 곳 어딘가에 있을 것이다. 어쩌면 리베가 가져올 소식을 목이 빠지게 기다리고 있을지도 몰랐다.

콜 영지병들은 부상병을 치료하거나 죽은 동료의 시체들을 분주하게 한쪽으로 옮기고 있었다. 그와는 대조적으로 스피넬 영지병의 시체들은 성벽 위에서 성밖으로 가차없이 던져지고 있었다. 그것은 인수의 지시였다. 비인간적이라는 생각은 인수도 충분히 하고 있었다. 그런데 오히려 인수만 그렇게 생각할 뿐 지시를 한 인수가 무색할 정도로 병사들은 전혀 거리낌없이 인수의 지시를 충실히 이행하고 있었다. 이들은 살인에 대해 그렇게 큰 거부감이 없는 모양이었다.

비인간적인 지시를 한 인수의 생각은 무척 단순했다. 산 사람은 살아야 했다. 그러기 위해서는 전염병이 발생하기 전에 최대한 빨리 시체들을 매장해야 했다. 시체들은 성 밖의 적당한 곳에 구덩이를 파고 대충 매장할 생각이었다. 신속한 전장 전리를 통해 전염병의 발생을 원천적으로 차단할 생각이었다. 물론 적과 아군의 시체가 같을 수는 없었다. 콜 영지의 안전을 위해 희생한 병사들은 최대한 예의를 갖추어서 묻어줄 생각이었다. 그것이 그들에 대한 인수가 취할 수 있는 예의였고, 그럼으로써 병사들의 충성심을 이끌어내고 더욱 확고하게 전쟁을 수행할 수 있을 것이라는 얄팍한 계산이 깔려 있었다.

포로로 잡힌 스피넬 영지병들은 무장해제를 당한 채 일부는 여러 가지 일을 하였는데 그중 정규병 같은 경우에는 포박을 당한 채 삼엄한 감시를 받고 있었다.

인수는 그 근처에서 어렵지 않게 이반을 찾을 수 있었다. 이반은 인수가 시킨 대로 스피넬 영지병들을 심문하고 있었다.

"이반, 내가 시킨 일은 다했겠지?"

"예, 사령관님."

"한 번 읊어봐."

"스피넬 남작은 마법 무기에 죽었습니다. 시체는 제가 직접 확인했습니다. 필요할지 몰라서 시신은 제가 따로 두었습니다."

"잘했어."

인수는 칭찬을 아끼지 않았다. 짧게 말했지만 듣는 사람이 그렇게 느낀다면 그것은 칭찬을 아끼지 않은 것이다. 이반의 반응이 지금 그랬다. 이반은 인수의 말에 고무된 표정이었다.

"내성을 지키는 병사들은 현재 500여 명 정도로 파악되고 있습니다. 정규병은 얼마 되지 않고 대부분이 징집병이라고 합니다. 대부분이 저희의 갑작스러운 공격에 무조건 후퇴를 한 병사들로, 사기도 바닥입니다. 그들을 이끌고 있는 것은 스피넬 남작의 차남인 구스프이며, 장남은 외성 전투에서 죽었다고 합니다. 스피넬 남작 부인과……."

"그만. 그 정도면 됐어."

인수는 이반의 말을 잘랐다. 중요한 내용은 대충 나온 상태였다.

"공성을 시작해 볼까?"

"미스트르 왕국군과 미노피 원정군에게 알리겠습니다."

"아니, 그럴 필요 없어. 공성은 나 혼자 한다."

인수는 이반을 제지했다. 병사들은 필요하지 않았다.

"잘 보고 있어. 내가 얼마나 우아하게 성을 빼앗는지."

인수는 그 말을 남기고 내성문을 향해서 걸어갔다. 성공하면 병사들의 손실없이 성을 점령하는 것이고, 실패해도 창피함을 조금 당하면 끝나는 일이었다. 그리고 내성을 빼앗기 위해 병사들은 피를 흘릴 것이다.

"난 콜 영지의 영주 대리이며 이번 원정의 사령관 엘프디언 한이다. 스피넬 남작은 죽었고 너희들은 내성에 갇혔다. 성문을 열고 항복하라! 그러면 모든……."

"웃기는 소리 하지 말라! 우리는 끝까지 싸울 것이다!"

내성에서 누군가가 인수의 말이 끝나기도 전에 대답을 했다. 하지만 모습은 보이지 않았다.

"넌 누구냐? 이름을 밝혀라!"

"스피넬 남작의 둘째 아들인 구스프다."

인수가 찾던 쥐였다. 반은 성공한 거나 다름이 없었다.

"쥐새끼처럼 비겁하게 뒤에 숨어서 떠들지 말고, 용기가 있으면 앞으로 나서서 당당하게 말해라!"

"싫다!"

"겁이 나느냐? 절대 마법 무기를 쓰지 않겠다. 앞으로 나서라!"

"언제는 알려주고 사용했느냐? 비겁한 것은 바로 너다!"

"난 너와 너의 병사들이 살 수 있는 기회를 주겠다."

"헛소리하지 마라! 곧 있으면 이스터 자작령에서 응원군이 올 것이다!"

"너야말로 헛소리하지 마라! 이스터 자작은 이미 발렌 성에서 방어를 준비하고 있다! 이곳에는 절대 오지 않을 것이다!"

인수의 말에 성에서는 대답이 없었다. 침묵은 인수에게 유리했다. 그것은 인수의 말을 인정하는 것이나 마찬가지였다.

"제안을 하겠다! '명예로운 항복'을 해라!"

이름은 '명예로운 항복'이지만 사실상 모든 것을 잃는 거나 다름이 없었다. 목숨을 구제받는 것 이외에는 남는 것이 아무것도 없었다. 그럼에도 불구하고 이름이 '명예로운 항복' 이라는 것은 모순이었다.

"웃기지 마라! 나와 나의 병사들은 끝까지 싸울 것이다!"

구스프의 반응은 이미 예상하고 있었다. 하지만 스피넬 영지병들은 인수의 의도대로 이미 동요하고 있을 것이다. 자신들을 안전하게 지켜줄 것이라 생각하던 성벽이 이제는 그들이 도망가지 못하게 막는 장벽이 되었다.

"너희는 구스프 덕분에 살 수 있는 기회를 잃었다."

내성에서 야유와 아쉬움이 섞인 소리들이 들려왔다. 인수가 생각한 대로 병사들은 동요하고 있었다. 지금 상황은 스피넬 영지병들에게는 절망적이었다.

"마지막으로 기회를 주겠다!"

"그런 말로 현혹하지 마라! 듣지 않겠다!"

"하하하! 구스프, 너에게 하는 말이 아니다!"

인수는 구스프를 비웃으며 말했다. 이제부터가 중요했다.

"내성에 있는 모든 스피넬 영지병들은 들어라! 난 연합군 사령관 엘프디언 한이다. 내가 너희에게 약속을 하겠다. 구스프의 목을 바치면 너희의 항복을 받아주겠다. 그리고 콜 영지민과 동등하게 대우해 주겠다. 이것은 내가 너희에게 주는 마지막 기회가 될 것이다. 우리 엘프디언에 대한 소문은 익히

들어보았을 것이다. 지금 이 자리에서 분명히 말하겠다. 구스프의 목을 가져오면 너희의 항복을 받아주겠다. 그렇지 않으면 피넬 성의 살아 있는 것들은 모두 죽을 것이다. 특히 항복을 거부한 내성에 있는 병사들과 기사들의 가족은 모두 찾아내서 죽일 것이다. 만약 가족들이 도망을 간다면, 아리스 대륙을 전부 뒤져서라도 모두 찾아내어 죽일 것이다. 엘프디언은 절대 거짓말을 하지 않는다."

내성에서 간간이 들려오던 야유 소리가 멈추었다. 내성을 경계하며 서 있는 콜 영지병 중에 자기도 모르게 몸을 부르르 떠는 병사까지 있을 정도로 인수의 말은 듣는 사람에게는 무척이나 충격적이었다. 항복을 권유한 것도 아니고, 항복을 받아준다는 말이 광오하게 들리지 않고 당연하게 들렸다. 그것은 자신감 정도가 아니었다. 말로는 표현할 수 없는 절대적인 것이었다.

인수는 그런 반응이 만족스러웠다. 조금만 더 압박을 가하면 목표로 했던 쥐뿐만 아니라 쥐가 훔쳐 간 치즈까지 고스란히 손에 들어올 참이었다.

"난 분명히 기회를 주었다. 앞으로 딱 열만 세겠다."

"하나!"

"둘!"

인수는 천천히 수를 헤아렸다.

"다섯!"

"전투 준비!"

여섯 대신 인수는 전투 준비를 외쳤다.

콜 영지병 중 움직일 수 있는 모든 병사들이 인수의 명령에 병장기를 뽑아 들고 움직이기 시작했다. 각 지휘관들은 훈련한 대로 부지런히 병사들을 이동시키고 있었다. 지친 모습이었지만 눈빛은 살아 있었다.

내성이 소란스러워졌다.

"여섯!"

"일곱!"

콜 영지병은 절도있게 움직이며 천천히 내성을 압박하기 시작했다.

내성의 소란은 점점 커져서 통제가 불가능해 보이는 것 같더니 싸우는 소리가 들려왔다.

"여덟!"

인수는 소리에 개의치 않고 수를 세었다.

누군가가 '항복하겠습니다' 라고 외치자 앞 다투어 항복하겠다는 소리가 내성에서 들려왔다.

"아홉!"

항복하겠습니다라는 소리가 어우러져 알아들을 수 없는 말이 되었다가 어느새 하나의 합창으로 발전했다. 하지만 아직 인수가 원한 결과는 보이지 않았다.

막 인수가 열을 세려는 찰나에 누군가의 간절한 외침과 함께 내성에서 무언가가 던져졌다.

"구스프의 목입니다. 제발 항복을 받아주십시오."

인수가 확인할 새도 없이 성벽 위에서 무기들이 차례로 던져졌다. 그리고 내성문이 천천히 열리기 시작했다.

CHAPTER 5

뒷처리

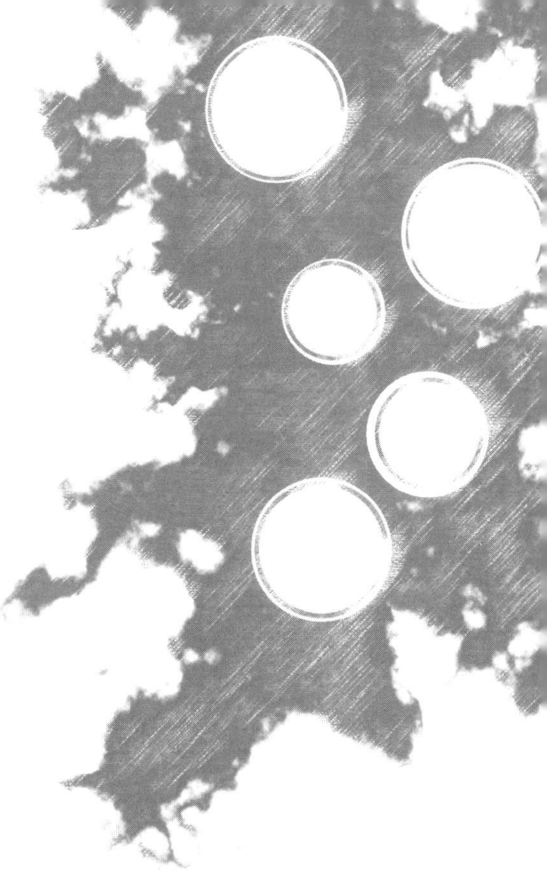

해는 벌써 뉘엿뉘엿 넘어가고 있었다. 겉보기에는 무척 평화로워 보였다. 낮에 있었던 치열한 전투가 거짓말같이 느껴질 정도였다. 하지만 공기 속에 섞여서 미약하게 풍겨오는 피 냄새가 거짓이 아니었음을 증명하고 있었다. 낮에 있었던 살육은 이제 곧 그 부끄러웠던 모습을 어둠 속에 감출 것이다. 하지만 대지와 공기는 기억할 것이다.

숨 가쁘게 돌아가는 상황을 인수는 쉴 틈도 없이 제어하고 있었다.

"똑똑."

잠깐의 상념은 금방 깨져 버렸다. 아직은 할 일이 많았다.

"회의 준비가 모두 끝났습니다."

"알았다."

"저, 인수님."

미치가 주저하며 말했다.

"왜?"

"다른 엘프디언님들은 참석을 안 하셨습니다. 두 분 다 자는 중입니다."

"내비 둬."

인수는 재수와 도신을 속으로 욕하는 걸로 만족했다.

"예, 알겠습니다."

결국 또다시 일이었다. 그것도 인수 혼자.

회의실 밖을 지키는 병사들이 경례를 하려 하자 인수는 얼른 조용히 하라는 신호를 보냈다. 회의실 안은 멀리서도 들릴 정도로 왁자지껄했다. 승리를 해서 그런지 아니면 낮의 전투에서 분비된 아드레날린이 아직 남아 있어서 그런지, 하여튼 시끄러웠다. 그래도 초상집 분위기로 있는 것보다는 낫다는 생각이 들었다.

회의실은 환하게 불이 밝혀져 있었다. 인수가 들어서자 앉아 있던 간부들과 기사들이 자리에서 일어났다. 확대 간부 회의라서 그런지 회의실인지 식당인지 모를 장소에 많은 사람들이 참석해 있었다. 중대장 이상이 참여하는 회의였는데 몇몇 안 보이는 얼굴들이 있었다. 인수는 죽었다고 생각하기 싫어서 자신이 시킨 명령을 처리하느라 안 보인다고 생각하기로 마음먹었다.

인수는 의자에 앉기 전에 모두의 얼굴을 훑어보았다. 피곤해하는 얼굴들도 있었고, 아직 백 명은 더 상대할 수 있다는 얼굴로 서 있는 자들도 있었다.

"수고가 많았다."

"수고하셨습니다!"

인수가 가볍게 던진 말에 간부들이 큰 목소리로 호응을 했다. 그제야 간부들의 얼굴에 조금씩 웃음이 번졌다.

"자리에 앉지."

"예, 알겠습니다."

"1대대장부터 보고해 봐."

인수는 거두절미하고 말을 꺼냈다. 어쨌든 이긴 전투였으니 뭔가 기대를 했던 사람들은 조금씩 실망하고 있었다.

인수의 명령에 1대대장이 자리에서 벌떡 일어났다. 긴장한 표정이었다.

"제1전투 대대 총원 492명, 현재원 357명, 사상자 135명 중 사망 63명, 부상 72명입니다. 부상자 중 중상자는 27명, 경상자 45명입니다."

결국 병사들은 숫자에 지나지 않았다. 오늘 죽은 자나 부상당한 자의 이름은 그 어느 곳에도 없었다. 안타까운 마음이 들었지만 인수는 마음을 굳게 먹었다. 이제는 돌아올 수 없는 강을 건넌 것이나 마찬가지였다. 그런 것에 신경을 쓰기보다는 살아남은 사람에게 신경을 써야 했다. 조금이라도 더 살려서 집으로 건강히 돌려보내는 것, 가족의 품에 안기게 하는 것이 인수가 해야 될 일이었다.

"경상자들은 다음 전투에 나설 수 있겠지?"

병력 손실률이 생각보다 컸다. 한 번의 전투에 이 정도 피해라면 한 번 더 싸우면 전멸이나 마찬가지였다.

"예, 한 5일 정도면 움직이는 것에는 지장이 없을 겁니다."

인수가 원한 만족스러운 대답은 아니었다.

"2대대."

"제2전투 대대 총원 490명, 현재원 387명, 사상자 103명 중 사망 42명, 부상 61명입니다. 부상자 중 중상자는 30명, 경상자는 31명입니다."

2대대는 1대대보다 병력 손실률이 조금 적기는 했지만 그래도 만족스럽지는 않았다.

"보급 대대."

"제1보급 대대 총원 513명, 현재원 495명, 사상자 18명 중 사망 3명, 부상 15명입니다. 부상자 중 중상자는 2명, 경상자 13명입니다."

"기사단."

"백골기사단 총원 104명, 현재원 104명. 사상자 없습니다."

뒤로 갈수록 보고 내용이 만족스러웠지만 웃음이 나오지는 않았다. 어차피 기사단 중에 절반은 전투에 참여하지 않은 종자들이고, 기사들이야 무장이 튼튼해서 죽을 염려도 없었다. 당연한 결과였다.

"이반, 오늘 전투에 대해서 어떻게 생각해?"

"사님의 기선 제압을 통한 적의 예봉을 꺾은 후, 마법 무기로 일거에 적의 수장을 제거한 뒤에 행해진 기습 돌격은 아무도 예상하지 못한 공격입니다. 적의 피해는 부상자를 포함한 포로의 숫자만……."

이반은 포로의 수치가 기억나지 않는지 종이를 잠깐 내려다보았다.

"음, 1,627명입니다. 우리 콜 영지병이 강병이라는 사실을 알려주는 좋은 계기가 되었다고 생각합니다."

이반이 뿌듯한 얼굴로 말했다.

"대승을 축하드립니다."

"축하드립니다."

간부들이 너도나도 축하의 말을 건넸다.

"많이도 죽었네."

재수가 회의실의 문을 열고 들어오며 말했다. 회의실의 시선이 재수에게 몰렸다. 목욕을 했는지 깔끔한 모습이었다. 그 뒤로 도신의 모습도 보였다. 그 역시 마찬가지로 목욕을 했는지 깔끔했다.

"한인수 병장, 늦어서 미안. 조금 피곤하더라고."

"늦었습니다."

"얼른 와서 앉아."

조금 전과는 다르게 이 둘은 참석하지 않는 것이 도와주는 거라는 느낌이 강하게 들었다.

[너희들은 입 다물고 조용히 있어라.]

[그럴 거면 왜 불렀어?]

[병풍이 필요해서. 특히 도신이는 인상이 더러워서 내 옆에 있기만 해도 든든해.]

[크, 그런 겁니까?]

도신이가 억울하다는 표정을 지었다. 그 모습이 무척 흉악해 보였다.

[쉿. 잡담은 나중에 하자.]

인수는 이야기가 길어질 것 같아서 도신이의 말을 끊었다.

"병사들의 사기는 어느 때보다도 높습니다. 앞으로도 맡겨만 주십시오. 선봉 1대대가 선두에 서겠습니다."

1대대장 벅스가 자신감이 가득한 목소리로 말했다.

"1대대장, 이번 전투가 만족스러운가?"

"예, 그렇습니다."

"다른 사람들은?"

"예, 그렇습니다!"

모두들 얼굴이 확 펴졌다.

그와 반대로 인수의 얼굴은 찡그려졌다.

"그래? 난 만족 못하겠는걸."

인수가 찬물을 끼얹었다.

"예? 우리 측의 대승입니다."

2대대장 스웬이 나섰다.

"그래서? 기뻐하면서 춤이라도 추라고?"

"그런 것이 아니라……."

인수의 분위기가 이상하다는 걸 눈치 챘는지 목소리가 점점 작아지더니 나중에는 얼버무렸다.

"사상자만 200이 넘어."

"그래도 적은 10배의 손실을 입었습니다."

이반이 모든 간부를 대표해서 말했다.

"앞으로 얼마나 많은 적들이 있을지 모르는 판국에 이런 작은 승리가 기쁜가? 이런 식으로 성을 점령해 나가다가는 남아나는 병사들이 없을 거야. 그 점에 대해서는 어떻게 생각하나?"

아무도 입을 열지 못했다.

"난 아주 욕심이 많아. 우리는 왕성까지 가는 최단 거리에 있는 6개의 성 중에 겨우 하나를 차지했을 뿐이야. 겨우 하나!"

아직도 가야 할 길은 멀었다. 인수는 자꾸 조바심이 났다.

"우리 콜 영지병 한 명은 적병 백 명과도 바꿀 수 없는 존재들이다. 병사를 관리하고 지휘하는 너희들도 이 점을 명심해. 오늘 전투는 단지 운이 좋아서 쉽게 이겼지만, 다음 전투부터는 이런 운이 안 따를 수도 있다."

이제 시작이었다.

2

인수의 질책 아닌 질책 덕분에 처음의 들뜬 분위기와는 달리 회의의 분위기는 갈수록 가라앉았다.

"이반, 스피넬 남작령의 접수에 총력을 기울이기를 바란다."

인수는 다시 한 번 당부를 했다. 무척이나 중요한 문제였다. 뒤가 든든하지 않고는 절대 앞으로 나아갈 수가 없는 것이다.

"예, 알겠습니다."

"건의 사항은?"

"없습니다."

"그럼 이것으로……."

막 회의의 끝을 알리는 말로 끝맺음을 하려고 하는 순간 회의실 문밖이 소란스러워졌다.

"미치, 나가봐."

"예, 인수님."

미치가 나가는 것을 보고 인수는 잊을 뻔했던 말을 꺼냈다. 공을 세웠으면 상이 따라가야 하는 법이고, 그래야 더욱 사기가 진작되는 것이다.

"오늘 전투에서 모두들 고생이 많았다. 야간 경계 근무와 포로 감시자를 제외하고는 술을 주도록. 승리에는 그만한 대가가 있어야지. 로스 대대장, 가능하겠지?"

"예, 사령관님. 문제없습니다. 병사들이 기뻐할 겁니다."

인수의 물음에 보급 대대장 로스가 힘차게 대답했다.

"감사합니다, 사령관님."

간부들도 감사의 말을 하기 바빴다. 조금 전과는 다르게 얼굴이 다시 많이 풀어졌다.

"간부들도 오늘 당직을 제외하고는 적당히 마실 수 있도록 조치를 하고, 병사들이 너무 많이 마시지 않도록 하는 것을 잊지 말게. 술을 먹고 싸우거나 소란을 피운다면 다시는 술을 못 마시게 할 테니까."

"예, 알겠습니다."

"무슨 일이야?"

회의실에 들어오는 미치를 보고 인수가 물었다.

"예, 스피넬 남작의 딸이 뵙기를 청하고 있습니다."

"감금 상태가 아닌가?"

"예, 그렇습니다."

"그런데?"

"문을 지키는 병사들을 때려눕혔다고 합니다."

"그래?"

어떤 여자이기에 건장한 병사를, 그것도 두 명씩이나 때려눕혔는지 인수는 호기심이 동했다.

"사령관님, 그냥 죽이는 것이 나을 것 같습니다."

이반이 진지한 어조로 말했다.

"그런가?"

"예, 싹을 남겨두었다가는……."

이반이 말끝을 흐렸다.

인수는 뜨끔했다. 케이트도 같은 경우나 마찬가지였다. 아버지는 죽었지만 엘프디언이라는 존재가 나타나서 일거에 성을 점령하고 지위를 되찾았다. 이반은 아까부터 후환을 남겨두지 않는 것이 좋다고 말하며 목을 치자는 이야기를 했다. 그때 인수는 그냥 노예로 강등해서 베르켄 성으로 보낼 생각을 하고 있었다. 하지만 재차 똑같은 말을 듣자 약간 마음이 동했다. 그리고 어느 순간 스스로에게 놀라고 있었다. 그런 잔인한 결정에 마음이 움직인다는 것은 꿈속에서조차 생각해보지 않은 일이었다.

"내 앞으로 데려와라."

인수는 고민을 하다가 그렇게 말했다. 아직은 인간이고 싶었다.

얼마 시간이 지나지 않아 가죽 갑옷을 입은 여자가 끌려왔다. 척 보기에도 케이트나 안젤라와는 다르게 거칠어 보였다. 특히 눈매가 약간 위로 솟은 것이 전체적인 인상을 강하게 만들어주고 있었다. 피부도 귀족 영애답지 않게 까무잡잡한 편이었고, 덩치도 남자 못지않게 좋았다.

"이름이 뭐냐?"

"제이드입니다."

이름 역시 남자 이름이었다.

"몇 살이냐?"

"18살입니다."

못해도 20살은 되어 보였는데 실상은 18살이었다. 아직 시집을 안 간 모양이었다. 하긴 거칠어서 남자들이 싫어할 것 같았다. 그래도 확인은 해야 했다.

"결혼은?"

"아직……."

역시 예상대로였다. 그래도 꼬박꼬박 묻는 말에 대꾸를 하는 것이 제이미를 처음 만났을 때보다는 나았다.

"생긴 것보다는 어리구나. 그래, 하고 싶은 말이 있다고?"

"살려주십시오."

"목숨을 구걸하는 거냐?"

인수는 약간 실망감이 들었다. 하긴 죽는 것보다는 나았다. 목숨은 누구에게나 소중한 것이었다.

"예, 목숨을 구걸하는 것입니다. 저의 어머니들을 제발 살려주십시오."

"어머니들?"

어머니면 어머니지 어머니들이라는 말에 인수는 언뜻 이해를 못했다. '들' 이라면 분명히 복수형이었다. 그러다가 이곳에서는 부인을 몇 명을 두든지 상관이 없다는 것이 생각났다. 능력에 따라서 부인들의 숫자도 달라지는 것이다. 평민은 대개 한 명이지만 귀족이나 하다못해 기사만 해도 많게는 4명을 거느리는 자도 있었다.

"예, 그렇습니다. 저의 목숨으로 어머니들의 목숨을 구하고 싶습니다."

"세상에 어머니가 둘인 사람도 있느냐?"

"예. 저는 그렇습니다. 저를 낳아주신 어머니와 길러주신 어머니가 있습니다."

"그래?"

인수는 점점 더 호기심이 생겼다.

"그들이 누구누구냐?"

"저를 낳아주신 어머니는 미츠 부인이고, 저를 길러주신 어머니는 스피넬 남작 부인이십니다."

"1대대장, 그런 사람들이 살아 있어?"

"예, 사령관님. 각자의 방에 감금되어 있습니다."

"내성이 꽤 넓은가 봐. 우리 병사들이 치료를 받고 쉴 곳도 부족한데 반역 무리들까지 버젓이 방을 차지하고 있으니."

인수의 말에 벅스의 얼굴이 일그러졌다.

"지금 당장 조치를 취하겠습니다."

"아니야. 됐어."

벅스가 달려가려는 자세를 취하자 인수가 먼저 말렸다. 인수의 말에 절대 충성하는 모습을 보자 기분이 좋아졌다.

"너의 목숨이 그 정도의 값어치가 있다고 생각하나?"

"그렇다고 생각합니다."

"무엇으로 그것을 증명할 것이냐?"

"말씀하시는 것은 무엇이든지."

제이드는 입을 굳게 다물었다.

"좋아. 그럼 벗어라."

"예?"

제이드가 눈을 동그랗게 떴다.

"난 두 번 말하는 것을 싫어한다."

그렇게 말한 인수는 고개를 돌려 간부들에게 선심 쓰듯이 말했다.

"조금 드세기는 하지만 내가 베푸는 여흥이니 모두들 잘보고 즐기기를 바란다."

"예, 알겠습니다, 사령관님."

대답과 함께 모두의 시선이 제이드에게 집중되었다. 개중에는 침 삼키는 소리도 들렸다. 확실히 이곳의 가치관을 이해하는 것은 법과 질서가 존재하는 곳에서 온 인수에게는 조금 힘든 일이었다.

제이드는 울지 않았다. 그저 두 주먹을 꽉 쥐고 자리에서 일어났다. 잠시 눈을 감고 생각하는 것 같더니 이내 결심했는지 허리춤에 있는 가죽 갑옷의 매듭을 붙잡았다.

"약속을 지켜주세요."

그 말과 함께 매듭을 풀기 시작했다.

"그만."

제이드가 놀란 눈으로 인수를 쳐다봤다.

"마음이 변했다. 너무 쉬운 것 같아."

"사령관님, 후환을 없애는 것이 좋습니다. 목숨을 취하십시오. 남작 부인과 첩은 목숨만은 살려주되, 베르켄 성의 하녀로 보내는 것이 적당하다고 생각합니다."

이번엔 워시가 나섰다.

"다들 그렇게 생각하나?"

"예, 그렇습니다."

약속이나 한 것처럼 한목소리로 말했다. 인수의 마음을 아직 눈치 채지 못했는지 인수를 거드는 자는 하나도 없었다. 하긴 사람 죽이는 괴물로 소문이 났는데 죽이지 말라고 나서는 자가 있으면 그것이 오히려 신기한 일이었다.

"너무 쉽잖아. 안 그래?"

"예? 무슨 말씀이십니까?"

"목숨 하나로 목숨 하나를 구한다."

인수는 제이드를 보며 말했다.

"예?"

"어지간한 남자보다 힘이 세고 싸움은 잘할지 몰라도 머리는 나쁘구나. 한마디로, 둘 중 하나만 구해주겠다는 소리다. 목숨은 누구에게나 똑같이 중요하다. 너의 목숨도 중요하고 나의 목숨도 중요하다. 목숨의 가치는 오직 똑같은 목숨밖에 없다. 너의 말대로 두 명의 목숨과 한 명의 목숨을 바꾸면 난 손해가 되는 것이다."

"그런……."

제이드는 제대로 말을 잇지 못했다. 살려줄 것처럼 하더니 죽이라는 기사들보다 더 악독했다. 소문이 틀리지 않았다는 생각이 들었다.

"낳아주신 어머니냐? 아니면 길러주신 어머니냐?"

"이……."

제이드는 이를 악물고 참고 있었다.

이 사실이 알려지면 어떻게 소문이 날지 인수는 궁금해졌다.

"빨리 골라라! 우리는 그렇게 한가하지 않다."

"이런 악독한 괴물 같으니라고."

참았던 봇물이 터지듯 제이드의 입에서 욕설이 튀어나오며 인수에게로 달려들었다. 그러나 그보다 한 걸음 앞서 도신이의 주먹이 제이드의 복부에 박혔다. 봐주는 느낌은 없었다.

"헉."

제대로 주먹이 들어갔는지 제이드가 헛바람을 들이켰지만 도신이는 봐주지 않고 다리를 걸어서 넘어뜨린 다음 목에 단검을 들이댔다.

"무엄하다."

도신이의 제압이 끝나고 나서 호통 소리와 함께 기사들과 간부들 몇몇도 자리에서 일어났다.

"도신아."

"예, 한인수 병장님."

"너무 흥분하지 마."

"예, 알겠습니다. 까불지 마라."

도신이가 단검을 거두며 기어코 제이드에게 한마디를 해 주었다. 역시 전우가 있기에 든든했다.

"쿨럭쿨럭."

제이드가 참았던 숨을 토해냈다.

인수는 그 모습이 보기 안쓰러웠지만 그것을 그대로 드러낼 수는 없었다.

"이게 바로 힘의 차이다."

슬슬 살려줄 차례였다. 아직 시집을 안 갔으니 간부 중에 원하는 자가 있으면 시집을 보내 버릴 셈이었다. 조금 드세기는 해도 귀족의 피를 이었으니 좋아할 거란 생각도 들었다. 그것이 죽이는 것보다는 훨씬 인간적이면서 인수가 할 수 있는 최선의 방법이었다.

[한인수 병장님, 저 여자 저한테 주십시오.]

[무슨 소리야?]

느닷없는 도신이의 말에 인수는 당황했다.

[너, 혹시 첫눈에 반했냐?]

재수가 예리하게 질문했다.

[예, 그렇습니다.]

[안 돼.]

인수는 딱 잘라 말했다.

[주십시오.]

[우리는 저 여자한테 원수야. 너, 자다가 칼 맞고 싶냐?]

[상관없습니다.]

이 대책없는 무식함이란. 어떤 말로 설득해야 말을 들어먹을지 생각해 보았지만 인수는 딱히 떠오르는 말이 없었다.

[상관있어!]

인수의 목소리가 커졌다. 도신이를 위험에 빠뜨릴 수는 없었다. 결국 방심하다가 언젠가는 칼을 맞을 것 같다는 생각이 들었다. 아니면 음식에 독을 탈지도 몰랐다.

[한인수 병장님, 제 마지막 소원입니다. 저도 장가는 가보고 죽어야 하지 않겠습니까?]

도신이가 진지하게 말했다. 물건처럼 달라고 말할 때는 별로 믿음도 안 가고 충동적으로 말하는 줄 알았는데 막상 이렇게 말하니 할 말이 없었다.

[한인수 병장, 알아서 하라고 그냥 줘버려.]

재수가 거드는 건지 포기한 건지 감이 잘 안 오게 말했다.

[마지막이라는 말은 하지 마. 재수없으니까.]

[재수, 여기 있는데…….]

인수의 진지한 말에 실없는 농담을 하는 재수를 향해 한 번 째려봐 준 후에 이어서 말했다.

[그 대신 저 여자만을 평생 아껴주고 사랑해 줘야 돼. 약속할 수 있냐?]

이것이 가장 중요한 것이었다.

[예, 알겠습니다. 걱정하지 마십시오.]

아주 믿음이 가지는 않았지만 자신의 가치관을 강요하기에는 훨씬 강해진 모습이었다.

[잠시 기다려. 방울 좀 채우게.]

다른 간부를 위해서 채우려던 방울이었다. 효과가 있을지는 장담할 수 없지만 이것이 최선이었다.

"제이드, 운이 좋구나. 너를 가지고 싶다는 엘프디언이 있다."

결혼이 아닌, 마치 물건을 치우는 것처럼 이야기했다. 그것이 조금 마음에 걸렸지만 이러는 편이 모두에게 좋았다.

제이드도 어느 정도 눈치를 챘는지 도신이를 쳐다봤다. 도신이는 당당하게 눈을 마주치며 히죽 웃어주었다. 그 모습에 제이드는 무서운지 몸을 부르르 떨었다.

"나는 별로 내키지 않지만 저 엘프디언은 네가 무척 마음에 드는 모양이다. 만약 네가 반항하지 않고 이 엘프디언을 위해 한평생 복종한다고 약속하면, 엘프디언 한의 이름을 걸고 너의 그 두 어머니를 평생 보살펴 주겠다."

"정말입니까?"

"엘프디언은 거짓말을 하지 않는다."

"믿어보겠습니다."

"말투가 조금 건방지기는 하지만 이미 넌 내 손을 떠났으니 봐주지. 하지만 감사하다는 말은 해야 되지 않을까?"

"감사합니다."

제이드가 마지못해 입을 열었다.

"나 말고 너와 결혼을 해서 너와 네 두 어머니의 목숨을 구해준 엘프디언에게 감사해라."

"감사합니다."

제이드는 별로 내켜 하지는 않는 것 같았지만 순순히 입을 열었다.

"뱉으면 사라지는 말로 감사하지는 말아라. 그 대신 평생 감사하는 마음으로 살아라."

인수의 이어지는 말에 제이드는 어쩔 줄 모르겠다는 표정을 지었다.

어쨌든 기사들과 간부들에게 이상하게 보이지는 않을 것

이다. 전쟁에서 여자는 전리품, 그 이상도 이하도 아니었고 항상 이런 일은 빈번하게 발생되는 일이었다. 전쟁터에서는 일상처럼.

인수는 도신이의 행복을 위해서 마지막 말을 해줄 생각이었다.

"가까이 오너라."

머뭇거리면서 제이드가 다가왔다.

미치가 돌발 행동을 걱정해서 옆으로 다가오려고 했지만 인수는 손으로 제지했다.

"스피넬 남작을 죽인 것은 나다. 나를 미워해라."

인수는 다른 사람은 들리지 않게 아주 작은 목소리로 제이드의 귀에 대고 속삭였다. 인수가 도신이에게 주는 아주 작은 결혼 선물이었다.

뜻밖의 말에 제이드는 놀란 눈으로 인수를 쳐다봤다.

그 눈빛이 부담스러워 인수는 서둘러 정리를 해버렸다.

"사도신, 데려가라."

"감사합니다."

도신이가 이를 드러내며 기쁜 표정을 지었다.

인수는 뭔가 조금 홀가분하면서도 아쉬운 생각이 들었다. 좀 더 좋은 짝을 만났으면 하는 마음도 있었다. 하지만 이왕 이렇게 된 거 그냥 오래오래 아무 탈 없이 잘살기만을 바랄 뿐이었다.

"오늘 회의는 이것으로 끝이다. 많이 지체되었으니 내가 지시한 사항들을 신속하게 이행하기 바란다."

"예, 알겠습니다."

도신이가 제이드의 팔을 잡고 끌고 가는 것을 인수는 뒤에서 조용히 지켜보았다.

"귓속말로 뭐라고 한거야?"

재수가 옆에 달라붙으며 물었다.

"안 가르쳐 주지."

3

모든 것이 순조롭게 이루어지고 있었다. 너무나 일이 잘 풀려서 인수는 가끔은 무섭기도 하고 불안하기도 했다.

무난하게 스피넬 남작령에 있는 마을들을 흡수해 갔다. 스피넬 영지민에게는 다른 대안이 없었다. 죽든지 아니면 따르든지.

이 세계의 모든 힘없는 자들이 그렇듯이 약간의 세금 감면과 번쩍이는 검에 굴복했다. 각 마을에 있는 경비대는 이미 없어져 버린 상태여서 치안 유지를 위해 임시로 자경대를 만들었다. 생각 같아서는 1개 분대씩을 보내주고 싶었지만 훈련된 병사 한 명이 아쉬운 상황이었다.

포로로 잡힌 기사 12명과 그들의 종자들은 충성의 맹세를 받고 기사단에 포함되었다. 당장 한 명이 아쉬운 기병 전력이었다. 기사단장인 이반은 기사들의 숫자가 늘어나서 무척이나 좋아했다. 물론 인수는 이반에게 그들에 대한 감시를 소홀히 하지 않도록 당부했다.

또한 포로로 잡힌 징집병들은 시체 매장이 끝난 후를 기점으로 신병 훈련에 들어갔다. 부상자와 노약자를 제외하고 나니 1,256명이었다. 걸을 수 있는 부상자들과 노약자는 금화 1개를 주고 돌려보냈다. 그들이라도 있어야 가을 수확을 기대할 수 있었다. 특히 미스트르 왕국군이 지나온 길 주변에 있는 마을의 피해가 막심했다.

비밀 창고에는 인수가 기대한 것보다는 조금 적은 듯했지만 그럭저럭 만족스러운 수준의 재화가 숨겨져 있었다. 그 과정에서 스피넬 남작 부인의 도움이 컸다. 전형적인 귀부인이라고 할까? 인수가 얼굴을 들이밀기만 해도 기절할 듯 놀라면서 순순히 재화를 숨겨놓은 곳을 말해주었다. 인수는 그것에 만족하지 않고 제이드와 제이드의 친어머니, 그리고 남작 부인이 가지고 있는 모든 재화를 압수한 후 도신이에게 약속대로 금화 500개를 주었다. 아무래도 도신이가 큰소리를 치려면 돈이라도 많아야겠다 싶은 고육지책이었다.

제이드와 두 어머니는 상식이가 도착하면 부상이 심한 병사들과 함께 베르켄 성으로 돌려보낼 생각이었다. 성에 있는 케이트가 알아서 잘 거둘 거라는 생각이 들었다.

"어떻게 하시겠습니까?"

인수는 부드럽게 물었다. 이미 실력행사를 한 번 해 보인 상태였다. 리베의 미노피 원정군은 이미 자연스럽게 흡수가 된 상태였다. 명칭도 이제는 연합군으로 바뀌었고, 좀 더 짜임새 있는 전투를 위해 합동 훈련을 하고 있었다. 하지만 여전히 미스트르 왕국군은 연합군에 참가하기를 주저하고 있었다. 오늘은 결판을 내야 했다. 내일 모레면 상식이가 도착할 것이고, 늦어도 3일 후에는 진군을 시작해야 했다. 적들은 이스터 자작의 발렌 성을 기점으로 방어선을 구성하고 있었다. 정찰병의 연락에 따르면 에이런 남작도 발렌 성으로 합류하기 위해 이동하고 있다는 보고였다. 아마 지금쯤은 합류했을지도 몰랐다.

"음……."

게리슨이 뜸을 들이고 있었다.

재수나 도신이가 이 자리에 없는 것이 다행이었다. 재수는 신병 훈련장에 가 있었고, 도신이는 연합군의 훈련장에 가 있었다. 만약 저런 작태를 보았다면 당장 주먹부터 나갔을 것이다.

"꼭 사령관을 맡아야겠습니까?"

리베가 거들 생각인지 끼어들었다.

"꼭 그렇다기보다는 저의 본국에서의 위치도 있어 제가 판단을 내리기가 힘이 드는 면이 없지않아 있습니다. 게다가 저희 쪽이 병사가 더 많지 않습니까?"

이상한 헛소리만 늘어놓고 있는 모습을 보자 인수도 슬슬 속에서 불이 일어나기 시작했다. 한번에 휘어잡을 수 있다고 생각한 것이 잘못이라는 것을 이제야 알았다.

"원하는 것이 있으면 말해."

인수는 눈에 힘을 주며 말투를 바꾸었다. 체질상 이런 인간하고는 말을 섞는 것조차 싫었다. 어떻게든 한번은 써먹고 버려야 된다는 생각에 억지로 꾸욱 참고 있었다. 3,000의 병사는 결코 적은 숫자가 아니었다.

"음……."

"한 번만 더 음, 소리를 낸다면 그 이후에는 나를 원망하지 마."

결국 인수가 먼저 폭발하고 말았다. 내용과는 다르게 인수의 목소리는 차분해졌다. 당장이라도 면상을 뭉게 버리고 싶었다. 뭔가 말려들어 가는 느낌이 들었지만 그까짓 병사 3,000명은 없는 셈 치면 되는 것이다. 그것이 솔직한 인수의 심정이었다.

"사령관 자리를 주십시오."

게리슨의 입에서 본론이 나오기 시작했다.

"그것뿐인가?"

인수는 꾹 참고 물었다. 그리고 머릿속으로 반격을 준비했다.

"작전권도 주셔야 합니다."

"그것뿐인가?"

"전리품도 조금은 나누어 주셔야 병사들 사기 진작에 도움이 될 것 같습니다만."

"그것뿐인가?"

"저희 쪽 병참이 부족한데 그 부분도 좀."

"그것뿐인가?"

인수는 계속 같은 말만 되풀이했다.

리베는 점점 불안해졌다. 몇 번 겪어본지라 엘프디언의 성격을 알고 있었다. 수틀리면 가차없이 주먹이 날아왔다. 며칠 전에도 손 한 번 써보지 못하고 당했었다.

"아쉬우나마 그 정도면 될 듯합니다."

게리슨이 만족한 표정을 지었다.

저 능글맞게 웃는 얼굴을 구겨주고 싶었다. 인수는 반격을 개시했다.

"리베 부사령관."

"예, 사령관님."

"미스트르 왕국에 참전의 대가로 무엇을 주었나?"

"예? 그것은 말씀드리기가……."

리베가 주저하며 말을 하지 못했다.

"왜 말을 못하는가. 공짜로 도와주러 오지는 않았을 것 아니야."

"그렇습니다. 적당한 대가를 지불했습니다."

리베가 인수의 의도를 파악했는지 인수가 원하는 대답은 아니었지만 그래도 비슷한 대답을 했다.

"들었지? 대가를 지불했는 데도 더 원한다는 건가?"

"현지 사정이라는 것이 있지 않겠습니까?"

"그래?"

"그렇습니다."

"병사들을 믿고 그러는 건가?"

대답이 없다는 것은 긍정이었다.

"마지막으로 기회를 주지. 부사령관 직을 주고, 단독 작전권은 없어. 보급은 내가 책임지지. 전리품은 전쟁이 끝나면 조금 나누어 주지. 이것이 내가 줄 수 있는 최대한이야."

"오늘은 이야기가 안 될 것 같습니다."

게리슨이 엉덩이를 의자에서 떼었다.

"좋아. 돌아가!"

인수는 소리를 버럭 질렀다.

"내일 다시 보는 것으로 하겠습니다."

"아니, 그럴 필요 없다."

"무슨 말씀이십니까, 사령관님?"

게리슨보다 리베가 먼저 물었다.

"말귀를 못 알아듣는 거야? 너희 나라로 돌아가!"

"사령관님!"

리베가 깜짝 놀라서 외쳤다. 동맹이 깨지면 큰일이었다.

내전에 이기기 위해서는 미스트르의 도움이 필요했다. 표면적인 이유인 병력의 열세를 만회하기 위해서라도.

“그런…….”

게리슨도 꽤 놀란 것 같았다.

인수는 그런 게리슨을 응시했다.

“정말 돌아가도 되겠습니까?”

게리슨이 이내 정신을 추스렸는지 미끼를 던졌다.

“리베, 미스트르 왕국이 받기로 한 것이 도대체 뭐야?”

“그것이 저…….”

“빨리 말 안 해?”

인수가 거칠게 몰아붙였다.

“세자르 지방을 할양하기로 했습니다.”

원하는 대답이 나왔다. 세자르는 미스트르와 맞대고 있는 남부의 곡창 지대였다.

“그럼 그 반값으로 내가 해주지.”

“무슨 말이신지?”

“세자르 지방 대신 북부 5개 영지를 케이트에게 주면 내가 책임지고 왕성 앞까지 군대를 이끌고 가주지. 어떤가?”

인수의 지금 생각 같아서는 정말 왕성까지 함락시키고 싶었다. 하지만 자신은 없었다. 무엇보다 병사들이 절대적으로 부족했다. 인수가 리베에게 한 말은 그저 미끼였다.

“아직 안 갔어?”

인수는 게리슨을 보며 쐐기를 박아주었다. 게리슨의 표정이 급변했다.

“리베님, 정말 그렇게 해도 되겠습니까?”

게리슨이 리베에게 달라붙었다. 뻔한 수작이었다.

“리베, 잘 생각해라. 난 분명히 현실적인 타협안을 제시했다. 그것을 거부한 것은 미스트르 왕국군이다.”

“무엇이 현실적인 타협안입니까?”

게리슨은 흥분을 했는지 얼굴이 붉게 물들었다.

“그럼 단지 병사가 조금 더 많다는 이유로 손님이 남의 집에서 주인 역할을 하겠다는 건가?”

게리슨은 아무 말도 하지 못했다. 이 정도에서 그칠 생각을 했다면 인수는 시작도 안 했을 것이다.

“설령 백번 양보해서 그렇게 했다고 치자. 그럼 정말 몸을 사리지 않고 선봉에 서서 싸울 것인가?”

이번 역시나 게리슨은 아무 말도 하지 못했다.

“병사들이 굶고 있나? 그것도 아니면 쇼운이 순수하게 도움을 요청해서 후세에 아름다운 미담이 될 수 있게 동맹에 대한 우의로 대가 없이 참전을 한 것인가?”

게리슨의 표정이 일그러졌다.

“왜 말을 못해?”

인수는 전혀 봐줄 생각이 없었다.

“그러니까 그냥 돌아가.”

"그 말, 진심입니까?"

"그럼 지금까지 내가 빈말을 한 것 같아?"

"사령관님, 제발."

리베가 간절한 어조로 인수를 말렸지만 이미 화살은 쏘아진 상태였다.

"돌아가겠습니다."

게리슨이 일어났다.

"잘 가. 그리고 미스트르로 돌아가면 목이 떨어지겠지. 하하하."

이제는 완전히 인수가 분위기를 주도하고 있었다.

"그게 무슨 말씀입니까, 사령관님?"

"당연한 것 아닌가? 곡창 지대를 거저먹을 수 있는 기회를 날려 버렸으니."

게리슨의 발걸음이 멈추었다.

"아직도 안 갔나?"

인수는 게리슨의 속을 긁었다.

"음……."

게리슨의 입에서 나온 이번의 음, 소리는 조금 전과 같이 신경을 거슬리게 하는 소리가 아니라 순수하게 고뇌에 찬 소리였다.

"가지 못하겠지. 처음부터 서로 협력을 했으면 좋았잖아. 안 그런가?"

인수의 계속되는 속 긁는 소리에도 게리슨은 움직이지 못했다.

이제는 다시 협상 테이블로 불러올 차례였다.

이쯤에서 리베가 나서줘야 했다.

인수는 리베에게 가보라는 손짓을 했다. 그제서야 인수의 의도를 알았는지 리베가 일어났다.

"게리슨님, 이대로 가시면 어떻게 하십니까? 서운한 것이 있어도 조금 참으십시오."

리베가 잡아끌자 못 이기는 척하면서 게리슨이 몸을 돌렸다.

허울만 기사였지 정치가라는 생각이 들었다.

"한님도 조금 서운한 게 있어서 그런 것입니다. 지금 저희가 반목해서야 되겠습니까?"

"그렇다면야."

게리슨이 다시 테이블에 앉았다.

"말한 내용을 따를 겁니까?"

"아까 조건이……."

아직 미련을 못 버렸는지 슬며시 딴소리를 하려고 했다. 더 이상 용납을 할 마음은 없었다.

"그냥 가는 것이."

"그 조건으로 힘을 합치십시다."

인수가 그렇게 말을 꺼내자 게리슨이 얼른 대답을 했다.

인수는 이미 준비해 온 서류를 내밀었다. 서류에는 기본적인 역할과 오늘 인수가 제시한 내용들이 빼곡히 적혀 있었다.
"서명으로 남기는 것이 좋겠지?"
게리슨의 표정이 처참하게 변했다.
게리슨의 서명이 끝나고 리베가 공증인의 자격으로 서명을 했다.
"부사령관, 앞으로 잘 부탁해."
인수와 악수를 하는 게리슨의 손에 힘이 들어갔다. 물론 인수는 인상 한 번 쓰지 않고 가볍게 눌러주었다.

4

"큰일 날 뻔했습니다."
게리슨이 내성을 빠져나가는 것을 보며 리베가 말했다.
"정말 그렇게 생각해?"
"그럼 아닙니까? 만약 그대로 갔으면 어떻게 하려고 하셨습니까?"
"다 죽여야지."
"그게 무슨 말씀입니까?"
"말 그대로."
인수는 목을 긋는 시늉을 했다.
"그것이 가능합니까?"
"불가능하다고 생각하는 이유는 뭐지?"

리베의 질문에 오히려 인수가 반문했다.

"저들은 3,000의 병력을 가지고 있습니다. 며칠 전 공성전에서도 병력 손실이 거의 없었습니다."

"그래서?"

"그래서가 아니라 현실적으로 막을 방법이 없습니다."

"그런가?"

인수는 심드렁하게 대답했다.

"싸운다면 저희는 공멸입니다. 설령 이긴다 하더라도 저희의 피해는 막심할 겁니다. 또, 저들이 순순히 돌아가는 척하면서 콜 영지를 휩쓸거나 하면 어쩌려고 그러셨습니까?"

"몰라."

"사령관님!"

인수의 태평한 대답에 리베가 소리를 질렀다.

"시끄럽군. 교훈을 잊지 마."

리베가 인수의 의도대로 며칠 전 인수가 친히 가르쳐 준 교훈을 떠올렸는지 표정이 굳어졌다. 그 정도 표정이면 인수는 만족이었다.

"미치."

"예, 인수님."

"미스트르 왕국군 주변에 있는 병사들에게 다시 훈련을 재개하라고 전해."

"예, 알겠습니다."

리베는 그제야 알 수 있었다. 엘프디언은 모든 상황에 대해서 이미 치밀하게 준비를 하고 있었던 것이다. 그에 비해 자신은 너무나 멍청하게도 엘프디언의 말에 그대로 놀아난 꼴이었다. 무력과 지혜까지 두루 갖춘 엘프디언을 보자 그들의 전설이 거짓이 아니라는 것을 다시 한 번 뼈저리게 느낄 수 있었다. 그들에게 맞서는 것은 시간이 지날수록 불가능하다는 생각이 들었다.

"쉽지 않아."

"무엇이 말입니까?"

"엘프디언 말이야."

"그렇게 느끼셨습니까?"

"그래. 드러난 모습만 보아도 쉽지 않았는데, 어느 것 하나 빠지지가 않더군."

"하긴 공성전은 정말 의외였습니다."

"일단은 지켜보면서 최소한 명령에 따르는 척이라도 해야겠지."

"저는 그들이 가지고 있는 마법 무기가 탐이 나더군요."

"나도 그렇더군."

"엘프의 유물일까요?"

"엘프들의 것은 아니겠지. 세 명의 엘프디언이 전부 가지고 있는 걸로 봐서 엘프디언들이 쓰는 마법 무기 같더군."

"소리도 소리지만 그 무기의 능력이 무시무시하더군요."

"아마 300야드 안에서는 피할 수 없을 거야."

"저도 그렇게 생각합니다. 아! 그리고 콜 영지병들이 공성전 때 얼굴에 칠한 것이 무엇인지 알아냈습니다."

"그래? 뭐라고 하던가? 전설에 나오는 일종의 타투 같은 건가?"

"엘프디언들이 전투에서 쓰는 마법 가루라고 합니다."

"그래? 그런 것이 가능한가?"

"고대 마법 중에 그런 것들이 있다는 것을 문헌에서 본 적이 있습니다."

"구미가 당기는군. 구했나?"

"구하지는 못했습니다."

"왜?"

"외부로 반출하면 군법으로 다스린다고 합니다."

"그러니까 더욱 탐이 나는군. 돈은 얼마가 들어도 좋으니 구할 수 있는 방법을 알아봐."

"알겠습니다."

"기사들을 소집해. 우리도 지금부터는 형식적이나마 훈련에 참가해야 되니까."

"저희도 그럼 연합군이 되는 겁니까?"

"그래, 일단은 저들의 말을 따라야 해. 미스트르에서 연락 온 것은 없나?"

"워낙 거리가 멀어서 아직까지는 특별한 연락이 없었습니다."

"유람 나왔다 생각했는데, 쉽지가 않군."

"연락 온 것은 없었나?"

"특별한 연락은 없었습니다."

"우리 병사들은 잘하고 있나?"

"병사들이 조금 힘들어합니다."

"그래?"

"예, 제가 볼 때 개인 수준은 비슷하거나 아니면 저희가 조금 더 나을지도 모릅니다. 하지만 동작의 절도나 눈빛은 저희 병사들이 따라가지 못합니다."

"그 점은 나도 느끼고 있어. 눈빛이 살아 있더군."

"오늘은 여흥으로 병사들끼리 맨손 대련을 시켰는데 상대가 안 되더군요."

"누가? 설마 우리 병사가?"

"예, 그렇습니다. 엘프디언이 가르쳐 준 격투술이라고 하는데, 매우 실용적이었습니다."

"저번에 엘프디언 한이 썼던 그것?"

"그렇습니다."

"일단 눈빛에서부터 저희 병사들이 상대가 안 됩니다."

"쓸 만하다면 우리도 배워야겠지."

"저희에게 가르쳐 줄까요?"

"가르쳐 줘도 배울 시간이 없겠군. 이제 곧 다시 진군을 해야 하니."

"그리고 연합군에는 다른 문제도 있습니다."

"무슨 문제?"

"콜 영지의 전술이 워낙 다양해서 저희 병사들이 따라가는 것이 힘듭니다. 병사들의 불만도 많고요."

"그래도 별수없지. 상대는 능력이 있으니. 일단은 왕성까지 가는 것이 중요하니까."

"최대한 기사들을 다독거리고 있습니다. 하지만 기사들의 반발도 만만치 않습니다. 콜 영지의 지휘관들은 대부분 기사가 아니라서……. 서로 말을 섞기가 불편하다더군요."

"기사가 아니라면 평민인가?"

"견습 기사나 종자 출신도 있기는 하지만 대부분이 일반 병사나 평민 출신입니다. 백부장 정도의 지휘자 중에는 농노 출신도 있습니다. 현재 콜 영지의 기사들은 전부 기사단에 소속되어 있습니다."

"그건 나도 아네. 이런 변방에서 중무장 기사단을 볼 줄은 나도 몰랐으니까. 콜 영지의 병사들은 지휘관에 대한 불만이 없었나?"

"제가 알아본 바로는 별다른 불만이 없는 것 같습니다. 실력 위주로 지휘관을 정하는 데다 밤에는 병사들에게 글을 가르친다고 합니다."

"그래? 뭣 하러 그런 쓸데없는 짓을?"

"엘프디언의 지시라고 합니다. 글을 배우면 급여도 더 많이 지급되고, 지휘관이 될 수 있는 기회가 주어진다고 합니다."

"콜 영지가 그 정도로 부유한 영지였나? 너무 쓸데없는 곳에 돈을 쓰는군. 그럴 시간에 검을 한 번 더 휘두르는 것이 나을 것 같은데 말이야."

"저도 그렇게 생각합니다."

"더글라스, 우리 기사들에게 좀 더 신경을 쓰는 것이 좋겠군. 평민이 되었든 농노가 되었든 우리의 목표는 어디까지나 왕성이야. 그것을 잊지 않도록 주지시키는 것이 좋아."

"예, 알겠습니다."

"설령 성공하지 못한다고 하더라도 어느 정도 압박만 할 수 있다면 우리의 목적은 충분히 달성할 수 있을 거야. 그때까지는 엘프디언에게 무조건 협조한다."

"예, 알겠습니다."

"그들을 믿을 수 있겠습니까?"

"난 너희와 케이트를 빼고는 그 누구도 믿지 않아."

"그럼?"

"우리 병사들을 죽게 할 수는 없잖아. 누군가는 죽어야 해. 전쟁이니까."

"그럼 저들을 사지로 몰아넣을 생각입니까?"

"그건 아니야. 그저 같이 어깨를 나란히 하고 싸울 수 있는 정도면 만족해. 단지 우리의 피해를 최소화하면 더 좋겠지."

"과연 우리 말을 따를까?"

"듣게끔 상황을 만들어야겠지."

"계획이 있어?"

"아니, 없어."

"뭐야, 그럼?"

"이제부터 만들어봐야지."

"상식이는 언제쯤 옵니까?"

"이틀 후면 도착한다고 하더라? 부인 자랑을 하고 싶어서 그러냐?"

"그렇다기보다는."

"말은 잘 듣냐?"

"예, 시키신 대로 돈 좀 안겨주니까 좋아하던데요? 그리고 첫날밤부터 조금은 순종적이었습니다."

"도신아, 너 참 취향 특이하다."

"뭐가 말입니까?"

"까무잡잡한 피부에 몸매도 별로던데."

"결혼도 안 하신 분이 뭘 안다고 그러십니까?"

"뭐야?"

"재수야, 참아라. 도신아, 첫날밤 이야기 좀 해줘."

"그러니까 첫날밤이 어떻게 됐냐 하면 말입니다. 이렇게……."

5

"고생이 많았다. 마중을 나갔어야 하는데 아직 자리가 안 잡혀서."

인수는 그렇게 말하며 슬쩍 책상 위에 쌓인 서류 뭉치를 보았다. 본 궤도에 오르기만 하면 그리 힘들 것은 없었다. 그저 게임한다 생각하고 일을 처리하면 되는 것이다. 감정 개입은 일을 하는 데 방해만 되었다.

"아닙니다. 저보다 오히려 고생이 더 많으셨잖습니까?"

"고생은 무슨? 후방에서 물건 조달하는 네가 더 고생이 심하지."

인수는 그렇게 말하면서도 별로 부정하고 싶지는 않았다. 셋 모두 나름대로 목숨을 걸었으니까.

"소문이 벌써 퍼지고 있습니다."

"무슨 소문?"

"뻔하지 않습니까?"

인수도 대충 짐작은 갔다.

"그래도 궁금해."

"피넬 성에 있는 모든 사람들을 죽여서 그 피로 목욕을 했다는 이야기도 있고, 스피넬 남작 부인과 첩, 심지어는 딸까지 범했다는 이야기도 있고, 피넬 성으로 진군하면서 근처에 있는 마을은 모조리 살인, 약탈, 방화에……. 더 할까요?"

"그만 해라."

들다 보니 기분이 나빠졌다. 그렇다고 아예 뜬소문들은 아니었다. 대부분이 약간씩은 근거가 있었다. 전투가 끝났을 때는 적의 피를 흠뻑 뒤집어쓰고 있던 것도 사실이고, 인수가 한 일은 아니지만 도신이가 스피넬 남작의 딸을 아내로 얻은 것도 사실이었다. 살인, 약탈, 방화는 인수가 저지른 일은 아니었지만 이제는 같은 연합군이 된 이상 인수가 들어야 하는 누명 가운데 하나였다.

"성에는 별일 없고?"

"예, 별일 없습니다. 케이트하고 형수님들이 걱정이 많으십니다. 그리고 제이미 형수님이 말을 할 수 있게 되었습니다."

"그건 알고 있다."

"그렇습니까?"

"그래."

"저, 여기 편지도 가져왔습니다."

상식이가 가방에서 편지 세 개를 꺼냈다. 겉면에는 조악한 글씨체로 제이미라고 적혀 있었다. 그 밑에 것을 들추자 안젤라라고 적혀 있었다. 기쁜 마음이 들었다. 제이미의 편지 때문인지, 아니면 안젤라의 편지 때문인지는 인수도 정확히 알 수 없었다.
맨 밑의 편지는 상태에게서 온 편지였다. 보고는 정기적으로 받고 있었기 때문에 그리 중요한 편지라는 생각은 안 들었다.
"안 보십니까?"
상식이가 재촉을 했다.
"나중에 보면 돼. 급한 일도 아닐 텐데."
인수는 대충 얼버무렸다. 상식이와 같이 편지를 보고 싶은 마음은 눈곱만큼도 없었다.
"중요한 일일지도……."
"설마."
"그래도 혹시."
"병사들의 상태는 어때?"
자꾸 호기심을 보이는 상식이를 차단하기 위해 인수는 다른 이야기를 했다. 그리고 지금 상황에서 가장 중요한 이야기이기도 했다.
"지금 당장이라도 전투를 할 수 있습니다."
"일단 죽은 병력들과 부상자들의 빈자리를 채우고 나머지는 신병 훈련을 맡아라."
"예, 알겠습니다."
"이곳을 중간 기점으로 삼을 테니까 조금 더 바빠질 거야. 군량은?"

"보리 50수레를 가져왔습니다."

"너무 적은 것 아니냐?"

"미노피에서는 따로 보급이 올라올 것입니다."

"알았다. 피곤할 텐데 오늘은 그만 쉬어라."

"저기……."

"뭐? 할 말이 있냐?"

"아닙니다."

대답을 그렇게 했지만 무언가 할 말이 있다는 얼굴이었다.

"생각이 바뀌면 찾아와. 기다리고 있을 테니까."

"예, 알겠습니다."

상식이가 나가는 것을 보고 인수는 얼른 편지에 손을 뻗었다. 누구의 것을 먼저 읽을까 잠시 고민이 되었지만 제일 위에 것부터 읽는 것이 좋겠다는 생각에 제이미의 편지부터 읽기 시작했다.

제이미의 편지는 그다지 읽기 편한 편지는 아니었다. 보고 싶은 분께로 시작되는 평이한 첫 문구부터 시작해서 마지막도 보고 싶다로 끝을 맺고 있었다. 아름다운 글씨체와 문장은 아니었지만 그 마음이 아름다운 편지였다. 그 덕에 인수는 음미하면서 편지를 읽을 수 있었다. 그리고 무언가 아쉬운 느낌도 들었고, 한편으로는 부담스러웠다.

여운을 음미하며 이어 안젤라의 편지를 읽기 시작했다.

안젤라의 편지는 다른 의미에서 읽기 편한 편지가 아니었다. 확실히 공주다운 아름다운 필체와 문장, 그리고 미사여구가 눈을 어지럽혔다. 거기다 가끔은 모르는 글자까지 섞여 있었다. 그 덕에 인수는 또다시 음미를 했다. 신변잡기 같은 이야기들이 주를 이루었다. 하긴 결혼만 했지 실질적으로 그렇게 많은 대화를 하지도 못했고 관심도 가져 주지 못했다. 그래도 편지 말미에는 인수의 안부와 무사 귀환을 간절히 바란다는 내용으로 끝을 맺었다. 그리고 추신을 보며 인수는 상식이가 왜 그랬는지 알 수 있었다. 추신은 마치 다른 사람이 쓴 것처럼 거친 필체와 말투를 담고 있었다. 눈앞에 상식이가 있었다면 이유불문하고 주먹이 나갈 것 같았다.

인수는 혹시나 하는 마음에 상태의 편지를들 뜯었다. 콜 영지의 전반적인 상황들과 이런저런 이야기들이 있었고, 인수가 알고 싶어 하던 것이 비교적 자세하게 쓰여 있었다. 상태의 편지를 읽어보면 딱히 상식이를 탓할 만한 내용은 아니었다. 그래도 조금은 미심쩍은 부분이 있었다.

똑똑.

"병장 김상식입니다."

인수가 어느 정도 생각이 정리됐을 때 상식이가 나타났다.

"들어와."

상식이는 약간은 겁먹은 얼굴로 인수가 가리킨 의자에 앉았다.

"사실이냐?"

상식이를 보며 앞뒤 없이 물었다.

"예. 하지만……."

인수는 상식이의 변명을 손을 들어 중단시켰다.

"변명은 중요하지 않아. 확실하게 대답해라."

상식이는 침을 꿀꺽 삼켰다. 오늘 대답 여하에 따라 이 방을 살아서 나가느냐 죽어서 나가느냐 하는 것이 결정될 것이다.

"결혼할 겁니다."

"정말이냐?"

"예, 그렇습니다."

"산드라인가 하는 그 아가씨도 그렇게 생각하고 있냐?"

"물론입니다. 공주님이, 아니, 형수님이 약간 오해를 하신 겁니다."

"그래?"

"예. 제가 먼저 꾀어낸 것은 맞지만 하늘에 맹세코 산드라의 동의 없이 나쁜 짓을 하지는 않았습니다."

"왠지 믿음이 안 간다. 그리고 공주가 너를 혼내주라고 하는구나. 착한 자신의 몸종을 천박한 말로 꾀어냈다고."

하긴 자신의 몸종을 꾀어낸 놈을 좋게 볼 주인은 없었다.

"억울합니다. 남자와 여자가 서로 좋아하는 것이 어떻게 죄가 됩니까?"

"여기서는 죄가 돼."

"그렇게 말씀하시면 할 말은 없지만 전 정말 진심입니다. 베르켄 마을에서 알고 지내던 여자들과도 모두 관계를 끊었습니다."

실수라고 느꼈는지 상식이가 입을 막았다.

"한 사람한테 충실하는 것도 좋겠지. 아니, 당연히 그래야지. 그것이 가장이다."

별로 책잡고 싶지는 않았다. 녀석의 능력이야 이미 오래전부터 알고 있었으니까. 그럼에도 불구하고 인수의 귀에 들어올 정도로 아직 큰 소문이 안 난 것을 보면 나름대로 절제를 하고 있다는 것이었다.

"결혼은 언제 할 생각이냐?"

"전쟁이 끝나면 바로 할 생각입니다."

"나쁘진 않겠다."

재수와 도신이와 상식이를 묶어서 합동 결혼식을 치러도 좋을 것 같았다.

"염려를 끼쳐 죄송합니다."

"뭐, 공주와 좀 떨어져 지내면 화가 가라앉겠지. 내가 알아서 편지를 써줄 테니까 걱정하지 말고."

"예, 감사합니다."

어쩌다 보니 모두들 이제 일가를 이룰 짝을 만났다. 이제는 정말 모든 것을 잊고 이곳에 정을 붙이고 살아야 하는 시기가 다가오고 있었다. 전쟁만 끝난다면.

6

상식이가 도착하고 삼 일 후에 재편된 병력을 이끌고 인수는 발렌 성을 향해 진격을 시작했다. 피넬 성을 점령한 지 8일째가 되는 날이었다. 거창한 환송 인원은 없었다. 7,000명이 넘는 사람들이 움직이는 일은 결코 쉬운 일이 아니었다. 인수는 길게 늘어진 행렬을 보며 이런 식으로 지체가 되면 언제 도착할지 모르겠다는 생각이 들었다. 하지만 별 뾰족한 수가 없었다. 수레가 있는 것도 아니고, 말이나 소가 풍부한 것도 아니었다. 병사들이 믿을 거라고는 오로지 튼튼한 자신의 두 다리밖에 없었다.

"처지지 않도록 바싹 따라가."

소대장이 맨 앞에 서서 일일이 지시를 내리고 있었다.

와이트는 이제 혼자였다. 패럴 아저씨가 죽지는 않았지만 귀향 명령을 받았다. 팔 하나가 없는 몸으로는 더 이상 이곳에 있을 수는 없었다. 안타까운 목소리로 꼭 살아 돌아오라는 말을 남기고 아저씨는 보급 부대를 따라서 후방으로 이동했다.

첫 전투 이후에 자신이나 다른 동료들의 손에 죽은 시체들을 보면 겁이 나고 무섭기도 했지만 그런 것들은 금방 잊어버릴 수 있었다.

연일 강도 높은 훈련이 계속되었다. 와이트는 그 강도 높은 훈련을 받으며 자신이 대단한 존재라는 사실을 알게 되었다. 무장 상태, 훈련 상태, 체력 상태 그 어느 것 하나도 같은 연합군 내에 있는 강아지들(쇼운의 문장인 사자를 빗대어)과 참새(미스트르 국왕의 문장인 물까마귀를 빗대어)에 뒤지지 않았다. 그들은 대부분 와이트보다 나이도 많고 힘도 셌지만 맨손으로 맞설 때 겁이 나는 경우는 없었다.

얼마 전에 있었던 싸움이 생각났다. 그 싸움 이후로 와이트는 더욱 자신감이 생겼다.

"야! 너!"

덩치 큰 녀석이 와이트를 불렀다. 갈색 바지를 입은 걸로 봐서 미스트르 왕국군이었다.

저런 것은 무시해도 좋았다.

"야! 내 말 안 들려?"

"왜?"

와이트는 반말로 대꾸를 했다. 그렇게 배웠다. 타 영지의 병사를 상대할 때는 나이에 상관없이 항상 당당하게 대해라. 이것이 엘프디언의 가르침이었다. 그리고 이번 공성전에서 와이트는 충분히 한 사람 몫을 해낸 상태였다. 그것이 자신감을 불어넣었다. 게다가 지금은 조금 바쁜 상태였다. 중대장의 명령으로 미스트르 왕국군의 지휘관에게 명령서를 전해주고 오는 길이었다.

"허, 나이도 어린 게. 너 이리 좀 와봐."

와이트가 주변을 둘러보았지만 콜 영지병은 없었다. 미스트르 왕국군의 덩치는 무척이나 컸다. 얼굴에는 검에 베였는지 상처가 나 있었다.

"싫어."

와이트는 이제 어리지 않았다. 하지만 저 덩치 큰 녀석은 아직도 와이트를 어리게 보고 있었다. 그것이 마음에 들지 않았다.

"뭐? 너, 지금 뭐라고 했어?"

"싫다고 했다."

와이트는 조금 겁이 나기는 했지만 그들이 눈앞에서 휘둘러지는 적의 검보다는 무섭지 않았다.

"참 오래 살고 볼일이네?"

"무슨 일이야?"

덩치의 지원군이 나타나서 끼어들었다.

"내가 잠깐 할 말이 있어 오라니까 저 어린 녀석이 나한테 반말로 싫다고 하잖아."

"너, 몇 살이냐?"

"그건 알 필요 없을 텐데? 그리고 나한테 명령할 수 있는 사람은 내 위의 간부들밖에 없다."

와이트는 더 이상 말을 섞기 싫어서 가던 길을 가려고 했다.

"그렇게 가면 섭섭하지."

덩치가 앞을 막았다.

"비켜."

와이트는 와이트대로 기분이 나빠졌다. 덩치의 고압적인 자세부터가 마음에 들지 않았다. 꼭 콜 영지병의 위에 자신들이 있다는 듯이 행동하고 있었다. 그것은 말하지 않아도 느낌으로 알 수 있었다.

"말로 하려니까 안 되겠네?"

다른 한 명이 뒤를 막았다.

"비키는 게 좋아."

"비키는 게 좋아."

덩치가 여자 목소리로 와이트의 말을 똑같이 따라 하며 약을 올렸다.

"똑같다, 똑같아."

뒤에 있던 덩치가 박수를 치며 장단을 맞췄다.

"뭐 하자는 거야?"

"뭐 하자는 거야?"

와이트가 화가 나서 말했지만 돌아오는 것은 약을 올리는 말뿐이었다.

"비켜."

와이트가 팔로 덩치를 밀며 앞으로 나서자 기다렸다는 듯이 덩치가 와이트를 밀쳤다. 와이트는 뒤로 벌러덩 넘어졌다.

"무섭냐, 꼬마야?"

덩치가 와이트의 몸에 올라타서 볼을 살살 치며 말했다.

와이트는 저절로 주먹이 쥐어졌다. 자신은 잘못한 것도, 이렇게 무시당할 이유도 없었다.

"보고 싶은 게 있으니까 그대로 있어."

덩치가 와이트의 몸을 뒤지기 시작했다. 순간 와이트의 주먹이 덩치의 코에 박혔다. 퍽! 하는 소리와 함께 덩치가 코를 부여잡으며 옆으로 쓰러졌다. 부여잡은 손 밑으로 피가 보였다. 통쾌했다.

와이트는 잽싸게 성으로 들어갈 생각에 일어났지만 누군가가 뒤에서 목을 조르기 시작했다. 그때서야 뒤에 한 녀석이 더 있었다는 것이 생각났다. 숨이 막혔다. 코를 부여잡고 있던 덩치가 피를 줄줄 흘리며 배에다 주먹을 꽂아 넣었다. 고통이 등까지 전달되었다. 이어지는 주먹에 얼굴이 돌아갔다.

"그만!"

누군가의 고함이었다. 멈추라는 말을 하는 것을 보니 콜 영지병이 분명했다.

목을 조르던 팔뚝이 목에서 치워졌다. 와이트는 바닥에 허물어지듯 쓰러지며 숨을 몰아쉬었다. 죽는다는 것이 조금은 무섭게 느껴지는 순간이었다.

"일어나!"

반말을 하는 것으로 보아 상관이 분명했다. 바지가 얼룩 무늬였다. 그렇다면 결론은 하나였다. 엘프디언이었다.

와이트는 몸을 벌떡 일으키며 자신이 낼 수 있는 가장 큰 목소리로 경례를 했다.

"충성!"

경례를 하며 얼굴을 보니 사령관 한은 아니었다. 신교대 때 본 적이 있는 엘프디언 사였다. 일명 몬스터 사. 성격이 더럽기로 정평이 나 있었다.

"무슨 일이야?"

"이들이 길을 막고 몸수색을 하려고 했습니다."

"그래서 멍청하게 당하고 있었단 말이야?"

"아닙니다."

"그럼?"

"막 녀석들을 해치우려던 참이었습니다."

"그래?"

"예, 그렇습니다."

"너희들, 어디 가?"

슬며시 도망가려던 덩치를 엘프디언 사가 불러세웠다.

"저희는 콜 영지병이 아닙니다. 미스트르 왕국군입니다."

꽤나 당당한 태도였다. 와이트는 그 모습을 보며 혀를 찼다. 아직 엘프디언이란 존재에 대해서 그들은 몰라도 너무 몰랐다.

"미스트르 왕국군이면 남의 병사를 괴롭히고 가도 돼?"

"그 녀석이 먼저 시비를 걸었습니다."

코피를 흘리는 녀석이 거짓말을 했다. 와이트는 뭐라고 반박을 하려다가 웃고 있는 엘프디언 사의 얼굴을 보고 말을 삼켰다.

"그래?"

엘프디언 사가 다시 확인을 했다.

"그렇습니다."

"너희 둘, 잠깐 기다려. 네가 시비를 걸었다는데?"

"아닙니다."

"난동을 부리면 어떻게 되지?"

"참수형입니다."

와이트는 침을 꿀꺽 삼키며 대답했다. 아무리 엘프디언이라고 해도 다른 왕국군은 쉽게 어쩌지 못한다고 생각했다.

와이트의 눈에 별이 보이는 것 같더니 어느새 몸이 바닥에 누워 있었다. 아까 덩치의 주먹과는 비교할 수 없는 아픔이 밀려왔다. 엘프디언 사의 주먹에 맞은 모양이었다.

"시비를 걸었으면 끝장을 내야지. 왜 병신같이 맞고 있어."

와이트는 다리가 풀려서 제대로 일어나기도 힘들었다.

"움직이지 마!"

엘프디언 사가 덩치들에게 소리쳤다.

"너, 그리고 너희 둘, 나를 따라와."

와이트는 다리를 질질 끌다시피 하며 엘프디언 사를 따라갔다. 엘프디언의 말은 곧 법이었다.

"뒤통수 치고 튈까?"

"잡히면?"

"설마. 3,000명 중에서 우리를 어떻게 찾아내겠어?"

덩치 둘이 뒤에서 떠들어댔다.

와이트는 그 말을 엘프디언 사가 들을까 봐 조마조마했다. 역시나 불길한 예감을 들어맞았다. 엘프디언 사가 발걸음을 멈추고 말했다.

"엘프디언에게서 도망을 가겠다고?"

그렇게 말하며 덩치 한 명의 목을 잡고 들어올렸다. 엄청난 힘이었다.

"아닙니다. 살려주십시오."

덩치가 비굴하게 말했다. 죽일 마음은 없었는지 엘프디언 사는 덩치를 그냥 바닥에 내려주었다.

시체를 한창 묻고 있는 작업 장소에 도착하자 엘프디언 사가 소리를 질렀다.

"결투다! 전원 집합!"

그 말에 작업 도구를 들고 있던 콜 영지병이 모여들었다. 북부 원정군도 한쪽으로 모여들었고, 미스트르 왕국군도 엘프디언 사를 중심으로 모여들었다.

"지금부터 맨손 결투를 할 것이다."

엘프디언 사의 말이 끝나기 무섭게 주변이 술렁거렸다.

"이유는 우리 콜 영지병이 미스트르 왕국군 두 명에게 시비를 걸었는데 멍청하게 상대에게 맞았기 때문이다. 어떠한 일이 있어도 콜 영지병은 지지 않는다. 또한 콜 영지병은 걸어오는 싸움을 마다하지 않는다."

말을 마친 사도신은 고개를 돌려 와이트를 보며 물었다.

"너, 이름이 뭐냐?"

"이, 일병 와이트입니다!"

엘프디언 사의 물음에 와이트는 목소리가 떨렸다. 곧 자신의 실책을 깨닫고 크게 대답했다.

"와이트 일병, 여기서 난동 혐의로 참수형을 당할래, 아니면 저 두 명과 싸워서 명예를 회복할래?"

"싸우겠습니다."

"좋다. 그리고 너희 둘에게 선택권은 없다."

"셋의 무기를 수거해라."

몇 명이 달려와서 무기를 빼앗았다.

"자, 싸워라."

와이트의 옆을 지나가며 엘프디언 사가 속삭였다.

"지면 묻어버리겠다."

와이트는 엘프디언 사가 물러나기 무섭게 코피를 흘리는

덩치 녀석의 낭심을 앞차기로 찼다. 인정사정 봐주다가는 참수형이었다. 엘프디언 사는 정말로 자신을 묻어버릴지도 몰랐다. 제대로 맞았는지 덩치가 낭심을 붙잡고 쓰러지자 옆에 있던 녀석이 와이트의 어깨를 잡고 넘어뜨리며 그의 몸 위로 올라탔다. 그리곤 곧 그의 주먹이 와이트의 얼굴로 쏟아졌다.

"미스트르 왕국군, 잘한다!"

"죽여라!"

"더 때려!"

미스트르 왕국군의 응원 소리가 귀에 들렸다. 와이트는 손을 뻗어 주먹을 막으려고 했지만 쉽지 않았다. 이빨이 부러졌는지 입 안에서 무언가 굴러다녔다. 하지만 맞으면 맞을수록 아프지는 않았다. 단지 억울할 뿐이었다.

바닥에 흙을 손으로 박박 긁어서 올라타서 주먹을 날리는 녀석의 눈에다 뿌렸다.

"으악! 내 눈!"

제대로 뿌렸는지 덩치의 주먹이 와이트의 얼굴을 치는 대신 자신의 눈 주위를 문지르며 소리를 질렀다.

와이트는 덩치를 밀쳐 내고 발로 덩치를 사정없이 밟았다.

콜 영지병의 응원 소리가 서서히 귀에 들어오기 시작했다.

낭심을 맞은 덩치는 아직도 일어나지 못하고 있었다. 그러나 와이트는 용서해 줄 마음이 없었다. 모든 것은 저 녀석의 잘못이었다. 주먹 힘은 아직 미치지 못하지만 발이라면 상관

없었다. 움직이지 않을 때까지 둘을 번갈아가며 걷어찼다. 시끄럽던 응원 소리도 멈춰 있었다. 와이트는 지쳐서 발을 멈추었다. 덩치 둘은 죽지는 않았는지 조금씩 움직였다.

"앞으로 콜 영지병에게 시비를 걸면 이렇게 된다. 작업 시작."

그 말을 끝으로 엘프디언 사는 성으로 걸어가 버렸다.

"와이트, 잘했어. 와이트 만세!"

와이트는 행군을 하며 그때 생각을 하자 기분이 좋아졌다. 이제 자신을 꼬맹이라고 부르는 사람은 없었다.

행군을 하는 와이트의 발걸음이 가벼워졌다.

7

명령 체계는 겉으로 보기에는 일원화가 되어 있었다. 하지만 마음에서 우러나와서 그들이 인수를 따른다고 볼 수는 없었다. 철저하게 각자의 이익을 위해 그들은 움직이고 있었다. 원래 세상이 다 그렇게 돌아간다는 것을 이미 알고 있었기에 큰 불만은 없었다. 등소평인가 뭔가 하는 양반이 했다는 '백묘흑묘론' 처럼 흰 고양이든 검은 고양이든 쥐만 잘 잡으면 되는 것이다.

인수를 사령관으로 부사령관은 리베와 게리슨, 재수가 맡았다. 연합군이라는 이름으로 재탄생되었고 작전권도 인수가 갖게 되었지만 세부적인 명령은 부사령관들을 통해서 이루어지는 것으로 이야기가 되었다. 지금 와서 명령 체계를 새로 짜기는 힘들었다. 영지병들이라면 어떻게 해보겠지만 나라가 다르니 그것부터가 문제였다. 현실적인 타협안이었다.

콜 영지병과 미노피 원정군에 비해서 미스트르 왕국군의 훈련도는 그리 만족스럽지 않았다. 그래도 기질이 거친 면이 있어서 그런지 나쁘지 않다는 생각이 들었다. 게다가 3,000명이나 되는 숫자도 무시할 수가 없었다. 전쟁에서 인정이란 없어도 될 항목이었다. 적을 죽이느냐 죽임을 당하느냐, 이것이 가장 중요한 문제였다. 잘 죽이면 이기는 것이다.

연합군의 선두는 콜 영지병이 맡았고, 중간은 미스트르 왕국군, 후방은 미노피 원정군이 맡았다. 처음에는 미노피 원정군에게 선두를 맡기려고 했지만 콜 영지의 간부들이 선두를 자청해서 인수도 어쩔 수 없이 선두를 맡길 수밖에 없었다. 병사들의 사기가 너무 높아도 문제였다. 그래서 콜 영지의 보급 부대는 보급을 위해 미노피 원정군을 따라온 미노피 영지민들을 흡수해서 제일 후방에서 따라오고 있었다. 그냥 무작정 동원된 사람들이기에 체계를 잡는 것도 힘든 일이었지만 그렇게 뒤로 처지지는 않아서 그럭저럭 행군에 지장은 없었다.

인수로서는 부대가 둘로 나뉘는 것이 불안하기는 했지만

당분간 공성전이 계속될 것이기에 애써 부담을 털어냈다. 보급은 그만큼 굉장히 중요한 문제였다. 아마 보급 문제만 아니었다면 좀 더 빠르게 전쟁이 이루어질 수 있었을 것이다.

또한 이번에는 스피넬 남작령보다 훨씬 어려운 싸움이 펼쳐질 것이 자명했다. 피넬 성에서처럼 요행을 바라기는 힘들었다. 이런 식으로 나간다면 올해 안으로는 내전이 절대 끝나지 않을 거라는 생각이 들었다. 그래서 인수는 마음이 더 급해졌다.

이스터 자작령의 발렌 성에 대한 정보가 정찰병들에 의해서 속속 인수에게 모이고 있었다. 현재는 북부의 5개 영지 중에 이스터 자작령과 에이런 남작령만 남은 상태였다. 에이런 남작령의 바쿠 성은 이미 빈 성이나 마찬가지였다. 에이런 남작은 이미 이스터 자작령의 발렌 성으로 병사를 이끌고 집결해 있는 상태였다. 그 덕에 인수는 병사들을 둘로 나누는 위험을 감수할 필요가 없어졌다. 정찰병들은 인수의 지시에 아주 충실하게 움직이고 있었다. 지금쯤은 이스터 자작령 주변을 물샐틈없이 감시하며 외부와의 연락을 완벽히 차단하고 있을 것이다.

발렌 성은 북부의 5개 성 중에서 유일하게 해자로 둘러싸인 성이었다. 그런 만큼 공략하기도 쉽지 않다는 것이 리베와 게리슨의 생각이었다. 인수도 아직은 뾰족한 수가 없었다. 대충 여러 가지 생각을 머릿속에 담아두고는 있었지만 발렌 성을 직접 눈으로 보기 전에는 어떠한 결론도 내릴 수 없었다.

그렇다고 발렌 성을 우회해서 갈 수는 없었다. 후방에 적을 두고 전진을 하기에는 기동력이 너무나 떨어졌다. 분명히 발렌 성을 우회해서 가게 되면 후방이 초토화되거나 적에게 포위를 당할 것이다. 그렇기에 시간이 걸리더라도 발렌 성을 공략하고 가는 것이 나았다.

인수는 마치 유랑을 하듯 선두에서 천천히 말을 몰고 있었는데 자신이 꼭 개선장군이 된 듯했다. 선두에 있다고 해도 위험하지는 않았다. 보이지 않는 곳에서 정찰병들이 빈틈없이 앞을 살피고 있었기 때문이다.

출발한 지 5일이 되어서야 연합군은 간신히 영지 경계선을 넘어설 수 있었다. 영지 경계선에 있는 이스터 자작의 페론 요새 역시 비어 있었다. 이런 행군 속도라면 아직도 5, 6일은 더 가야 발렌 성에 당도할 수 있었다. 행군이 늦어지면 늦어질수록 적은 더 많은 준비를 하고 기다릴 것이다. 마음이 급해졌지만 행군 속도를 빨리 할 방법이 없었다. 더구나 하늘을 보니 비가 올 것 같았다. 꼼짝없이 하루는 잡혀 있게 생겼다. 그리고 행군 속도는 더 늦어질 것이다.

밤이 되자 예상대로 비가 내리기 시작했지만 다행히 빗방울은 굵지 않았다. 미리 요새 주변에 숙영지를 편성한 덕분에 비에 젖는 일은 발생하지 않을 것 같았다. 그렇다고 안심할 수는 없었다. 연합군으로 뭉쳤기 때문에 다른 병사들과 노역을 하기 위해 온 사람들도 챙겨야 했다. 밤늦은 시간이 되어서야 미스트르 왕국군과 미노피 원정군에 갔다 온 전령이 도착했다. 전령의 보고를 들으니 그런 대로 잘 대처를 하고 있는 모양이었다. 하긴 모두들 바보는 아니었다.

빗방울이 천막을 치는 소리를 들으며 잠을 청했지만 잠이 오지 않았다. 잠이 오지 않을 때면 여러 가지 전술과 전략들을 머릿속으로 떠올렸다. 그러다 보면 나오는 것은 한숨밖에 없었다. 조금만 더 삼국지 게임을 진지하게 플레이할 걸 하는 생각도 들었고, 왜 전쟁 영화를 더 많이 보지 않았는지, 왜 책을 더 읽지 않았는지 하는 아쉬움도 들었다. 그럴 때마다 몸을 옥죄는 압박감이 느껴졌다.

7,000명의 목숨이, 아니, 더 나아가서 수만의 목숨이 인수의 손에 달려 있었다. 확실히 자신은 왕재가 아니라는 생각이 들었다. 이 전쟁이 끝나면 콜 영지 한구석에서 조용히 살고 싶다는 생각이 들었다.

야전에서의 식사는 그렇게 나쁘지는 않았다. 인수는 출정 이후로 항상 병사들과 같이 식사를 했다. 부담스러워하는 병사들도 있었지만 시간이 흐르자 차츰 나아졌다. 최고 사령관이 병사들과 똑같은 식사를 한다는 것만으로도 병사들의 사기를 돋우기에는 충분했다. 그러다 보니 리베와 게리슨이 인수를 만나러 올 때는 되도록이면 식사 시간을 피했다. 인수와 식사를 같이 하는 날에는 빈약하게 먹을 수밖에 없었기 때문이다. 맛이 없는 것은 아니였지만 아무래도 귀족의 식사는 아니었다.

그렇다고 병사들의 식사가 빈약한 것은 아니었다. 병사들의 식사는 빵과 스프의 간단한 조합이었지만 양질의 식사가 될 수 있도록 인수는 맛에 신경을 썼다. 어차피 만드는 거 맛없게 만들 이유는 없었다. 적을 먹이는 것이 아니라 아군을 먹이는 것이었으니까. 배불리 먹는 것도 중요하지만 맛도 그에 못지않게 중요했다. 잘 먹은 병사가 잘 싸운다라는 평범한 진리를 그도 잘 알고 있었다.

인수는 오늘 아침도 평소와 똑같이 깨끗하게 그릇을 비워냈다. 밤새 내리던 비는 이미 그쳐 있었다. 오늘 하루는 정비를 하며 쉴 생각이었다. 길이 안 좋기 때문에 행군을 해봐야 얼마 가지도 못할 테고, 억지로 움직이다 수레가 고장이라도 나면 그것도 골치가 아팠다.

하루를 쉰 병사들은 다시 행군을 시작했다. 병사들은 다시 원기를 회복한 상태였다. 하지만 아무리 간격을 줄이려고 신경을 써도 여러 가지 이유로 행군 대열은 길게 늘어졌다. 진흙탕 길도 한몫했다.

발렌 성과 하루 거리를 남겨두었을 때 정찰1소대장 캘러한이 보고를 하기 위해 복귀했다.

"충성!"

"오랜만이다, 캘러한. 적들의 동태는 어떤가?"

인수는 반가운 마음도 들었지만 더 급한 문제들이 많았기에 바로 본론으로 들어갔다.

"특별한 움직임은 없습니다. 아무래도 성을 의지해 공성을 하기로 마음을 굳힌 것 같습니다. 성밖으로 나오는 병사들조차 이제는 거의 없습니다. 어젯밤에 몰래 성을 빠져나가는 전령을 붙잡았습니다. 이것이 전령이 가지고 있던 편지입니다."

캘러한이 편지를 내밀었다. 밀납으로 단단히 밀봉이 되어 있었지만 밀봉과는 다르게 편지의 내용은 암호로 써 있지 않았다. 쉬란 후작에게 구원병을 청하는 내용이었다. 시간을 끌고 있을 테니 구원병을 이끌고 오면 성문을 열고 같이 적을 치자는 이야기였다. 머릿속으로 계략 하나가 떠올랐지만 실현 가능성은 별로 없었다. 이런 멍청한 계략에 속을 리는 없다는 생각이 들었다.

"적이 매복을 하거나 하지는 않았겠지?"

"예, 그렇습니다."

"수고가 많았다."

"아닙니다. 충성!"

인수는 괜히 실험을 한번 해보고 싶었다. 과연 게리슨과 리베가 바보인지 아닌지.

"미치!"

"예, 인수님."

"전령을 보내서 게리슨과 리베를 불러오도록."

"예, 알겠습니다."

내일이면 성 앞에 진영을 설치할 수 있기 때문에 공성에 대한 회의가 밤늦도록 이어졌다. 인수가 1대대장 벅스를 시켜서 낸 의견은 활발하게 토론이 오가며 가능성이 약간은 있다는 소리를 들었지만 결국 채택되지는 않았다. 눈에 너무 빤히 보이는 전술이라는 이유 때문이었다. 구원병으로 위장을 해서 적을 치는 방법은 너무나 손쉬운 방법이기는 했지만 그에 반해 들키기도 너무 쉬웠다. 결국 결론은 게리슨과 리베가 바보는 아니라는 소리였다. 그렇게 회의는 결론 없이 흐지부지 끝나 버렸다.

일단 해자와 성벽을 직접 눈으로 보아야 공략법이 생각날 것 같았다. 며칠 전부터 생각해 둔 방법이 있기는 했지만 입 밖에 내지는 않았다. 괜히 말을 꺼냈다가 잘 안 되면 통솔력만 약해지는 결과를 초래할 수도 있었다. 어쩌면 세 개의 세력이 서로 눈치를 보느라 좋은 의견이 안 나오는 것인지도 모르겠다는 생각이 들었다.

복잡한 머리를 식히기 위해 인수는 막사 밖으로 나왔다. 약간 쌀쌀한 기운이 느껴지는 것 같았지만 그래서 더욱 머리가 맑아지는 것 같았다. 내일 날씨가 좋으려고 그러는지 하늘에는 별들이 아름답게 반짝이고 있었다.

별들 사이로 유성이 길게 꼬리를 끌며 나타났다. 혼탁한 서울 하늘 아래서는 한 번도 본 적이 없었지만 군대에서는 종종 야간 근무를 서면서 본 적이 있는 유성이었다. 마음속으로 몰래 소원을 빈 적도 있었다.

인수는 이번에도 마음속으로 소원을 빌었다. 꼭 이루어지기를 바라면서…….

아침 일찍부터 서두른 끝에 해가 머리 위에 왔을 때, 인수는 발렌 성이 한눈에 보이는 언덕에 오를 수 있었다.

"저기가 발렌 성입니다."

『오포』 4권에서 계속…

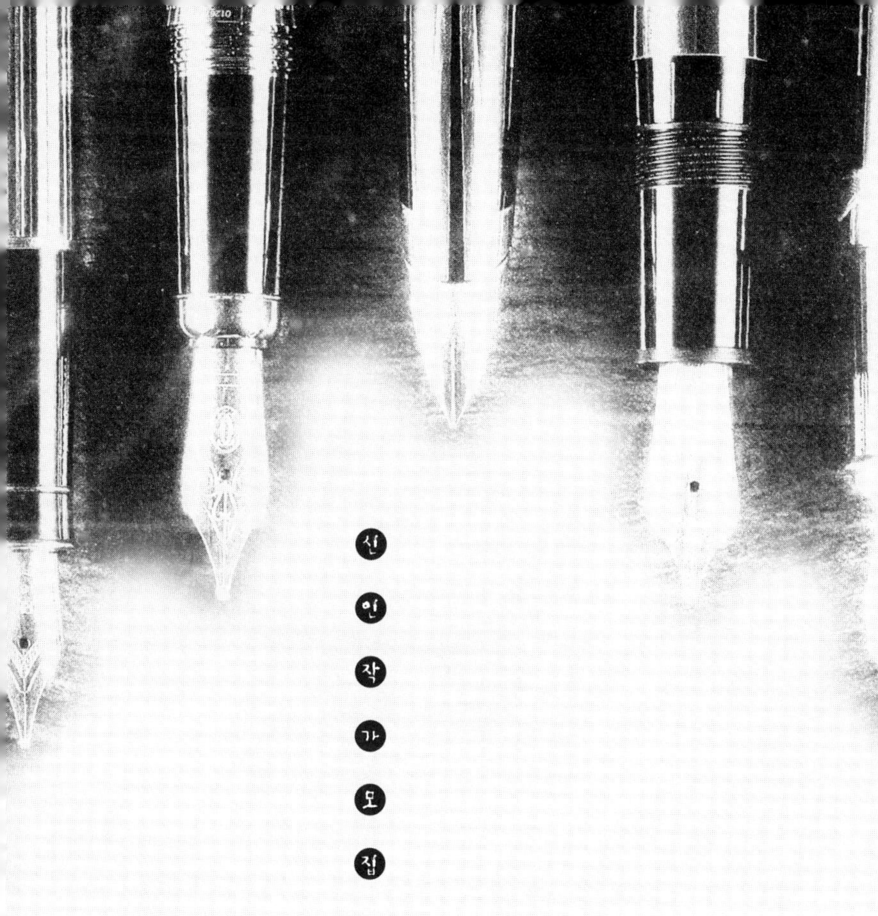